とりあえず、やりましょう

Let's do it for the time being

道端

JN009411

eR
eロマンス ロイヤル

CONTENTS

Let's do it for the time being

CHARACTER

イーリャ・スコット

従軍娼婦として花蜜館で働く二十歳。
見た目は平凡だが、その美しい歌声で魔力を
鎮められることから“客と寝ない”娼婦として有名。
天涯孤独で一人で生きていく決意をしているが、
心の中にはまだ癒えない傷がある。
職業柄、恋なんて不毛だと考えていたが……。

シアン・アスベルク

銀髪に青い瞳という風貌と、冷気を操り
無慈悲に敵を屠る様子から『銀氷の騎士』と
称されるノーニア軍の魔術士。少佐。二十六歳。
また“娼婦と寝ない”ことでも有名。その冷酷で無表情な
顔の裏にはある隠された秘密があり、
極力他人とのかかわりを断っていたのだが……。

オーガス・タウンゼン

エルピス駐屯地最高責任者で中将。三十八歳。
自身も上級魔術士であり戦略戦術に長け
『金幻の騎士』の称号を持つ。金髪で華やかな見た目と
逞しい男ぶりで、女好きで有名。実はシアンの
叔父であり、高い魔力に悩むシアンを
子供のころから預かり気にかけている。

エヴァン・トラゴー

風の魔術を使うことから『烈風の騎士』との称号を
持つノーニア軍の魔術士。少佐。二十八歳。
明るい茶色の髪を持ち、苛烈な性格と
戦場での残虐性で、何かとシアンとは対照的で
比較されることが多い。出世が遅れたこともあり
個人的に逆恨みをしている。

序章

必然のオーバーチュア

濡《ぬ》れた音が室内に響いていた。

イーリャは快楽にかすむ意識の中で、どこか他人事《ひとごと》のように聞く。

今、イーリャを支配しているのは、たぐいまれなほど美しい男の姿をした獣だった。

彼は見事な体軀《たいく》を惜しげもなく晒《さら》し、骨張《ほねば》った手でイーリャをベッドに押さえつけている。

その顔は一流の彫刻家が生涯の最高傑作として生み出したような、怜悧《れいり》さと繊細さを併《あわ》せ持った美貌《びぼう》だ。艶《つや》を帯びた銀髪を首筋に張り付かせる様は、いっそ扇情《せんじょう》的ですらある。

ただ、その鮮やかな青の双眸《そうぼう》から理性はとうに崩《くず》れ去り、組み敷いたイーリャを熱に浮かされたように見つめていた。

瞳《ひとみ》から注がれる彼の欲に、イーリャの頬《ほお》が勝手に赤らみ、咥《くわ》え込んだそれを締め付けてしまう。

繋《つな》がった下腹部は、氷をそのまま人にしたような男とは思えないほど熱かった。

彼があえかな吐息をこぼしながら激しく動くたびに、イーリャをますます追い詰めてゆくのだ。

ベッドがきしみ、肌と肌がぶつかり合う音には慣れているはずだ。にもかかわらず煽《あお》られる己《おのれ》を感じ、イーリャは、黒に近い褐色《かっしょく》の髪が乱れるのも構わず顔を横に背《そむ》けた。

男がかすかに眉《まゆ》を寄せたことすら気づかずに。

最奥を貫かれた。

「つぁ……!?」

強い刺激にこぼれた声は、自分でも驚くほど甘やかだった。

戸惑《とまど》いながらも抑えきれない嬌声《きょうせい》に、目の前の男は満足そうに笑う。

愉悦《ゆえつ》の混じったそれは、したたるような色香《いろか》をまとっていて、イーリャの奥がまた濡れる。

気持ち良さに乱されるのが悔しくて口を噤《つぐ》もうとしても、彼の指によって唇を割り開かれた。

そのまま舌を愛撫《あいぶ》されて、すぐに抵抗する意志が蕩《とろ》けてしまう。

繋がった箇所から響く卑猥《ひわい》な音に、堪《こら》えきれないイーリャの嬌声が重なる。

翻弄《ほんろう》される。止まらない。彼からもたらされる熱が、頭をしびれさせるほどの快楽となって全身を埋め尽くしていく。

イーリャは己の本分すら忘れて、猛《たけ》る剛直を迎え入れて悦《よろこ》び、高みを求めてすがってしまう。

だが男はそれ以上に、イーリャをむさぼっていた。荒い息はなまめかしく、官能に顔をゆがめる様すら艶があり、飢えたようにすがりつく姿さえ美しい。

なぜこんな極上の男が、平凡で凡庸《ぼんよう》なイーリャを求めているのか。

まあ簡単だ。この男が正気ではないから。そしてイーリャは、彼の正気を取り戻すための仕事をしているからだ。ほんの数時間前までは、いつもの日常を繰り返していたはずなのに。なぜなのか。

暴力的な官能に溺《おぼ》れかけながらも、イーリャはこうなったきっかけを思い出した。

第一章　巡り会うプレリュード

「いいぞイーリャ！」

軍人達からの歓声に、演奏を終えたイーリャは、にっこりと笑顔を振りまいた。

「ありがと、あたしの歌に聞き惚《ほ》れたんだから、姐《ねえ》さん達を抱き潰《つぶ》さないでね！」

「生きて帰ってきたんだ！　それくらいは許してくれよぉ！」

「そうだぞぉ！　劣勢だった我がノーニアが、ゲルトナーに逆転勝利をしたんだからなぁ」

方々から同意の声がわっと響く。従軍娼館《じゅうぐんしょうかん》である花蜜館《はなみつかん》に併設されている酒場は、大きな作戦が勝利で終わった今、明るく酔う軍人達であふれていた。

テーブルが並ぶ客席では気がすんで帰る者、仲間達と酒を酌《く》み交わす者、選んだ娼婦と一緒に二階へ消える者と別れてゆく。大胆で艶《なま》めかしいドレスを身にまとった彼女達は、花蜜館の名にふさわしく華やかだ。

イーリャは酒場の壁際に設けられた舞台上から、娼婦達と二階へ消えていく男達の顔を盗み見る。甘くしなだれかかる彼女達にやに下がる彼らだったが、その顔にはまだ余裕がある。

これならば、姐さん達が傷つくこともないだろうと、少々ほっとした。

軍人の真価は魔術だ。剣も弓も廃れてはいないが、一つの魔術は弓よりも多くの敵を屠《ほふ》れる。だから軍人の花形である魔術士の数と質で、戦《いくさ》の勝敗が決まると言われているくらいだった。

けれど人間は際限なく魔術を使えない。魔力を使いすぎると、体が過剰に魔力を生み出す状態、オーバーフローを引き起こすからだ。

放置をすれば、余分な魔力が内臓を焼いて死に至る。それを起こさないためには、魔術を使わずに発散する……つまり、手っ取り早く性交するのが一番の対処法だ。

そうでなくとも軍人は溜《た》まる。だから、軍の駐屯地《ちゅうとんち》には必ず娼館があり、所属する従軍娼婦が戦ごとに慰《なぐさ》めるのがお決まりだった。

イーリャは、このノーニア軍の駐屯地で従軍娼婦をしている。

ただし、客と寝ない娼婦として。

客がまばらになったため、イーリャが弾き終えたリュートの手入れをしていると、花蜜館の女主人であるエレンが現れた。娼婦よりは露出の控えめなドレスの裾《すそ》を引きつつ話しかけてくる。

「イーリャ、今日もありがとうね。さすがに今回の作戦は規模が大きかったから、全員を萎《な》えさせるのは厳しいかもしれないと思ったけど」

「エレンさんもあけすけですね。ま、あたしもお客の鼻息がいつもより荒くて驚きましたけど」

「やりたさのあまり、正気を失っていきり立つんだからねぇ。でもあんたの歌のおかげで、うちの子達は絶倫獣《ぜつりんじゅう》ども相手に怪我《けが》をしなくてすみそうだよ」

にやっと笑うエレンの表情に、本心からの安堵《あんど》を見つけたイーリャは明るく応じてみせた。

「それがあたしの仕事ですからね。なにより、寝ないでお金を貰《もら》えるんだから助かります」

「あんたがもう少し美人か、スタイルでもよかったら、歌姫と寝られるって触れ込みで売り出すんだけどねぇ。そしたらもっと稼《かせ》げただろうに」

「……あはは、これ以上働くのは勘弁してくださいな」

まだ娼婦として現役で働けそうな美貌《びぼう》を維持《いじ》するエレンは、女だてらに娼館を切り盛りしている故《ゆえ》か率直だ。彼女のあけすけさはイーリャの心を時々えぐるが、その商売根性も嫌いではなかった。

とはいえ容姿か、と己《おのれ》のほつれた髪を弄《いじ》る。

イーリャの見てくれは、かろうじて娼婦として及第点《きゅうだいてん》を貰える程度のものだ。

髪の手入れは欠かさないが、ありふれた黒に近い褐色《かっしょく》である。顔は化粧をすれば映えるといえば聞こえはいいが、顔立ちがあっさりしているのだ。薄茶色の目は日の下では金色に見えるらしいが、夜の帳《とばり》では意味もない。体型も胸元が大きく開いたボディスから覗《のぞ》く胸の盛り上がりが、かろうじて目を楽しませられるかという程度。歌うためにコルセットはつけないため、腰のくびれもささやかである。二十歳は若さを売りにできる年齢でもない。

唯一褒《ほ》められるのは、声の良さだろうか。

歌うことでオーバーフローを抑えられる特技をエレンに認められなければ、粒ぞろいの従軍娼婦では居られなかっただろう。ただの娼婦として、薄給《はっきゅう》に苦しみながら客を相手していたはず。

故郷が滅びてこっち、流れ流れて花蜜館にたどり着いたが、ここでは特技が活《い》かせるため、まあ案外適職だったのかもしれないとイーリャは思うのだ。

とはいえどう言葉を続けたものかと曖昧《あいまい》に笑っていると、エレンがしみじみと言った。

「ま、あんたは歌ってくれたほうが稼ぎがいい。初めてあんたに歌わせた時は、少しでも場つなぎの余興《よきょう》になればと思ったけど、まさかこんな副産物に恵まれるとはねえ。お茶を挽《ひ》いてばっかりだったあんたの活かし方があってほっとしたもんさ」

「あたしもこんなに効果があるとは思わなかったんですけど。その節はありがとうございました」

イーリャがおどけて頭を下げてみせると、エレンは気にするなというように肩を叩《たた》いてくる。

「今日はもう休んでいいよ。喘《あえ》ぎ声で休めるかはともかくね」

「あたしもちょっと魔力を使ったので助かります。それに、声には慣れてますから」

ほっとしたイーリャが、リュートを抱えて部屋に戻ろうとした時、入り口の扉が開いた。

娼館は酒場と併設しているため、そちらの客だろうか。ただ、ほんの一日前に大きな作戦が遂行《すいこう》されたあとだ、みなしっぽりと部屋に引きこもっているはず。

新たな客を少し意外に思いつつ、イーリャとエレンが振り返り、目を丸くした。

客は案の定軍人の男だったが、見事な金髪を軍人らしく短く切った偉丈夫《いじょうふ》だった。

年は三十代後半くらいだろう。彫りが深く、鼻筋の通った華やかな顔立ちは、一見すると近寄りがたく見える。だが、泰然《たいぜん》とした雰囲気と楽しげにきらめく青の瞳《ひとみ》は一転親しみを感じさせた。

玄人《くろうと》の女が、目の色を変えて誘いそうな男ぶりである。長身でがっしりとした体を包むのは、仕立ての良い黒の軍服だ。胸には略式の勲章《くんしょう》がずらずらと並んでいる。

イーリャはあまり多くの徽章《きしょう》を知らない。だが、詰め襟《えり》には魔術士を示す紫の襟章があり、何より胸には騎士を表す徽章が付けられていたのだ。それだけで、この男が中級娼館に来るような人物ではないのがわかる。

魔術士……特に騎士は、魔力に対する耐性のある、さらにいえば手練手管《てれんてくだ》も教養も兼ね備えた、極上の高級娼婦が相手をするものだ。以前のお客から、何かの報奨《ほうしょう》で高級娼婦に相手をしてもらったという自慢話を聞いたことがあるが、天にも昇るような心地だったという。

そのときはたしか、むかついたから思い切り搾《しぼ》り取って眠り込ませてやったんだったか、と余計なことまで思い出して、イーリャは現実逃避をする。

なにせ男は、このエルピス駐屯地の最高責任者、オーガス・タウンゼン中将《ちゅうじょう》だったのだ。

自身も「金幻《きんげん》」の称号を持つほどの騎士でありながら、戦術戦略にも長《た》けている。大戦果をあげた先の作戦を立案、実行したのもオーガスだったという。華やかで男ぶりのする外見通り大変女好きで、複数人連れ込むこともざらにあるらしい。エルピス駐屯地で彼の顔を知らぬ者は居ない。

イーリャが混乱している間に、オーガスはエレンに話しかけた。

「やあ、まだ店じまいではないな？」

「え、ええ」

エレンは彼の声で我に返るが、一瞬悔しげな色を浮かべる。

まあそうだとイーリャは思う。将校は金を持っている、ましてや中将だ。

戦ごとに支給される札で娼婦を買うとはいえ、ぶっちゃけ追加サービスで儲《もう》けるのが娼館だ。しかも将校が利用した娼館とあれば箔《はく》が付く。

だがしかし、花蜜館の娼婦達は、今ちょうど二階へ引き上げていってしまったのだ。大規模な作戦後のせいで、軍人達も気が立っている。普段なら娼婦達に複数の客を取らせて回すだろうが、今日ばかりは日が悪かった。

どうするのか。イーリャが隣を見ると、頭の中でそろばんをはじいたエレンが営業用の笑顔でオーガスを迎えた。

「これはまあタウンゼン中将様ではありませんか。我が花蜜館にようこそおいでくださいました。ですが、あいにくとうちの子達は出払っておりまして。お望みの花がございましたら、整うまでお時間をいただきたいのですが」

「それは仕方がない。空いている娘がいればぜひ楽しみたかった所だが、先の戦で兵達はよく働いてくれた。今日は譲《ゆず》ろう。……――しかし今回は別件でな。君達に内々に助力を頼みたいんだ」

「助力で、ございますか」

戸惑《とまど》うエレンの隣で、イーリャは部屋に下がるタイミングを見計《みはか》らう。

しかし、背筋に悪寒《おかん》を感じてオーガスを見た。彼はすぐに人好きのするような穏やかな表情に戻るが、イーリャは彼の大変にあくどく含みのある「悪い笑み」を見逃さなかった。

イーリャが警戒したのに対し、愉快《ゆかい》げに青の目を細めたオーガスは口を開いた。

「とある場所へ、彼女の出張を頼みたい」

そう言って彼が手で指し示したのは、間違いなくイーリャだった。

エレンが営業用の笑顔を崩し表情を険しくする。娼婦に対して出張という意味は明らかだ。

「それは、この子が『客と寝ない』娼婦だとわかっていてでございましょうか。軍法に記載された通り、軍人は従軍娼婦に対して、身分と所属を明かすことが義務づけられております」

そのまま、エレンはイーリャを背にかばうように移動する。将校に対してでも、こうして言葉をぶつけてくれるからこそ、花蜜館の居心地は良いのだと思う。

しかしエレンの険しい態度にも、オーガスは動じた風もなく平然と頷《うなず》いた。

「ああもちろんだ。イーリャ・スコット。中級娼婦ながら、客を取ることはまれ。だが花蜜館で開催される演奏会は、兵士達の間で評判だ。なによりその歌を聴くだけで、暴走しかける魔力回路が鎮《しず》まるらしいな？」

「まあ、軽い、ものでしたら……」

「そんな君だからこそ頼みたいのだよ。……――銀氷《ぎんひょう》の騎士の夜伽《よとぎ》をな」

イーリャと女将《おかみ》はそろって息を呑《の》んだ。

銀氷の騎士といえば一人しかいない。このノーニア国はもちろん、隣国にまで名をとどろかせている、シアン・アスベルクだ。

彼は雪のような銀の髪と、冬の湖面のような神秘的な青い瞳をした、美貌の麗人である。その美しさは、貴族の令嬢達にも熱を上げられているほどらしい。しかしひとたび戦場に立てば、膨大《ぼうだい》な冷気を操《あやつ》り、一片の慈悲《じひ》もなく誰《だれ》よりも多くの敵を屠るのだという。

イーリャは一度だけ、戦帰りのシアン・アスベルクを仲間達と見に行ったことがあったが、そりゃあもう美しかった。遠目からでもこんなに綺麗《きれい》な男がいるのかと思ったほどだが、戦帰りにもかかわらず、淡々とした彼はひどく冷たそうに感じたものだ。

噂《うわさ》話では、誰と相対《あいたい》しようと一筋も表情を変えず、普通の魔術士なら体内にある魔力回路が焼き切れてもおかしくない量の魔術を使っても平然としているらしい。

娼婦の世界でも強くて顔の良い男は歓迎される。両方を兼ね備えたシアンは、オーガス同様、娼婦の方から言い寄る美丈夫《びじょうふ》なのだが。

イーリャはオーガスに対し、一番の疑問を投げつけた。

「アスベルク少佐は娼婦嫌いで有名でしょう？　顔を合わせたとたん、一発で氷漬けは困ります」

そう、彼の噂で有名な話がもう一つあった。殆《ほとん》ど従軍娼婦を使わないのだ。

娼婦を買う札も他人に譲り、言い寄った娼婦も、氷点下に冷めた目で一刀両断するらしい。

なのにオーバーフローを起こしたという話も聞かない。だが、魔術を使って魔力回路を鎮めずに済むことがあるわけがない。イーリャも他の娼婦達と、きっと現地妻が何人もいるのだろうと話していたものだ。だからこそ、オーガスの言葉が信じられなかった。

オーガスはその疑問は織《お》り込み済みとばかりに深く頷くと、声を潜《ひそ》める。

「君の懸念は尤《もっと》もだ。しかしだな、……機密事項にあたるのだが、彼は今まさにオーバーフローをしかけているんだ」

エレンと一緒に息を呑んでいる間に、オーガスの話は続く。

「彼が先の作戦で一番の武勲《ぶくん》を上げた事は知っているな。それでさしもの銀氷の騎士も限界が来たらしい。だが危険な状態にもかかわらず、宛《あて》がった娼婦を指一本触れずに返してしまったのだ」

「現地妻がいいとかそういうことなんですか？」

「ははっ、ちまたではそう言われてるのか」

つい心の声がこぼれてしまい、さすがに気分を悪くしたかとひやっとしたイーリャだったが、オーガスは笑って流す。

「どんな魔術士でも、それこそ騎士でも限界がある。今までならなかったのは、彼が小器用《こぎよう》だっただけなのだよ。だがあれもめんどくさいからなぁ」

しみじみと語るオーガスの言葉の端々《はしばし》に、銀氷の騎士への気安さがある気がしたが、イーリャに追及する余裕はない。リュートを握る手が、汗で湿《しめ》るのを感じた。

なにせ、オーバーフローをしかけている魔術士がいるのだ。従軍娼婦としては、打診があれば行かねばならない。ましてや今回要請しているのは、駐屯地の最高責任者であるオーガスだ。わざわざ彼自ら出向いたのだ、事態が切迫《せっぱく》しているのは容易にわかる。

つまりこれは、事実上の命令だった。

女主人であるエレンは、その強制力をよくわかっているのだろう。ひどく申し訳なさそうにイーリャを見るが、気にするなと首を横に振ってみせた。

そして覚悟を決めたイーリャは、ふてぶてしく待ち構えるオーガスに向き直る。

リュートを片手に持ちかえると、空いた片手でスカートをつまんで、お辞儀をしてみせた。

「中将様の命《めい》でしたら、我が国の尊《とうと》き騎士のために、謹《つつし》んでこの身を捧《ささ》げましょう」

「我ら魔術士の命は、貴殿《きでん》らの働きによって成り立っている。その献身に敬意を払おう」

皮肉を混ぜたつもりだったが、意外にも真摯《しんし》なオーガスの返答にイーリャは肩すかしを食らう。

けれど、返す言葉は決まっている。ぱっとスカートを放して、ぐっと顎《あご》を上げて見せた。

「じゃあ割増料金と危険手当もお願いしますね。なにせあたし、どうなるかわかりませんので」

「もちろんだ。君、避妊薬は」

「ここで働いている限りは常用薬ですよ」

強い魔術士ほど子供もできにくいが、もしもの時のために備えていくのは従軍娼婦の心得《こころえ》だ。

オーガスは満足そうに言うと、イーリャの肩に手を置く。

「それは重畳《ちょうじょう》だ。では行こうか。女将、請求は俺に頼む」

「え？」

エレンの虚《きょ》を衝《つ》かれた顔が、イーリャの視界からかき消えた。

時が間延《まの》びするような感覚の後、再び視界がはっきりしたときには、見知らぬ扉の前だった。

イーリャはオーガスの騎士の称号を思い出す。特徴や、得意とする魔術によって決められるそれで、彼は金幻――扱えるものがごく少ない、幾多《いくた》の特殊な魔術を自由に操ることから名付けられたという。その一つである転移魔術を使われたのだと理解した。

転移した場所は、恐らく上級将校の宿舎なのだろう。廊下はシンプルだが品の良い内装でまとめられている。ただ少々寒いことが気になった。

イーリャが空いた右手で腕をさすっていると、その手をオーガスに取られた。

「事は一刻《いっこく》を争う。これが魔力酔いから守る術具だ。最中《さいちゅう》もはずさないように気をつけてくれ」

彼がイーリャの人差し指に嵌《は》めてきたのは、透明な石のついた指輪だった。
これは娼婦が魔術士を相手にするときに、大量の魔力を浴びても酔わないように使用する術具だ。嵌められている透明な石からして、イーリャがたまに使うものよりは上等そうだ。

「壊れても弁償はいらない。必要経費だ」

「……壊れるかもしれないほどやばいって事ですね」

「当然さ、なぜならあの銀氷の騎士だぞ？」

オーガスが、何を今更と言わんばかりに眉《まゆ》を上げる。

まったくその通りだと納得するしかないイーリャがむっすりとしていると、彼は励《はげ》ますようにとんとんと肩を叩いた。

「まっ、うっかり受け流し損《そこ》ねても、死にそうなほど気持ちよくなるだけだ。部屋にはあいつが逃げないように鍵をかけている。明日の朝には開けるから、せいぜい発散させてやってくれ！」

「えっそれっまっ……！」

驚くイーリャがなにか言う暇《ひま》もなく、視界がぶれた。

また転移をさせられたのだ。他人を転移させるという超絶《ちょうぜつ》技巧《ぎこう》に驚くよりも先に怒りが立ち、食えない将校に対し心の中で罵詈雑言《ばりぞうごん》を並べ立てる。

そんなイーリャがまず感じたのは、しびれるような冷気だ。

状況を把握しようとあたりを見渡すと、どこかの部屋だった。殺風景《さっぷうけい》とも言って良い、最低限の調度《ちょうど》品《ひん》だけが並んでいる。

けれど今は春にもかかわらず真冬のように寒く、そこかしこに降りた霜で白《しら》んでいた。

「まったく、これだから偉い人は……というかほんとさむっ」

薄着のドレス一枚だったイーリャは、リュートを抱えて腕を擦《さす》り寒さをしのぐ。

「う……ぁ……」

吐息の混じったかすかな声に、吸い寄せられるようにそちらを見て、目が離せなくなる。

部屋の中央にある簡素だが大きなベッドに、美しい青年が横たわっていた。


イーリャには彼が、シアン・アスベルクだとすぐにわかった。

けれど、その様子に絶句してしまう。

ズボンは穿《は》いているが、前が開けられたシャツから覗《のぞ》く体は、彫刻家が丹精込めた傑作《けっさく》のように均整が取れていた。噂通りの銀色の髪は繊細で、氷のように冷たく整った顔を彩《いろど》っている。禁欲的でありながら静謐《せいひつ》な美貌だった。間近で見れば見るほど美しい。

だが今は、切れ長の目に収まる青の瞳は理性と欲望の間でせめぎ合い、悩ましげに眉が寄せられていた。うっすらと汗ばんだ白い肌はなまめかしく紅潮《こうちょう》し、首筋には銀の髪が張り付いている。

本来ならば感情の色など一切浮かばないだろう顔に、抑えきれない情欲が浮かぶ様は、したたるような壮絶な色気となっていた。

何より、そんな欲とも無縁そうな美貌の青年が、艶《つや》を帯びた吐息を漏らしながら、前をくつろげたズボンの中に骨張《ほねば》った手を差し込んで動かしている。

自分を慰めているのだ。

ごくり、とイーリャは唾《つば》を飲み込んだ。

その音が思いの外《ほか》室内に響き、シアンがはっと顔を上げる。そこで初めてイーリャの存在に気づいた彼の頬《ほお》が、今まで以上に赤く染まった。

「うっ……！」

あ、出したんだな。とイーリャはわかった。だてに娼婦はやっていない。

わずかに体を震わせて欲望を吐き出したシアンだったが、しかし目から欲の火は消えておらず、ますますもどかしげに熱い息を吐いた。

これで収まるのだったら、部屋に籠《こ》もる必要なんてないだろう。室内を満たす冷気は、この青年の魔力が溢《あふ》れ出しているせいだと理解が及ぶ。それほど、魔力回路が暴走しているのだ。

個人差はあるが、魔術で使い尽くしたことによる魔力の過剰生産が始まるのが、数時間から半日後だ。先の作戦は昨日。つまり彼は、少なくとも半日はこの状態で耐えているのだ。

今、彼の体内では、焼きつくすような魔力が快楽に変換されて、荒ぶっているだろう。

こうなれば、魔術士は快楽と本能に支配された獣に成り下がる。いわばこの時の性欲は生存本能と同じだ。やらなければ死ぬ。だからオーバーフローした男は、女とみれば襲《おそ》い掛かる。

そこに手っ取り早く発散できるものがあれば、利用しない手はないのだから。

イーリャは目の前の光景に一周回って冷静になりはするが、馬鹿にはしない。軍ではそれが当たり前で、許されているのだから。

にもかかわらず、わずかに理性を取り戻したらしいシアンは、じり、とイーリャから距離を取ろうと後ずさり始めたのだ。

「すま、ない……お願いだ。っく……俺に近づかないで」

今は服が擦《す》れるだけで気持ちいいのだろう。動くたびに喘ぎの混じった吐息をこぼしはするが、明確な拒絶だった。

そう、決壊《けっかい》寸前の魔術士が、女を拒んでいるのである。

自分の常識を真っ向から突き破る状況にイーリャが目を丸くして凝視《ぎょうし》すると、シアンは堪《こら》えるように眉を寄せて、かぶりを振った。

「あまり、もたない。君を……ぐ……傷つけたくな……い……。ん……たのむ……」

桜色に色づく薄い唇からこぼれる荒い吐息の、なんと悩ましげなことか。

これでは男でも襲いそうである。

だがどうやら彼は、イーリャが娼婦だとわかっているようだ。にもかかわらず「傷つけたくないから逃げてくれ」と言っているのである。ひどく申し訳なさげに、己の欲と戦いながら。

極論で語ってしまえば、従軍娼婦は軍人に襲われることが商売だ。それに見合うかはともかく、普通の女が小物屋で働くよりもずっと良い給料を貰っている。

だから、軍人達は娼婦の前で理性を失う事をためらわない。気遣《きづか》うなんてもってのほかだ。

イーリャは冷酷無慈悲《れいこくむじひ》な騎士ならなおさら、合理的に女を殺す勢いで抱くんじゃないかと考えて、密《ひそ》かに心の準備をしていたくらいなのに。

でも目の前にいる男は違うらしい。

正直、自分の方が命の危機に晒《さら》されているのに、命綱《いのちづな》であるイーリャに手を出さないのには呆《あき》れる。けれど、ひどく申し訳なさそうに体を縮こまらせて、それでも己自身を擦ることをやめられない彼が哀れに思えてきた。

せめて合意くらいはさせてやろう。

イーリャは深呼吸をすると、彼の横たわるベッドに近づいて端に腰を下ろした。

シアンは近くに座ったイーリャに、絶望の色を浮かべる。

これが本当に銀氷の騎士と呼ばれている男なのだろうか？　とわずかに考えたが、かまわずリュートを構えつつ、丁寧《ていねい》に頭を下げた。

「お初にお目にかかります、銀氷の騎士シアン・アスベルク少佐。あたしはタウンゼン中将からご依頼を受けました従軍娼婦です。お体がつらいと思いますので、まずは、気休めではありますが一曲ご披露《ひろう》させていただきます」

「う、た……」

また理性が溶け始めているシアンに向けて、イーリャはほんのりと笑みを浮かべると、リュートをつま弾《び》く。

イーリャは甘く低く喉《のど》を震わせた。

荒ぶる獣を鎮める唄《うた》は決まっている。故郷で習った魔物を宥《なだ》める子守歌だ。

リュートで穏やかに旋律《せんりつ》を紡ぎながら、声に少しだけ魔力を混ぜる。魔術士になれるほどの魔力を生産できないイーリャだが、これだけは村の誰よりもうまくできた。

闇雲《やみくも》に暴れる本能に寄り添うことで宥め、やさしく柔らかく眠らせて、理性をそっと呼び起こすのだ。豊かな調べでささやくように、荒ぶる魔力を鎮めてゆく。

歌が終盤に至るにつれて、固く目をつぶり堪えるようだったシアンの表情が、徐々に和《やわ》らいでいった。頬の赤みもわずかに引き、呼吸も穏やかになる。

イーリャが最後の一音をつま弾き終えると、ゆっくりと瞼《まぶた》を開いた彼の青の瞳には、先ほどよりも理性が宿っていた。心なしか周囲の冷気も緩《ゆる》んだようだ。

ベッドからおっくうそうに体を起こしたシアンは、今度は決まり悪さと羞恥《しゅうち》に顔を赤らめている。しかしイーリャから目をそらしながらも、頭を下げてきた。

「ありがとう、君のおかげでましになった」

「どういたしまして……ですが。あたしが何をしたのかわかったんですか」

「あ、ああその『歌うことで魔力回路を鎮められる娼婦がいる』というのは有名だから。イーリャ・スコットさん。だろう」

イーリャは少々驚いた。オーガスの時も思ったが、たかが中級娼婦の名前をよく知っているものだ。やってくる兵士達は、歌なんて酒場の余興として聴いているだけだというのに。

まあ疑われるよりは良いと、イーリャは話を続けた。

「はい。あたしがそのイーリャですが、今の効果は一時的なものですからね」

念を押しつつ、ベッドサイドに置いてあった布を差し出してやる。彼は気まずそうにしながらもおとなしく受け取って、そっと手を拭《ぬぐ》った。

歌の効力について確認してこないことからして、シアンも自覚はあるらしい。数々の客を相手にしてきたイーリャは、彼のオーバーフローが歌程度では収まらないのを悟《さと》っていた。

はじめの一曲で、鎮まるまでどれくらい掛かるかわかる。

今回は、かなり本気で魔力を込めた。魔力回路の暴走が鎮まるどころか、眠り込むほどの一曲だったのに、いまだに彼の目から情欲は消えていない。

だがしかし、向かい合っていてもシアンは従軍娼婦であるイーリャに手を出してこないのだ。

その代わりに、おずおずと話しかけてきた。

「君は、オーガスさんに、言われて来たと言っていたね」

シアンの色香《いろか》の混じるかすれた声に、イーリャは背筋《せすじ》に這《は》い上がるものを感じつつ頷く。

「はい。朝まで部屋から出られないそうです。お金は割増料金を払って戴《いただ》くお約束なんですが」

「……そう、か。君には迷惑をかけた。その様子だとずいぶん強引な手を使われたんだろう？」

「ええまあ。いきなり店を訪ねられてきて、転移魔術で送り込まれましたね」

あくまで気楽に語ったつもりなのだが、シアンは呻《うめ》いて頭を抱える。

「ほんとうに、すまない。オーガスさんに代わって謝ろう。きっとあの人の気遣いなんだろうが、これはあんまりだ」

謝罪するシアンに、イーリャは途方《とほう》に暮れた。

これは一体どうしたものか。なんだかのんびりとしているというか、軍人らしい圧がないというか。思っていた姿と違いすぎて、どうにも調子が狂う。

　しょんぼりと肩を落とす姿は、どう見ても噂の冷酷非情な銀氷の騎士と結びつかないのだ。

「あの、聞いていいですか」

「な、なんだろうか」

「その、ものすごく噂と印象が違うんですけど」

　話しかけると、シアンは少し驚きながらも苦笑する。

「ああ、あれか。オーガスさんからの助言なんだ。俺はまだ若いし、威厳《いげん》がないだろう？　何を考えているかわからない方が恐ろしく見えるから、表の場では無言で、人前でもあまり話さないようにってね。言う通りにしてたら、そんな風に言われるようになったんだよ」

　イーリャはあっさりと裏話を語る彼に、驚きつつも納得する。

　この美人顔が顔色も変えず、無言で魔術を駆使《くし》して敵を殲滅《せんめつ》すると考えるだけで怖い。オーガスの戦略は正しかったと言えるだろう。

　ただ、とイーリャは眉を寄せた。

「それ、きつくありませんか」

「人と話すことはあまり得意ではないから、むしろ助かったよ」

　なんとも言えずふんにゃりと微笑《ほほえ》んだシアンのまぶしさに、イーリャはうっと息を詰めて、勝手に感じる動悸《どうき》を宥めた。

　確かに冷酷非情の顔がほどけている今は、快楽で蕩《とろ》ける寸前の、壮絶《そうぜつ》に色っぽいお兄さんだ。一《いっ》挙手一投足《きょしゅいっとうそく》に艶麗《えんれい》な色香がしたたり、今も時折、悩ましい吐息がこぼれる。しかも話し方もどこかゆったりと柔らかいせいで、どこぞの貴婦人の事後のような嫋《たお》やかささえ感じさせるのだ。

イーリャは、先入観がぼろぼろと崩《くず》れ去っていくのを感じた。

なんだこの男は。シアンは確か二十六歳だと聞いている。

騎士は、魔物を単騎で討ち果たす実力を持った上で、多くの功績を挙《あ》げた者に贈られる称号だ。それを彼は歴代最年少で得て以降、現在まで第一線で活躍している。にもかかわらず、軍の中でこれだけ初々《ういうい》しさを残しているのは奇跡だろう。

だってなりふり構わず、女を抱かなければいけない環境なのだ。玄人の女を相手にし続ければ、どうしたって多少なりとも擦れるはず。

銀氷の騎士の実態に衝撃を受けながらも、イーリャははっと思い出して聞いた。

「ええと、どうして娼婦を使わなかったんですか？　処理しないと死ぬでしょう？」

イーリャに対して照れを浮かべるくらいなのだから、性的対象は女だろう。

するとシアンは物憂《ものう》げに長いまつげを伏《ふ》せる。さすがにぶしつけだっただろうか。今度こそ氷漬けだろうかと密かに覚悟したが、彼は逡巡《しゅんじゅん》しながらも語ってくれた。

「その、だな。昔は世話になっていたんだ。けれど以前オーバーフローをしかけた時に世話になった人が、その後仕事ができなくなってやめられたと聞いてね」

「あー……つまり、あんまりに善《よ》すぎて相手さんが魔力中毒になったんですね」

オーバーフローを起こしている人間の魔力は、媚薬《びやく》的な作用を引き起こすのだ。魔術士との性交は気持ちがいい理由でもある。そして強い魔術士ほど作用は強い。それをもろに浴びたらどうなるかなんて想像に難《かた》くない。俗に快楽中毒とも語られていた。

イーリャの相づちに、シアンは悔恨《かいこん》をにじませながら頷いた。

「ああ、あとでオーガスさんから適切な治療を受けられるよう施設に移ったと聞いた。だがその間、俺の所に何度も来るようになってしまったんだ」

「……ん？」

「しかも一人だけじゃなく何人か同じようなことがあって、申し訳なくなってね。以降自己処理で収まる程度に使う魔術の数を調整していた」

「それ嵌められかけたんじゃ」

赤い顔ながらきょとんと小首をかしげるシアンに、イーリャは口を閉ざした。

娼婦達は必ず、軍人から流れ込む魔力を受け流すために術具を身に付ける。イーリャがオーガスから貰った指輪がそれだ。さらに魔力に中《あ》てられないよう、上級の魔術士にはそれだけ許容量の大きい娼婦や、術具が渡される。だから、めったに魔力中毒にはならない。

だが、時々あるのだ。うっかり軍人に惚《ほ》れてしまった娼婦が、相手を独占するためにわざと装飾品を使わずに魔力中毒になって、結婚を迫ることが。

「あなたとの相性がよかった」という理屈をつけて、同情をめいっぱい引き関係を続ける、娼婦としても捨て身の手だ。これだけ顔が良い男に気遣われれば、引き止めたくなるのもわかる。

だがしかし、シアンの相手をしたのは上級娼婦のはずだ。そんな関係はイーリャでも不毛《ふもう》だとわかるのに、身勝手な振る舞いで優秀な軍人にトラウマを植え付けるなんて娼婦失格である。

内心憤然《ふんぜん》としながらも顔には出さず、イーリャは目を見開いて驚いてみせた。

「撃つ魔術を調整するなんてずいぶん器用ですね。普通そんなことできませんし、それであの戦果を上げられたんですか」

「まあ、魔力が人よりも多くて、制御が得意だから」

顔色は冴《さ》えないながらもはにかむシアンに、イーリャは感心と呆れを覚えた。

なんとも凄《すさ》まじい天才がいたものである。

とりあえず申し訳なくなったので、現地妻の噂はそっとなかったことにした。

相互理解は深まったがしかし、これで物事が解決したわけではないのである。

気が緩んだ様子だったシアンが、赤らんだ頬のまま、前かがみでベッドの端へ移動し始める。

「その、スコットさん。そういうわけで俺は大丈夫だから、どうか離れていてくれ。ほんとうにすまないんだが、音だけは我慢してくれるとたすかる」

苦しげに息を吐きながらも願うシアンに対し、イーリャは何度目かわからない呆れをこぼした。

「イーリャで良いですよ。ねえ、アスベルク様。ちなみにどうなさるつもりですか」

「少しずつ、発散していく。今までそれで凌《しの》いできたから、なんとかする」

そうして、シアンは汗をにじませながらも、こちらを安心させるようにぎこちなく微笑むのだ。

「君は、寝ない娼婦なんだろう。大丈夫だ。君に迷惑はかけないから、鍵が開いたら逃げてくれ」

その返答にイーリャは天を仰《あお》いだ。

本当にこの男は、変な軍人だ。娼婦がいるのに使わない。あくまでこちらを気遣うのだ。

今までこのように扱われたことがなくて、胸の奥がむずむずする。

ただ、同時にひどく悔しい気もした。つまりは我慢できる程度には、自分に魅力を感じていないのではあるまいか。

普段はこんな危険は冒《おか》さない。イーリャは事なかれ主義なのだ。

けれど娼婦としてのプライドを少々傷つけられた気がしたこと、お金をたっぷり貰える予定なこと。なにより、こんな風になってまで自分を気遣う彼が少し可愛《かわい》く思えてきていた。

だから、イーリャはリュートをそっと床に置いた。これはしばらくお休みだ。

そしてベッドに体を乗り上げると、シアンは目に見えて動揺した。

「スコット、さん？」

かすかに震える声に、イーリャは安心させるために、少しだけ砕《くだ》けた口調で応じた。

「イーリャで良いって言ったでしょう？　大丈夫、あたしはプロですから。壊れません。怖がんないで気持ちいいことしましょう」

「いやだが……」

「でも、一人じゃ収まらないの、わかってるでしょ」

言いよどむシアンに念を押すと、彼はぐっと息を詰める。シアンの青の目には、まだ正気が残っていたが、余裕がないのが感じられた。

にもかかわらず、泣きそうな顔で弱々しくかぶりを振るのだ。

「それでも、せっかく会えた君と……っ」

しかし、イーリャはその否定でしびれを切らした。

彼が何をためらっているのかはわからないが、とにかく発散させる事が急務なのだ。

だからイーリャは彼が顔をそらした一瞬の隙《すき》をついて距離を詰めると、抱きつくようにベッドに押し倒した。上級士官が使うものらしく、広いベッドは優しく二人分の体重を受け止める。

イーリャはさらに、反射的に起き上がろうとするシアンの体をまたいで馬乗りになった。

穿いていたスカートが、華やかにベッドへ広がる。

どこからか甘やかな香りを感じたが、吐いた息が白くなり、体が震えかけるのに内心舌打ちしたくなる。また室温が下がり始めていた。明らかに魔力の発散が足りていない今、自慰《じい》だけじゃ間に合わない。彼の要望に従って、部屋の隅に居れば凍死するだろう。

とはいえそれを素直に言うつもりはなかった。

ぽかんと青の双眸《そうぼう》を丸くするシアンに、イーリャはせいぜい艶然《えんぜん》と微笑みかけてみせた。

「とりあえず、ヤりましょう？」

まるでイーリャに見蕩《みと》れたかのように、硬直していたシアンだったが、すぐに両手をかざして拒《こば》んでくる。

「やっ、やめてくれ。今ならまだ……うっ！」

「ここをこんなにしておいて、本当に大丈夫なんです？」

だがイーリャがそこをなで上げてみせると、シアンは体を震わせて堪える。

彼の屹立《きつりつ》は部屋の寒さとは裏腹に、熱を持ってそそり立っていた。

萎《な》える気配は一向に見えない。いつ暴発してもおかしくない状態にもかかわらず、あれだけ平然を装っていたのだから、大した精神力である。ただ、触った感触だけだが、かなり大きなものを持っている。剛直《ごうちょく》とも称して良いこれを入れるには、それなりに準備しなきゃいけないだろう。

だがそんな算段は一切見せず、イーリャは彼の抵抗が緩んだ隙に自分の服に手をかけた。

イーリャは「寝ない娼婦」という触れ込みだが、多い日には客を取ることもあるし、歌い始める前は普通に客の相手をしていた。男を乗り気にさせる手管は心得ているのだ。

懇願《こんがん》するような彼の青の瞳を見つめながら、まずボディスの前ボタンをぷつり、ぷつり、とはずしていく。同時に腰を妖艶《ようえん》にくねらせて、ズボン越しの屹立を刺激してやる。密着した局部が明らかに反応するのを感じた。

シアンの熱を帯びた視線が少しずつ緩んでいく衣服に突き刺さる中、イーリャは目を細めてみせる。破り捨てられないように、娼婦の服装は脱ぎやすいものが多い。今日の服は巻きスカート状だったから、ボディスを脱いだ後、スカートも楽々外す。

そして下に着ていたシュミーズを肩からするりと落とした。

外気に晒された肌は下着で飾られていた。青を基調としたブラジャーと、ガーターベルト、ショーツがあらわになると、シアンがごくりと喉を鳴らした。

それでも目が合うなり彼は顔をそらそうとする。けれど、イーリャはかまわずブラジャーまで取

り払うと、ふるりと胸が揺《ゆ》れた。

「っ……！」

「あら、おっぱい好きなんです？」

イーリャがよく見えるように彼に覆《おお》い被《かぶ》さると、今度こそシアンが息を詰めて硬直した。それなりに量感《りょうかん》がある胸から、目が離せないらしい。彼にも男の欲らしい部分を見つけて少々安心する。

店の一番人気には敵《かな》わないが、イーリャはしなを作りながら、彼のはだけたシャツをさらに脱がせる。我に返ったシアンが抵抗してきたが、その手はイーリャでも振り払える程度には弱々しい。

彼の体は、さすがに軍人といった雰囲気で、シャツ越しではわからないほど厚みがあり、引き締《し》まっていた。白い肌には無数の傷跡が残るが、それすら装飾のようである。

少々見蕩れかけたイーリャだったが、よく発達した胸筋と割れて浮き上がった腹筋の溝《みぞ》をたどれば、シアンから呻き声が漏れる。明らかに心地よさを感じさせるそれに、思わずにんまりとする。

ちょうど良いところに、胸元にぽつりとある飾りが慎《つつ》ましく主張していた。

「君が、する必要は……うっぁ!?」

イーリャは制止の声を止めるために、彼の白い肌にある飾りに唇を寄せた。手をついた体がびくりと驚くのを感じながら、舐《な》め上げてやる。

ここをいじられるのが女のようだと嫌がる男もいるが。ちらりと見た彼は、信じられないとばかりにイーリャを凝視《ぎょうし》しているものの、嫌悪《けんお》はない。それは助かる。

イーリャはにっこりと微笑むと、さらに舌で転《ころ》がしはじき始めた。

「うぁ、く……ん……っ」

シアンのうわずった声を聴いていると、まるでこちらが手込《てご》めにしているような気分になる。

しかし彼の目がイーリャの一挙手一投足に釘付《くぎづ》けなのも、その目に理性と本能がせめぎ合う事も。

さらに時々イーリャが太ももで刺激してやっている彼の欲望が、一向に萎えないどころか面白いくらいに反応している事もよくわかっていた。

何より、イーリャの手で戸惑うように快楽に喘ぐシアンの姿は、ちょっとかわいい。

時折甘噛《あまが》みを挟みながら彼の胸の飾りを愛《め》でていたイーリャは、シアンの息が忙《せわ》しなくなり始めたのを見計《みはか》らい、育ちきった剛直に直接手で触れ、強めにしごく。

「……ッッ！」

抑え込んだ声と共に、イーリャの手をあっという間に熱い白濁《はくだく》が汚した。

シアンが余韻《よいん》にぐったりと弛緩《しかん》している間に、イーリャは自分のショーツを器用に脱いで、秘所に指を差し入れた。

「ん……」

くちゅり、と濡《ぬ》れた音が響いてほっとする。恐らく彼の魔力に中てられているのと、彼の媚態《びたい》にそそられたおかげだ。精の匂《にお》いでさえ甘く感じ、少し興奮している気がする。

ただ最近客を取っていなかったため、中は締まり気味である。何回付き合うかわからない以上裂《さ》けたら困るのだから、イーリャは少し恥ずかしいが、自ら指を差し入れてほぐし始めた。

だが、かなりの量が出たにもかかわらず、シアンの剛直はイーリャの下で萎える気配がない。

もう一度くらいは抜いても良いなと、イーリャは自分を慣《な》らす傍《かたわ》ら芯《しん》を持つ屹立を扱《しご》こうとした。

しかし、イーリャの手は骨張った手に摑《つか》まれる。

「スコット、さん。もうそれ以上は、だめだ……っ頼むから、俺に傷つけさせないで、っはなれ」

一度抜いたことでわずかに冷静になれたのだろう、上体を起こしたシアンが、熱っぽい息をこぼしながらもそう拒んでくる。

いっそ理性が解《と》け崩《くず》れれば楽だろうに、ここまで来てもイーリャを案じるのだ。

手込めにされかけているのはシアンにもかかわらず、まさに騎士の振る舞いである。

だがそれは、今の自分には逆効果だ。

ちょっとため息をついたイーリャは恨《うら》めしげに見つめつつ、彼の弱々しく力の入れられた左手を逆に取ってやった。

「イーリャで良いと言いましたよね。それに、さすがにそろそろ傷つきますよ」

「え、……っ」

そのまま、彼の手を己の乳房に導いた。反射的にか、膨《ふく》らみに乗せた彼の手に力がこもる。

絶句するシアンの青の目を見つめながら、イーリャは小首をかしげてみせた。

「あたし、そんなに魅力ありません？」

正直、美しい男の前でこれを言うのは大変勇気が必要だった。

しかし、娼婦として性的魅力を感じてもらうことを生業《なりわい》にする己が、ここまで発情した男に拒まれるのは、悔しいのだ。

果たしてシアンの青い目の瞳孔《どうこう》が大きく広がる。

ぐんと、イーリャの視界が回り、次の瞬間ベッドに組《く》み敷《し》かれていた。

かすかな精の匂いと、それをかき消すような甘やかな香りに包まれる。

見上げれば馬乗りになったシアンが、銀の髪を乱れさせ獣のように荒い息を繰り返していた。

青の瞳にはギラギラとした欲望がみなぎっており、押さえつけられた腕には、痛いほど力が込められている。

首尾《しゅび》よくその気にさせられた事を知って、イーリャは彼を安心させるように笑ってみせた。

そう、それでいい。

「誘ったのはあたしです。だから全部あたしのせいにすればいいんですよ」

男は繊細《せんさい》だ。オーバーフロー特有の、荒波《あらなみ》のように押し寄せてくる衝動《しょうどう》と意に反する欲情を認められずに、うまくノれないことがある。そういう時、娼婦達は免罪符を用意してやるのだ。

相手は娼婦だから仕方ない……当然なのだと。娼婦が誘ってきたからだとなじって事に及ぶ男もいるが、こちらは仕事だ。ちゃんとやることとやって発散して、戦場に行ってくれればそれでいい。

これで大丈夫だと、少々安堵したイーリャだったが、見下ろしてくるシアンの熱を帯びた瞳は、泣き出しそうにゆがんでいた。

「すまない……ぜんぶ俺のせいだから。なる、べく、痛くないように、早く終わらせる」

「……あーもう」

イーリャは顔を覆いたい衝動に襲われた。

正気を手放して欲に身を任せれば楽だろうに、彼は最後までこちらを気遣うのだ。

なんとも言えないむずがゆさを感じる間にも、シアンはもどかしげに腕に引っかかったシャツと、ズボンを脱ぎ捨てる。そして、すでにどろどろになっていた下着も取り払った。

イーリャが初めて確認した彼の剛直は、ひどく張り詰めて赤黒く脈打っていた。確認しただけで二度、放っているにもかかわらず萎える気配は一向になく、今もなお先走《さきばし》りが滴《したた》っている。

少しほぐしたから大丈夫だろうと、イーリャは受け入れるつもりで、両足を大きく開いた。

しかし、シアンが秘所に差し入れたのは指だった。ぐちゅり、と花園から湿った音が響く。

性急ではあったが、イーリャの指よりも太いそれで中をかき混ぜる行為は、明らかに快楽を引き出そうとするものだ。イーリャは驚くと同時に、下腹に甘やかな疼《うず》きを覚えた。

「なんっ……!?」

「慣らさ、ないと。君がつらい、だろう。……だが、ああ、中が熱いな……」

シアンがこぼした言葉に、明らかな悦《よろこ》びが混じっている。その情欲にまみれた声に、イーリャは己の奥からどっと蜜《みつ》が溢れ出すのを感じた。

それがわかったのだろうか、シアンは余裕のない表情ながらもかすかに笑って、さらに指を増やす。あまつさえ、イーリャの胸の膨らみを揉《も》みしだき始めたのだ。

「アスベルク様!?」

「……俺もシアンでいい、名前、呼んでくれ。せめて。それくらいは……」

イーリャはやめさせようとしたが、屹立をシーツにこすりつけながらも、目元を赤く染めて嬉《うれ》しそうにするシアンに思わず止まってしまう。

　これだけ余裕がないのに、娼婦を気遣う客なんて想定外だ。

　そんな事を考えている間にも、乳房が彼の手によって形を変えられてゆくのに、淫《みだ》らな心地よさがせり上がってくる。イーリャの秘所をいじる彼の指が、入り口の上にある秘核《ひかく》に触れた。

「あっ……」

　思わず声を漏らすと、シアンはそこを重点的にいじり始めた。さらに中を探る指先が、胎《はら》の奥にたどり着き、ざらりとした部分を撫で回されるとイーリャの体が勝手に跳ねる。

　ぐちぐちと蜜壁《みつへき》を擦《こす》る音が響くほど出し入れされ、入り口にある膨らみかけた飾りを、溢れる蜜液をすり込むようになぞられるとたまらなかった。

「ん、ぁは……や、まって……！　んっ……！」

　制止しようにも、いじられている花芯《かしん》から広がる悦《えつ》に思考が散《さん》じてしまう。

　イーリャが身もだえると、シアンが覆い被さってきて、太ももに熱く固い屹立がこすりつけられるのを感じる。その熱にびくりと反応してしまったくらい、イーリャの体も昂《たか》ぶってきていた。

　正直、ほぐしてくれるのは助かるが、まるでとても大切にされているようだ。

　自分の沈めている心が疼いて、引っ張られそうになる。

　そう感じたイーリャは、シアンの腰に足を絡めた。

　さらに首に腕を回し、上目遣いで見つめて懇願する。

「イー、リャ？」

「も、いいから、入れてっ……！」

シアンの細い細い理性の糸がぷつり、と切れる音を聞いた気がした。

痛いほど腰を掴まれ、一気に貫かれた。

「ぁあっ!!」

あまりの質量にイーリャは悲鳴に似た嬌声《きようせい》を上げる。胎《はら》が強引に割り拓《ひら》かれる苦しさに、うまく息が吸えない。

そのままぐいと腰が押し付けられた事で、飛沫《しぶき》が中に吐き出されたことを知った。けれどすぐに入り口ぎりぎりまで出され、長いストロークで抽挿《ちゆうそう》が始まる。

まるでイーリャを使い、肉を扱いているような激しさで容赦《ようしや》がない。だがイーリャにとって、これはよくある慣れたものだ。

タイミングを合わせて腰を動かしてやれば、シアンの唇から喘ぎ声が漏れた。

もう、青い瞳からは理性が駆逐《くちく》されている。

にもかかわらず、なんて扇情《せんじよう》的で、蠱惑《こわく》的で、美しいのだろう。そうだ、美しい獣だ。

白い肌には汗を流し、銀の髪を乱してより深い快楽を追い求めている。

イーリャがちら、と嵌めている指輪を見てみると、透明だった石に青が混じり始めていた。

そうやって、本来浴びるはずだった魔力を吸収しているのだ。普段よりも染まるのが早いが、まだ余裕はあるだろう。徐々に濃密になる甘い匂いが、彼から漂う魔力なのだ。香りで感じられるほどだ、その作用も強いだろう。

あとは、彼が少しでも楽になれるように手伝うだけ。より深く絶頂を味わえば、それだけ早く魔力は発散されるのだ。イーリャはそんなことを考えて、下肢《かし》からじんわりと上がってくる気持ちの良さと、頭の芯がしびれるような甘い匂いから気をそらした。

矢先、シアンに片足を抱《かか》えられる。

ごりっと最奥まで穿《うが》たれたと同時に、結合部の上にある秘核を潰された。

飼い慣らそうとしていた快楽が一気にはじけた。

「や、んぁっ!?」

頭が真っ白に塗りつぶされ、イーリャは堪える間もなく軽く気をやっていた。

勝手に収縮《しゅうしゅく》する胎内《たいない》に、シアンもまたぐっと腰を押し付けて絶頂を迎える。

首筋に銀髪を張り付かせて震えるシアンを、弾《はず》んだ息のままイーリャが呆然《ぼうぜん》と見上げると、シアンの情欲に染まった瞳が嬉しそうに細められた。

「――イーリャ」

掠《かす》れた声で呼ばれて、全身にぶわりと熱が広がった。

頬の輪郭《りんかく》を確かめるようになぞってゆく指先が、優しくて甘やかな色を帯びていると錯覚《さっかく》する。

これは、だめだ。これは、まずい。

イーリャは頭のどこかで考えたが、体は正直に咥《くわ》え込んだ屹立をきゅ、と締めてしまう。

それが呼び水になったのだろう、いまだ萎える事のないシアンは再び律動《りつどう》を始めた。

一度上り詰めてほころんだイーリャの柔肉《やわにく》が、剛直に絡みついてゆく。はじめは息苦しさが強かったにもかかわらず、今は胎を埋め尽くす暴威《ぼうい》に、たまらなく快楽を得ていた。

また、良いところを擦った。絶頂の余韻が引かない体は、容易に悦を拾ってしまう。

「んあっ！　シアンさ、んぅ、……ひっ⁉」

衝撃と明確な快楽に、イーリャが声を零《こぼ》すとそこばかり擦られた。さらにシアンの片手は胸を揉みしだく。彼の長い指が胸に沈む卑猥《ひわい》さと、甘い刺激にめまいがした。

「やぁっ、胸は、今いじっちゃ、あぁ‼」

制止しかけたとたん、ぷっくりと尖《とが》りきった胸の先をつままれて甲高《かんだか》い嬌声が漏れる。

痛みに変わる寸前の絶妙な刺激に、イーリャの思考が溶けていきかけた。

これでは、自分が善くされているではないか。彼を楽にする作業のはずなのに。

悦楽に体を震わせるイーリャが見上げると、当のシアンは器用に腰を打ち付けながらも、こちらの反応を嬉しそうに見ている。むしろイーリャの中にあるものは、一層《いっそう》張り詰めるばかりだ。

不意に彼は、イーリャの横に手を突いて顔を近づけてきた。快感に呑まれかけながらも、おぼろげながら何をするのか察したイーリャは、とっさに唇の間に手を挟《はさ》んだ。

「キスはぁっ、ダメ、よ」

娼婦の性交はあくまで仕事だ。せめて口づけくらいは好きな人とだけの特別にしたい、というささやかな意地をもつ娼婦は少なくない。イーリャはそんな夢見がちな理由ではないが、そうやって己の心を守る同僚達に協力するため断っていた。

シアンに声が届くか不安だったが、ゆっくりと瞬《まばた》きをした彼は、少しだけ眉を寄せたが無理に手をどけようとはしなかった。

ほっとしたのもつかの間、シアンはまつげを伏せると、イーリャの掌《てのひら》を舐め上げたのだ。

「……っ!?」

湿った舌の感触に怯《ひる》んだ間に、胸をもてあそんでいた手がイーリャの腕を取ると、さらに舌を這わせていく。

形を確かめるように輪郭をなぞり、指先を甘噛みし、舌を絡ませ、指の股《また》の柔らかい部分まで余すところなく吸い付く。その指への愛撫《あいぶ》は、彼がどうやって口づけるのか想像させた。

「んっ、あ……ふっ……」

熱っぽい青の視線が投げかけられるのに背筋が震える。己の手の間から時折見える彼の赤い舌の卑猥さに、イーリャはまた蜜壁が濡れるのを感じた。

指なんて何も感じないはずなのに、ぞくぞくと這い上がってくる気持ちよさが止まらない。

「や、……ねえ、ぁまって、いっちゃ……んぁッ！」

イーリャが手首の内側に吸い付かれて軽く気をやってしまうほどになる頃《ころ》、シアンはようやく唇を離した。彼はイーリャの手と己の指を絡めてベッドに縫《ぬ》い止めるなり、また上り詰めるような激しい律動を始めて、イーリャは濃密な悦楽に呑まれた。

どちらのものともわからない濡れそぼった音と、シアンの吐息とイーリャの嬌声が混じり合い、室内に反響する。だが、甘い匂いで全《すべ》ての刺激が快楽に変換された。

行為中、シアンは殆ど声を発さなくなった。けれど時折混じる声や漏れる吐息は、暴力的なまでの色香でイーリャを煽《あお》っていく。

「ひぁ、あん……ッ、……ッッ」

演技でも何でもなく、自分からこぼれる甘ったるい声に動揺した。

せめて堪えようと口元に手をやった。こんなに乱れさせられるなんて悔しい。にもかかわらず、シアンはとがめるように先端を奥へグリグリと押し付けてきて、たまらず喘ぐ羽目になる。

その後は口にシアンの指を差し入れられて、閉じられなくなった。

そうしたら、もうだめだった。

「はぁ…ん、あっ！　……あ、やっぅんっ……」

逃せなくなった快楽がイーリャを支配した。彼を楽にするための行為だというのを忘れて、強烈な官能を追い求めてしまう。

理性を失っているとは思えないほど、シアンの愛撫は巧《たく》みだった。自身の快楽を追っているのは間違いないのに、同時にイーリャを高める事に固執《こしつ》しているとすら感じられるほどである。

キスをしない代わりとでもいうように、全身に唇を落とされ、赤い花弁を散らされる。

甘噛みをされる刺激だけで軽く気をやった。弱い部分ばかりを責め立てず、絶妙に外されて、快楽に慣れることすら許されない。イーリャは高みから落ちてこられないような錯覚に陥《おちい》った。

「ね、ぁ、も、くるし、からぁ！　おかしく、なっちゃ……ぁっ」

あまりの快楽に涙をこぼしながらいやいやと首を振ると、意外にもシアンは激しい責めを緩めてくれた。本気の懇願でも受け入れられるとは思わなかったが、なんとか息をついていると、彼に抱きしめられる。そして宥めるようにイーリャの褐色の髪を撫でていった。

「んっ、きも、ち……」

イーリャはその優しい手つきにうっとりとする。しかし、中に入ったままのシアンの律動はやむことはない。ゆったりと馴染《なじ》ませるように押し付けられる腰遣いは、徐々にイーリャを昂ぶらせてゆく。それだけでも充分に気持ち良いのか、シアンは蕩けるような笑みをこぼしていた。

なのにイーリャは、だんだんと炙《あぶ》られるようなもどかしさを味わう羽目になるのだ。

イけそうで、イけない。あれほど怖いと感じた激しさが、欲しい。

早々に耐えきれなくなり、イーリャは泣きそうな気持ちで、シアンの首にすがりついた。

「やぁ、っ奥、つよく、ついてぇ……！」

懇願すると、シアンは嬉しげに目を細めるなり、剛直で獰猛《どうもう》に奥をえぐりだす。

先ほどまでの穏やかさが幻に思えるほど、腰が砕けそうな深い繋《つな》がりに、たちまち上り詰めて高く啼《な》いた。

間近で見るシアンの青は、薄暗い室内の中でも恐ろしく美しかった。理性が蕩けきり本能と情炎に満たされながらも、官能的な艶がある。

そんな瞳が映しているのが、自分だという事実にくらくらした。ああでも、体は正直だ。

「シアン、ン、きもちい、気持ちぃ、よぉ、っん……！」

「イーリャッ……」

そんな、焦がれるように呼ばれたら、大切にされている気になってしまう。

錯覚だとわかっていても、イーリャは再び快楽の渦《うず》の中に果てたのだった。

＊

イーリャが目覚めると、厚いカーテンの隙間から朝日が差し込んでいた。

どうやら、自室ではないらしい。

身動《みじろ》ぎしようとすると、腕が腹に絡まっており動けない。なんとか首をめぐらせ背後を振り返ると、銀の髪の恐ろしく美しい男が健《すこ》やかな寝息を立てていた。

それで、昨日の一夜を全て思い出したイーリャは無言でもだえた。

すごかった。間違いなく、今までで一番乱れた濃密な夜である。

自分がまさか、娼婦としての矜持《きょうじ》を投げ捨てて、快楽に溺《おぼ》れる日が来るとは思っていなかった。

シアンは今でこそ無垢《むく》であどけない表情だが、昨夜の熱の籠もった眼差《まなざ》しも、体中を這った手の優しさも。何度も繰り返し呼ばれた名前の甘さまで、全部記憶している。

「できれば忘れてたかった……」

喘ぎすぎて掠れた声に、ますます羞恥が募《つの》り顔を覆う。その時に己の髪が目に入り、さらに追い打ちをかけられた。

普段は翌日の公演に響かないよう、喉を潰すようには喘がないのだ。そんな調整すら吹っ飛んでしまっていた。思い出すだけで、また下腹《したばら》がきゅんと収縮してしまう。

「そりゃあ、娼婦でも落としに掛かりたくもなるってもんだわ」

こんな顔のいい男にあんなに優しく抱かれたら、高級娼婦でも骨抜きになるし、なりふり構わずすがるだろう。呼ばれた声の甘さを思い出したイーリャは、顔を赤らめつつも不本意ながら納得する。とはいえ、彼の様子からして、完全に魔力回路の暴走は収まったようだ。

ならば自分の仕事は完遂《かんすい》である。

ひどくだるかったが、イーリャはそうっとシアンの腕をどかして体を起こした。

「んっ……」

その拍子に下肢の間から白濁がこぼれ落ち、イーリャは淡い余韻《よいん》に少し震えた。

シーツにしたたり落ちるほどの量に、若干《じゃっかん》乾いた笑いを漏らすことでなんとか己を保《たも》つ。

イーリャもシアンも体中あちこちどろどろで、室内にはむせ返るような事後の匂いが漂《ただよ》っていた。

もちろんシーツもひどい有様で、このまま乾けばさらにひどいことになるのは明白だった。

後始末をしても、恐らくシアンは起きないだろう。しかし、あんなに乱れる予定ではなかったのに、どろどろにしてくれやがった男にそこまでしてやる義理はない。

だからイーリャは浴室を借りて簡単に身を清めると、身支度《みじたく》を調える。さすが将校用の宿舎である。浴室も豊富な水が使えた。朝日に照らされる己の肢体《したい》は、あちこちに赤い花のような鬱血痕《うっけつこん》が残されていたが、努《つと》めて見ないようにした。

扉のノブを回してみると、あっけなく扉は開く。

リュートを抱えたイーリャが安堵して廊下に出ると、元凶であるオーガスが立っていた。

オーガスはイーリャを見るなり軽く目を見開く。そしてにんやりと人の悪い笑みを浮かべた。

「ずいぶん可愛がられたみたいだな。首尾よく発散してくれたようでなによりだ」

その言葉に、顔をしかめたイーリャは頭に手をやりため息をついた。

視界の端で結《ゆ》えなかった銀色の髪が揺れる。

イーリャの髪色は本来黒に近い褐色だ。こんなきらきらしい色ではもちろんない。理由は、シアンの魔力をたっぷりと浴びたせいだ。

ヤることやるたびに染まっていたら恥ずかしくて外なんて出歩けないが、普通なら染まるなんてあり得ないのだ。あの男の魔力が、それだけ濃密だったせいである。

濃密に魔力を浴びると、魔力の持ち主の髪色に染まってしまうことがある。医療行為などでもあり得るが、大半はオーバーフロー中の魔術士との性行為時に起きる現象だった。

オーガスがしげしげと見つめていることからして、髪だけではないらしい。

「もしかして目も変わってます？」

「ああ、見事にあいつの青色に染まってるぞ」

「……くそったれ」

悪態をついたイーリャは銀髪をかきむしった。いつもの自分と違う髪でいるのは落ち着かない。

イーリャ自身が目立たない色合いのため、普段だったら、多少色が変わったくらいではバレやしない。だがこんな特徴的な髪色では、誰に抱かれたか一目でわかってしまう。そうすれば、噂に悩まされることになるのはイーリャである。

だがしかし、オーガスはイーリャを上から下まで眺《なが》めると感心したように言った。

「驚いたな、立てるのか」

「あんまりじゃないですか、その言い方。はっきり言って足がガクガクしてますし、くったくたなんです。ついでに目立ちたくないので、また花蜜館まで直接送って頂けませんか」

「まだ休んでいても構わないぞ。事後の別れを済ませてからでもいいんじゃないか？」

「あれだけ娼婦にトラウマ背負《せお》っている人の側《そば》に居たら、かわいそうですよ」

シアンの「娼婦嫌い」の噂の真相を知っているだろう男の言葉とは思えず、イーリャは取り繕《つくろ》う気もなく呆れをこぼす。

「それに、解消はしましたけど、魔力回路に負荷がかかっていると思いますので、あと半日は起きないと思います。起きたらちゃんと医者に診《み》てもらってください、以上です」

イーリャが淡々と伝えれば、オーガスはとがめることはない。

ただ、少し思案をしながらも頷いた。

「まあいい。その後も面白そうだ。もちろん送っていこう。料金については女将に入れてある。一、二日は商売にならないだろう？　色をつけた」

「さすが中将様は太っ腹ですね。ありがとうございます」

言いつつ、イーリャが使った指輪を渡そうとすると、オーガスに手を押さえられた。大きく、無《ぶ》骨《こつ》な手だ。感触からして、未《いま》だに剣の握り方を覚えている手である。

イーリャが無言で視線を投げると、オーガスはなんとも言えないやんわりとした表情をした。

「報酬《ほうしゅう》の一部だ、魔力を放出し終えればまた使えるだろう？」

「……貰えるのでしたら貰っておきますけど、これものすごく上等な術具ですよね」

「いいさ、君でなければ今回のことはなしえなかったからな。これでも感謝しているんだ」

真っ青に染まった石を眺めたイーリャは、オーガスの低く穏やかな声音《こわね》にはっとする。

そこに居るのは、駐屯地を統括《とうかつ》する長の威厳《いげん》を持った中将だ。

「イーリャ・スコット。任務ご苦労だった」

「いいえ、ご利用ありがとうございました」

「おや、そこはまたのご利用をお待ちしています。じゃないんだな？」

だが、そんな空気もすぐに霧散《むさん》させて愉快げにするオーガスに、イーリャは彼の落差に戸惑いながらも盛大に顔をしかめてやる。

「あのですね。あたしは中級娼婦なんですよ。今回はなんとかなりましたけど、次はあたしが受け流しきれずに、あの人が怖がってる快楽中毒になる可能性が高いんですから」

「その割にはぴんぴんしてるが」

これはこちらの命に関わるのだ、茶化《ちゃか》さないで欲しい。

イーリャが思い切り睨《にら》んでやると、オーガスには肩をすくめて流された。

この男、どうにも食えないがそれくらいの図太《ずぶと》さがないと、将校なんてできないのだろう。

青々とした石がきらめく指輪を、イーリャは手で隠した。

まあどうせ、これっきりだ。体に残った感触も忘れたふりをして、転移を待つ。

そうして、イーリャは臨時の出張を終えた。

＊

シアンが、まず感じたのは寒さだった。

冷たさには、己の使う魔術で慣れている。極寒《ごっかん》の地に居たところで、何ら痛痒《つうよう》を覚えない。

にもかかわらず今は寒さを覚えた。あったはずのぬくもりが、腕の中にない。

先ほどまで、あんなに求めて味わって、放すまいと腕に閉じ込めたはずなのに。

腕を伸ばし、シーツを探る。だが己の手は空を掴み、胸の奥に喪失感を覚えた。

「シアン。ほれ、そろそろ起きろ」

オーガスの声と共に強く肩を叩かれたことで、茫洋《ぼうよう》としていたシアンの意識が覚醒《かくせい》する。

腹筋だけで一気に起き上がったシアンだったが、くらりとめまいを覚えてベッドに手をついた。

体内にある魔力の感覚がおかしい。それは、自分がオーバーフローを引き起こしたせいだ。

そして、自分では処理を仕切れず、寝ない娼婦であるイーリャに慰めてもらった。

なにがあったかを思い出してしまったシアンは、ベッドの脇《わき》に悪びれもせず立っているオーガスを半眼で睨む。軍人になる前から世話になっており、気心が知れた相手だったが、それはそれとして強引な手を使われた事を許せるわけがない。

「お前が後始末が終わるまで起きないんだ、相当危険な状態だったんだぞ」

だが、オーガスの言葉で、シアンはベッドも自分も綺麗に清められていると気づいた。

オーバーフロー時の記憶はおぼろげだが、かなりひどいことになっていたはず。

他の人間が入室してくる事にすら気づかず、体を清められ、シーツを変えられたのだ。シアンがそれほど疲労困憊《こんぱい》していたのは明白で、オーガスの言い分も尤もだと、不承不承《ふしょうぶしょう》ながら納得する。

　オーガスはエルピス駐屯地を統括する最高責任者だ。騎士という軍の主戦力であるシアンを、十全《じゅうぜん》に生かすための判断を強行するのは当然だった。

　シアンはまだふらつく体でも、謝罪をする。

「迷惑を、かけました」

「このような強引な方法をとるのは、俺の本意ではない。次回からは素直に受け入れてくれ」

「それは……」

　オーガスの声音に、身内として案じる色が混じっている事に気づき、シアンは申し訳なさと苦しさを覚える。

「いえ、今回の作戦のような事態でなければ、これからも自分で調整できます」

　本当に特別だったのだ。全力を出しつくすようなことは、騎士になりたての頃以来だ。だから、普段なら娼婦達に頼らなくて済むように調整できる。自分のような化け物の相手をさせるのは、彼女達がかわいそうだ。

　頑《かたく》なな態度を崩さないシアンに対し、オーガスはこれ見よがしにため息をついた。

「娼婦に嫌われている訳じゃないんだから、惚《ほ》れさせておけば良いとは思うんだが。まあ、お前がそう器用じゃないのは知っている。だがこういった状況に陥る可能性はこれからもなくならんぞ」

　シアンは唇を引き結んだ。自分は自己処理で済む程度に魔力の使用量を抑えることで、この不自然とも言えるわがままを通してきたのだ。黙認をしてくれたのは、シアンの技量を余すところなく知っているオーガスだからこそである。

「他の娼婦を相手にしないのなら、お前の専属に今回の娘を付けても良いんだぞ」

　そのオーガスに決定的な事を口にされ、シアンはぐっとシーツを握りしめた。褐色の髪がシーツに広がり、快楽に潤《うる》んだ金の瞳がこちらを見上げる光景がかすかに蘇《よみがえ》った。抱いた感触はあるのに、詳細が遠い。ほんの少し惜しいと感じた自分を押し殺す。

　一瞬でもぐらりと傾きかけた己を叱咤《しった》し、シアンはオーガスを睨みつける。

「彼女でも、抱くつもりはありませんでした」

　自分は、日常の外にいる存在だ。あのぬくもりも柔らかさも、本当はシアンが触れて良いものではない。あまつさえ、彼女の意志に関係なく縛《しば》り付けることなど、許せるわけがなかった。

「彼女の自由を奪うのなら、オーガスさんでも許しません」

　シアンの射殺《いころ》さんばかりの激しさに、オーガスは少し驚いたが、すぐに肩をすくめた。

「ま、さすがにそこまで世話焼きじゃないからな。馬に蹴られるのは俺とて勘弁したい」

「だから彼女はそういった対象ではないと、何度言ったら……」

「だが抱いたんだろう？　それがお前の答えだよ」

　したり顔のオーガスに、シアンは黙り込むしかない。

これ以上追及されたくなくて、シアンはカーテンが開け放たれた窓を見る。

「……俺、どれくらい寝てましたか」

窓から差し込む日差しは明るい。オーバーフローをしてからの記憶が曖昧で、あれからどれほど経《た》ったのか把握できなかった。

「スコット嬢が帰ってから半日くらいか。彼女の見立てはなかなか正確だったな」

しかし、オーガスに彼女の名を出されて、シアンは思わず反応してしまう。記憶はおぼろげでも、加減などまったくできずに抱き潰した覚えはあった。でなければ、自分がこんなにすっきりしているものか。もし彼女が壊れていたらと思うと恐ろしかった。

緊張に気づいているのかいないのか、オーガスはわざとらしく顎を撫でながら続けた。

「ずいぶん豪胆《ごうたん》な女だったなあ。俺に文句を残して帰って行ったんだからな」

「そう、ですか」

シアンは深く安堵の息を吐《は》いて、内に生じた落胆《らくたん》を押し込める。彼女が無事ならば良い。……ただ、覚えていないのにあまりに生々しい感覚は、しばらく残ってしまいそうだ。

そう考えたシアンは次の任務を要求しようとしたが、にやっと笑ったオーガスに先んじられた。

「ただ、お前の色に染まっていたぞ」

この男の悪癖《あくへき》は揶揄《からか》える事柄を見つけると、とことん楽しむことだ。しかも何より的確である。

思惑《おもわく》通り、ごくりと唾を飲み込んでしまったシアンに、オーガスは楽しげに続けた。

「自分の足で帰ったといっても俺が送り届けたくらいだからな。その後は俺も感知していない」

「それは怠慢《たいまん》では？」

「俺は送り込んだだけで、抱いたのはお前だぞ」

まったくもってその通りだったためシアンが決まり悪く黙り込むと、オーガスに肩を叩かれた。

「魔力は正常値になっているが、次の任務まで休暇を言い渡す。具体的にはあと二日だな。ちなみにスコット嬢を上級娼婦と一緒にしてくれるなよ。術具を付けさせて染まったんだ。二、三日は使い物にならん。どうせろくに言葉も交わしてないんだろう。見舞いくらいしに行けばどうだ」

オーガスが去った部屋で一人、シアンは深いため息をつく。

もし、彼女が壊れてしまっていれば。彼女の責任を取って、あの肌のぬくもりを、声の甘さを自分のものにできるかもしれない。先ほどまで、彼女の意志を尊重《そんちょう》したいと考えていた頭でそんな浅ましい思考がよぎり、自嘲《じちょう》した。

彼女とは一夜限りの関係である。彼女は仕事として、己の相手をしてくれただけなのだから。シアンを深く知られて、彼女を怯《おび》えさせてしまう事を考えたら、割り切るべきだ。

だが、間近で聴いたはずの、彼女の歌も覚えていない。

あの声を、損なってしまっていないか、とても気になった。

今回も、前も、自分を救ってくれた人なのだ。大いに世話になった礼くらいは言いたい。

それでもシアンの葛藤《かっとう》は、しばらく続いたのだった。

第二章

拙《つたな》く重ねるカプリチオ

イーリャが花蜜館《はなみつかん》に戻ると、女主人であるエレンと話が伝わっていたらしい同僚達は一様に驚き、無事を祝ってくれた。

しかしその後はあの銀氷《ぎんひょう》の騎士シアン・アスベルクについて質問攻めに遭《あ》いかけたが、全《すべ》て後でと切り捨てて部屋にこもって意識を失った。自覚がないだけで疲労困憊《こんぱい》していたのだ。

次に目覚めたのは夕方の営業時間だったが、店には出られないため引きこもることにした。

なにせこの髪と目の色だ、誰《だれ》に抱かれたか一目瞭然《りょうぜん》の色で好奇の目に晒《さら》されたくなかった。

将校を相手にしたことを誇る娼婦《しょうふ》も居るが、自分は本来将校の相手なぞしないしできない中級娼婦だ。良い結果にならないのは目に見えている。この枯れた声では、酒場でも歌えない。

エレンもそのあたりは了解してくれていて、向こう三日ほどの休暇をくれた。

だがしかし、せっかくの休みなのに外にすら出られない。

オーガスには言わなかったが、高級娼婦だったら一晩か二晩ほどで抜ける魔力の影響も、イーリャだったら数日はかかる。

自分で了承した仕事とはいえ大変に遺憾《いかん》な気持ちは、稼《かせ》いだお金を数えたり繁忙期《はんぼうき》でおろそかになっていたリュートの練習に充《あ》てたりして宥《なだ》めたものだ。

部屋に仕込まれているのは、旧式の防音魔術だったため、音漏れの苦情が来ないかは心配だったが、漏れ聞こえる音楽に趣《おもむき》があると評判だったらしい。

部屋にこもって一日目は、不意にシアンの手の感触を思い出したり、腹の奥が疼《うず》いたりした。すわ魔力中毒かと思ったが、一過性《いっかせい》だったようで、リュートの練習に没頭《ぼっとう》すれば忘れられた。


引きこもって三日目、イーリャは自室にある鏡で、じっくりと己の顔と髪を検分《けんぶん》する。

娼婦の居室兼仕事場になっている部屋には、節水の必要はあるが簡易の浴室もついていて、仕事の後も気まずい思いをしなくて済む。

「ん、目は元に戻ってるし、髪もまあ、まとめ方に気をつければ大丈夫かな」

イーリャは毛先にわずかに残る銀色をぱっとはじいた。これなら、髪を工夫すれば酒場に出るくらいは問題ないだろう。

エレンが快《こころよ》く休暇を言い渡してくれたのは、オーガスの色を付けた報酬《ほうしゅう》が魅力的だったからだ。

従軍《じゅうぐん》娼婦の給料は月給制だが、それ以上は歩合《ぶあい》であり、きちんと就労《しゅうろう》しなければあっという間に首にされる。イーリャが花蜜館に居られるのは歌えるからだし、さすがに同僚が働く中で、ごろごろできるほど肝《きも》が太くない。損な性格だと思うが、イーリャは何だかんだこの場所が気に入っているのだ。そろそろ同僚達の負担を減らす手伝いくらいはしたかった。

エレンに相談しに行こうとしたとき、ふと、イーリャは化粧台に置いてある装飾品《そうしょくひん》箱にある術具の指輪が目に入る。

オーガスに貰《もら》った指輪の石は、あれだけ色鮮やかだったにもかかわらず、魔力が抜けて殆《ほとん》ど透明になっていた。彼を思い出すものはない。もう二度と会う事もない人だが、イーリャをきっかけに娼婦を抱けるようになってくれれば良いと思う。

「まあ、あのしつこさの場合、二人くらいで相手したほうが良いかもしれないけどね」

肩をすくめたイーリャはざっと髪をまとめると、普段着の乱れを直して部屋の外に出た。

しかし、なぜか階下のホールが騒がしい。今はまだ日が落ちきっていない時間帯で、夜の営業が始まるには早い。それに騒ぎ方は客が入ったものではなく、興奮を抑えるようなざわめきだ。

一体何があったのだと、好奇心を覚えたイーリャが階段から階下の様子をうかがうと、下から愛らしい桃色の髪の娘、マリアベルが上ってくる。

同僚である彼女は、イーリャを見つけるなりぱっと喜色《きしょく》を浮かべて駆《か》け上がってきた。

「イーリャ！　ねえっ。早く降りてきてっ」

「どうしたの、マリー。まだ髪も結《ゆ》ってないじゃない」

髪を流したままの彼女は、普段着の簡素なブラウスとスカートのままだ。開店を迎えられる格好ではないが、マリアベルはまったく気にせず、イーリャの腕を取ってぐいぐいと引っ張ってくる。

「今日は素人《しろうと》っぽさを売りにするつもりだからいいの。それよりもあなたにお客様よっ！」

「あたしに客？　エレンさんが今日までは断る約束でしょ」

マリアベルは娼婦らしい現実的な娘だったが、少々夢見がちな部分もある。

だが、たかがイーリャの客で、彼女が表情をきらきらとさせる理由に見当が付かない。

とはいえ、エレンがすぐさま断らないのなら、金払いの良い客か、オーガスのようなやっかいな客のどちらかだ。そこまで考えてイーリャはぞく、と嫌な予感がした。

「うふふ、会ってからのお楽しみなんだから」

なんとも含みのある笑みを浮かべるマリアベルに引っ張られるままホールにたどり着いて、イーリャは絶句する。

ホールのカウンター脇《わき》にいたのは、銀髪に怜悧《れいり》さのある青い瞳《ひとみ》をした美貌《びぼう》の男、シアンだった。

多くの娼婦達の注目の的になりながらも狼狽《うろた》えた様子もなく、エレンと話をしている。

その横顔に三日前に会った時の快楽に蕩《とろ》けていた気配は当然のようにない。イーリャがいつだか見た恐ろしく冷たく、感情の色など微塵《みじん》も見せない冷めた空気をまとっていた。

着ているのは将校用の軍服ではなく私服のようで、フード付きのマントを肩にかけたままだ。だが、腰には騎士の証《あかし》である剣を帯び、脇にあるカウンター席に腰掛けもせず、まっすぐに背筋《せすじ》を伸ばして立っている。清廉潔白《せいれんけっぱく》なたたずまいは、なんとも店には似つかわしくない。

こんな娼館《しょうかん》ではあまりお目にかかれない騎士の、しかも美丈夫《びじょうふ》に、花蜜館の娼婦達は好奇心もあらわにうかがっていた。

イーリャが立ち止まっていると、マリアベルが大きな声で呼びかけてしまう。

「エレンさん、騎士様っ。イーリャを連れてきましたよ！」

心の準備もできぬまま、二人が振り返ってしまう。

彼がこの店にいるのは何かの間違いなのではないか。あんまりにも強烈なオーバーフローの後だと記憶が飛ぶこともあるため、あの一夜は忘れているかもしれない。

そんな淡い期待を抱いたイーリャだったが、シアンと目が合ったとたん悟《さと》る。

表情は変わらないにもかかわらず、青い瞳が晴れた日の湖面のように明るくなり、安堵《あんど》に緩《ゆる》んだ。紛《まぎ》れもなく、自分のことを覚えていて、あまつさえ会いに来たのだと理解してしまったイーリャは、顔が引きつるのを抑えられない。

今すぐにでも逃げ出したい衝動に一歩後ずさるが、無情にもエレンが満面の笑みで告げた。

「イーリャ、あんたもう体は大丈夫だね。今日のお客はこの人だよ」

「……はい。エレンさん」

女主人の言うことは絶対である。イーリャは仕方なく後ずさった足をゆっくりと引き戻す。

シアンが瞬《またた》いてエレンを見た。

「良いのだろうか。営業時間前だろう」

「ええ、ええかまいませんよぉ！　人払《ひとばら》いはしておきますので、どうぞゆっくりしていってください！　前金もいただいたことですしね」

「感謝する」

シアンがほんの少し目を細めると、百戦錬磨《ひゃくせんれんま》のエレンがかすかに顔を赤らめた。確かに表情が乏《とぼ》しい美人は、ちょっと顔が緩むだけで圧倒的な破壊力をもたらすものだ。

にしてもやっぱりお金につられたか、イーリャは恨《うら》めしく思いつつも、これ以上被害を出さないためにつかつかとシアンに歩み寄り、その腕を掴《つか》む。

シアンは戸惑《とまど》う色を見せたが、イーリャは問答無用《もんどうむよう》でにっこりと笑ってみせた。

「アスベルク様どうぞこちらへ、ご案内いたしますね？」

「あ、ああ」

後ろで歓声が上がったのが気のせいだと思いたい。

イーリャは突き刺さる好奇の目から逃げるように、シアンを連行したのだった。


花蜜館は、駐屯《ちゅうとん》地《ち》の娼館として一般的な作りをしていた。

一階のホールが酒場になっており、個室で飲みたい客のための部屋のほか、厨房《ちゅうぼう》や事務室など細やかな裏方スペースがそろう。強いて特徴を挙げるなら、ホールに小規模ながら踊りや曲を披露《ひろう》する舞台があることだろうか。客は酒場で給仕《きゅうじ》をする娼婦達の中から相手を選び、二階にある娼婦の部屋へと引き上げていく制度だ。娼婦達の生活空間は主に二階となっている。

イーリャはシアンの腕を引いて二階の自室に戻った。

ぱたり、と扉を閉じれば防音魔術が立ち上がり、室内の話が漏れづらくなる。

深呼吸をし、動揺を抑え込んだイーリャは、ゆっくりと背後を振り返った。

「で、アスベルク様、なんでいらっしゃったんですか？」

思わぬ訪問だったのだ、じっとりと睨《ね》め付けてしまうくらいは許して欲しい。

しかしシアンは青の瞳を瞬かせたあと、困ったように目を細めた。

「その、目覚めた時に君がいなかったものだから、心配で……」

早々に自室へ追い込んでおいて良かったと、イーリャは確信した。部屋に入っただけで冷徹《れいてつ》仮面がほどけるのだ。ホールに長く居させれば、娼婦達のあこがれが露《つゆ》となって消えていただろう。

そんなことをイーリャが考えているとはつゆ知らず、シアンはうかがうように覗《のぞ》き込んでくる。

「イーリャさんは、体は大丈夫だろうか」

どうにも調子が狂うなと思いつつ、ふと予感がしてイーリャは手を広げてみせた。

「どう見えます？」

「ああえっと……」

すると案の定、シアンは顔を朱《しゅ》に染めて挙動《きょどう》不審《ふしん》になった。

その反応で、イーリャが魔力中毒になっていないか確認したいのだと察する。けれど、先んじて教えてやるほど親切ではないし、自分で納得しないとダメだろうから黙って立っておく。

シアンは逡巡《しゅんじゅん》していたが、覚悟を決めたらしく、声をかけてきた。

「俺が、触れても？」

「もちろん」

律儀《りちぎ》なものだと思いつつ了承すれば、シアンは距離を詰めるとイーリャの手を取った。彼は恐る恐る指を絡め、握った手に力を込める。

前回は快楽に呑《の》まれてそれどころではなかったが、今はシアンの硬い掌《てのひら》と剣ダコが手をささやかに刺激するのがわかる。ただイーリャは、遠慮がちな感触にくすぐったくなるが、それだけだ。

さらに握る手にわずかに力を込めながら、シアンはイーリャを探るように見つめた。その青の瞳の中に熾火《おきび》のような複雑な色が見えた気がしたが、ゆっくりと安堵に染まる。

「納得できました？」

「ああ、よかった。ほんとに良かった」

「とはいえ、まだあなたの魔力が抜けきってないので、ヤるのはよして欲しいんですけど」

手を放しながらイーリャが肩をすくめると、息を吐いていたシアンは顔を赤らめて狼狽える。

そのうぶな反応に苦笑しつつ、またこの間の意趣《いしゅ》返しも込めて、イーリャは軽くまとめていた髪を下ろして指し示した。

「ほら、まだ銀色が残ってるんですよ。この三日はずっと部屋にこもっていたくらいです」

「ま、まだ残って、いるんだ、な？」

なぜかさらに顔が赤らんだが、シアンは我に返ったように勢いよく手を振りながら言った。

「いやその。今回はそういうつもりはないからっ」

「そうしてくれると、あたしもありがたいです。けど、ならなんでいらしたんですか」

恐らくシアンならば、イーリャが娼婦として働ける状態ではないと想像が付いたはずである。

なにより彼は完全にオーバーフローから脱しているから、娼婦は……特に中級娼婦など必要ないはずなのだが。

いまいち彼の意図が摑めないでいると、シアンは青の瞳をきょとんとさせた。

「なにって、君への見舞い、だが」

イーリャはホールで交わされていた、彼とエレンの会話を思い出し青ざめる。

「…………………待ってください。お金を払ったんですよね」

「ああ、だって君の時間は大事な商品なのだろう？　俺の都合で時間を取ってもらうのだから、支払うのは当然じゃないか」

「うわぁ……」

ごく当たり前に語るシアンに、イーリャは天を仰いだ。それをどう勘違いしたのか、シアンがはっとした顔をする。狼狽えながらわたわたと自分の着衣を探るが、諦《あきら》めたように肩を落とした。

「すまない、見舞いと言っておきながら、見舞いの品を持ってくるのをすっかり忘れていた」

「別に、お金を払ってくれたならそれで良いんですけど。むしろそのためだけに払ってもらったのがおかしいというか、申し訳ないというか」

エレンも、薄々シアンの意図を察してお金を貰ったのだろう。

だが、本当にイーリャの無事を確認するためだけにやってきたのだ。この騎士は。

状況が状況のため、比較できる対象は少ないが、今までにないタイプの客で途方に暮れていた。

イーリャが困惑のまま言いよどむと、得心がいったらしいシアンはふんわりと微笑《ほほえ》んだ。

「君の無事を確かめられただけで、充分価値があるさ。ありがとう」

「あーうー……そうもいかないんですよ」

今度はイーリャが狼狽える番だった。なにせ、金を支払ってもらっているのである。

一番短い枠でも一回致して休むくらいの時間はあるし、何よりそれなりの金額になる。

そりゃあヤるよりはマシではあるのだが、会って二言三言会話を交わしただけで帰らせる、というのは良心が痛んだ。

決意したイーリャは、シアンを見上げた。

「今日のアスベルク様はお客様です。金額に見合った分はおもてなしさせていただきます」

「だが、君はまだ療養中なのだろう。ゆっくりしたらどうかな」

「体的にはもう良いんですよ、今日から公演は再開するつもりでしたし。だからアスベルク様のご要望に応《こた》えますよ。中に入れるのはちょっとアレなんですけど、口でくらいならたぶん大丈……」

「わ――待ってくれ！　そういったことは頼まないから！」

シアンが慌てて言葉を遮《さえぎ》るのに、手振り込みで提案していたイーリャは少し呆《あき》れた。

「こういうことがサービスになるんですけど。わかってます？」

「わかっているけれど、絶対にしなきゃいけない訳じゃないだろう!?」

確かにその通りではあるが、一番の目玉商品を拒絶することもないはずである。ことの最中《さいちゅう》はだいぶ執拗《しつよう》だったが、オーバーフローが原因で、普段の性欲はさほどないのかもしれない。

イーリャがそんなことを考えている間に、難しい表情で悩み込んでいたシアンが顔を上げる。

「本当に、良いのかい？」

「ええまあ、体を壊すようなことはよして欲しいですが」

従軍娼婦はある程度権利が守られているとはいえ、軍人を満足させるのが仕事だ。だからあんまりな要望でなければ、応じるのが不文律《ふぶんりつ》である。

まあこの男なら大丈夫だろうとイーリャが待っていると、シアンは意を決したように口にした。

「なら、まずは名前で呼んではくれないか」

「そんなことですか。シアン様がいいですか。それともシアンさん？」

「うっ、シアンさん、がいい、です」

自分から申し出《い》でておいて、言葉を詰まらせるとは妙なこともあるものだ。だが、その程度であればこだわることでもない。

「じゃあシアンさん、ほかには？」

イーリャが訊《たず》ねると、シアンは室内に立てかけてあるリュートに目を留《と》めて言った。

「その、歌を聴かせてくれないか」


ますます変なことになった。椅子《いす》に座ったイーリャは、困惑を極力顔に出さないようにしながらも、リュートの調律《ちょうりつ》をしていた。


向かい側の椅子には、表情としての変化はわずかでも、隠しきれない期待を浮かべているシアンがいる。テーブルには手持ちぶさただろうからと、イーリャが下まで行って注文をとってきた酒杯《しゅはい》とつまみが置かれていた。どこからどう見ても独奏会を楽しむ体《てい》だ。

「ほんとに、こんなので良いんですか」

「俺が良いと言っているのだからかまわない。それとも、追加料金が必要だろうか」

大まじめにシアンが懐から財布を取り出そうとするのを、イーリャはきっぱりと手で制した。

「いりませんよ、まあ、いないわけじゃありませんし」

本当はイーリャを指名した客には少なからず一曲所望《しょもう》されることもあり、そのときには一曲につき追加料金を取っていた。けれどシアンは性交が必要ないと言っているのだから、料金は範疇《はんちゅう》内だろう。それで良いことにした。

おとなしく体勢を戻した彼は、酒杯に口を付けながらしみじみと話す。

「あの日は間近で聴いていたはずなのに、殆ど覚えていないのが悔しくてね。実はあわよくばとは考えていたんだ」

「それは……どうも」

そこまで上機嫌に言われてしまうと、イーリャはどうにもやりづらく、ついこぼしてしまう。

「期待されるのもなんですけど、あたしの腕は普通ですよ」

イーリャのリュートは大した腕ではないのだ。いつもならこのように自分を下げることは言わないが、さすがに聴いてがっかりされた後の苦情は困る。

しかしシアンは気にした様子もなく、朗《ほが》らかに言った。

「歌手の一曲を独り占めできるなんて、こんな贅沢《ぜいたく》はないさ。それだけで願ったかいがあるよ」

「ああ、わかりましたよ。リクエストは！」

このまましゃべらせていたら期待値が上がるばかりだ。

悟ったイーリャは強引に打ち切って話を進めると、シアンが嬉《うれ》しそうにする。

「いいのかい？　なら、あの部屋で弾いていたものをお願いしたい」

あれは、どちらかというとリュートよりもイーリャの声が主役だ。いいのかと思ったがわかるほど喜色を浮かべられれば、もうどうにでもなれという気しかない。

それに、楽しみにされるのは、演奏家の端《はし》くれとして嬉しくない訳がないのだ。

「では、一曲お聴きください」

軽く頭を下げたイーリャは、そっとリュートをつま弾《び》き、一番よく歌う故郷の歌を奏で始めた。

歌詞としては相手を称《たた》え、安らかに眠るよう言い聞かせる子守歌だ。ありきたり、とも言って良い。娼館で弾くようになってからは、聞き手が飽きないよう伴奏《ばんそう》に装飾を入れていた。

穏やかでどこか哀愁《あいしゅう》を帯びた旋律《せんりつ》に、イーリャは己の声に甘やかな抑揚《よくよう》を付けて重ねる。

観客が一人だけというのも、珍しくはあるがなくはない。

いつも通り歌い、ふとシアンの方をうかがって驚く。

シアンは瞼《まぶた》を閉じて聴き入っていた。いつの間にか酒杯はテーブルに戻されており、長いまつげが緩《ゆる》やかに伏せられているのが見て取れる。薄い唇がほのかにほころんでいるのは、気のせいではないのだろう。

他の客に言われたことがある。イーリャが歌う所を見るのは、その後ベッドでどのように啼《な》かせるか想像して楽しむためだと。どこまで行っても、娼婦であるイーリャの芸は付属品でしかない。

今彼は、イーリャを見ていない。純粋に、歌を楽しんでくれているのか。

そう感じてしまい、無性《むしょう》に胸の奥が落ち着かなくなる。

だが楽しんでくれている人間の前で、音程をはずすなんてことはしたくなかった。

乱れかけた声を抑えて、イーリャは弦をつま弾く指先に力を込めた。

最後の一音まで歌いきり、リュートの音が空気に消えてゆくと、シアンはゆっくりと瞼を持ち上げる。そしてほう、と満たされたような吐息《といき》を漏らした。

「ああ、やっぱり、間近で聴くとまったく違うな。胸の奥にまで染み渡るような良い曲だった」

「それはどうも。お褒《ほ》めいただき光栄です」

少し照れくさい気持ちを押し隠して、イーリャは軽く頭を下げる。だがシアンはさらに前のめりで話し出した。

「そう、特に良いのが君の声なんだ。普段ははっきりとしたアクセントで透明感があるんだが、歌い出すと少し低く甘やかに響くんだね。それが曲の哀切《あいせつ》さにかみ合っていて、より深みを感じられるんだ。平常で聴いていても心地よく感じられて——」

「ちょっと待ってください。気を遣《つか》ってこっ恥《ぱ》ずかしい感想を語らなくていいんですよ」

賛辞に耐えかねたイーリャが遮ると、シアンはなぜ止められたのかと不思議そうにした。

「全部、俺が感じたことなのだが」

「真顔で言わないでくださいます!?」

悲鳴を上げると、シアンは逆に申し訳なさそうになる。

「すまない。貴族のような、装飾やたとえ話で褒められれば良いのだろうが、俺は率直に想《おも》ったことしか言えないんだ」

「なおさらたち悪い……」

イーリャはじわじわと昇ってくる熱で、顔が赤くなっていくのを感じていた。

それはつまり、良いと思わなければ何も言わないのと一緒ではないか。こんな風にまっすぐ褒められたことなんて久しくない。素直に自分の芸を褒められて、ああちくしょう嬉しい。

半《なか》ば自棄《やけ》のように考えつつ、少しの迷いの後、しゅんとしているシアンを上目遣《づか》いで見た。

「実は、そういう風に声を調整してるんですよ。しっとりした曲は低めに、明るい曲は高めに」

今回の曲は、安らぎをもたらすものだ。だから落ち着けるように努めて穏やかに響くようにしている。効果的だからやっているだけで、別に、気づいてもらうための工夫ではない。けれど、気づいてくれたなら言っても良いだろう。

だからイーリャは、なんとなくその後の展開を予感しながら語った。

シアンは驚いたように青い目を丸くすると、案の定あっという間に落ち着きがなくなり、ためらいがちな眼差《まなざ》しを向けてくる。

「その、もう一曲。明るい曲を聴かせてもらうことは可能だろうか」

「いいですよ。追加料金もいりません」

先んじて断ったのは、サービスのつもりだ。

たちまち、居住まいを正すシアンに対して、イーリャは久々に気合いを入れて歌い出す。

シアンはどの曲も味わうように聴き入っていた。

曲の切れ間にぽつりぽつりと言葉を交わしながら、また別の曲を弾いていく。

歌も、歌い方も、全て故郷で教わったものだ。仕事に役に立つから今は歌うが、どうしても思い出してしまうため、積極的に歌うことはなかった。

なのに今は、歌うことが楽しいと感じている。

そうしているうちに、いつの間にか窓の外は日がとっぷりと暮れ、料金分の時間が過ぎていた。

気づいたシアンが、暗がりでもわかるほど上気《じょうき》した頬《ほほ》のまま、かすかに、だが確かに笑《え》んだ。

「ありがとう、とても贅沢な時間だった」

「いいえ、お気になさらず。仕事ですから。……どの曲がお好みでした？」

イーリャがつい熱中してしまった決まり悪さを隠すために、彼の帰り支度《じたく》を手伝いながら、問いかける。上着を着たシアンは、剣帯《けんたい》に剣を差しつつ考える風だ。

「どれも、君の声で歌われると聴き入ってしまうんだが、強いていうなら一番はじめにお願いした歌だろうか。なんだか、優しい気持ちになれるんだ」

かすかに息を呑んだのには、気づかれなかっただろうか。

こみ上げてくるものを抑え込んだイーリャだったが、少しだけこぼれた。

「あたしの、故郷の歌なんです」

もう、イーリャしか覚えている者がいない、それでも忘れることのできない大事な故郷だ。

するとシアンは柔らかく目を細めた。

「君は、自分の故郷が好きなんだな」

いつもだったら、ぶしつけだと反発するような言葉だ。なのにイーリャの胸にすとんと落ちてきた。故郷の歌を褒めてもらえて嬉しいと、それを素直に受け止められる自分に驚いてしまう。

「……はい。できたら、一人でも多くの人に聴いてもらいたいんです。そうすれば、誰かの記憶に故郷が残るから」

なぜ、語ってしまうのだろう。なくなった故郷の話なんて、娼婦の間では同情を買うための安い手口だ。手口として使うには、イーリャにとってはまだ生々しすぎて、気安く語る事なんてなかった。なのに、彼には今口にしてしまった。

こんなこと打ち明けられて、しらけたりしないだろうか。

恐る恐るうかがうと、シアンはゆっくりと瞬き、悼《いた》むような色を見せた。

「そうか、ならなおさら大事に聴かせてもらわなければいけないな」

そんな、馬鹿正直に信じなくったっていいのに。だが声の重みに、イーリャの心の奥が緩んだ。

イーリャが彼を見送ろうとすると、本人に止められた。

「見送りはかまわないよ。演奏させすぎてしまったし、ゆっくり休んでいてくれ」

「それで、いいなら、いいんですけど……」

本当に、変な客だ。

イーリャはそう思いつつも、ならばと、見るからに上機嫌なシアンに軽く会釈《えしゃく》をしてみせる。

「……またのご来店をお待ちしています」

シアンは青の目を見張った後、心底嬉しそうな笑顔をこぼしたのだった。

「またのご来店を」なんて、イーリャにとっては、本当にただの社交辞令のつもりだった。

あのとき、オーガスには軽口を叩《たた》けたが、客本人を前にすればそりゃあ言わない方がおかしいだろう。本当にそれだけのつもりだったのだ。

なのに、別れたその三日後、酒場の舞台で歌い終えたイーリャは、舞台の上から客席を見回してぎょっとする。酒場の照明は暗めに落とされていて、気づく人はきっといない。

けれど、イーリャにはわかってしまう。

カウンターでひっそりと飲むシアンは、イーリャと目が合うと、少し決まり悪そうにしながらも、控えめに表情を緩めたのだった。

*

見舞いの一件以降、シアンはもはや常連とも称して良い頻度《ひんど》で花蜜館に来ていた。

目当ては、もちろんイーリャである。公演中であれば演奏を聴いて帰る事もあるが、公演がなかった日は必ず指名していき、音楽と会話を楽しんでいった。

初日以降は、軍の規定通り軍服だったが、目立たないように上から上着を羽織りフードを被《かぶ》っている。しかしあの銀氷の騎士が中級娼館に通い詰めること自体が驚きでしかない。なにより、その中でもイーリャだけを指名するのに困惑していた。

けれども花蜜館の面々は二回目くらいであっさりと慣れ、フードを被ったシアンが現れると、隅の席に通して、公演が終わるとイーリャを呼びに来るようになった。

イーリャだけが、なんだかいつまでも取り残されているようだ。

「戸惑うのはわかるけどね。あんな顔が良くて金払いが良くて楽な客、めったにないんだから、今のうちに稼いどいたほうがいいわよ？」

食堂での朝食中、イーリャが困惑を吐露すると、前に座るオリビアがあっさりと語った。

朝にもかかわらず艶《つや》のある栗色《くりいろ》の髪を丁寧《ていねい》に結い上げて、薄く化粧もしている彼女は、イーリャの先輩だ。彼女の穏やかで包容力を感じさせるたたずまいは根強い人気があり、また本人の面倒見の良さから他の娼婦からも慕われていた。

それは、イーリャも一緒だ。年上の女性だという事もあり、つい愚痴《ぐち》をこぼしてしまう。

「そうは、思うんだけど……」

イーリャが言いよどむと、隣に座る寝間着《ねまき》のままのマリアベルが、不思議そうにする。

「騎士様、烈風《れっぷう》の騎士トラゴー様と同じくらい有名な人だよ？　トラゴー様の苛烈《かれつ》さとは違うけど、近寄りがたい人って噂《うわさ》だったのに、実際は言葉は少ないけどすっごくいい人だし」

「しかも一途《いちず》よ。公演中に別の子が騎士様を口説《くど》いても、丁寧にお断りしてたもの」

オリビアにまでそう語られて、イーリャは眉尻《まゆじり》を下げるしかない。

わかってはいるのだ、イーリャが出会ったことがないほど恐ろしく太い客という事くらいは。

さらにマリアベルが悪気なく言う。

「しかもイーリャ、あの人と殆ど寝てないでしょ。わたしはともかく、イーリャにとってこんなに楽な相手はいないよね」

「うっ」

殆どどころかオーバーフローの一件以来、体を繋《つな》げるのはおろか肌に触れてすらいない。

イーリャの反応で察したのか、オリビアとマリアベルは信じられないといった様子で顔を見合わせた。オリビアがさすがに看過《かんか》できなかったらしく、身を乗り出してくる。

「待って、あなた達部屋で一体何をしているの？　歌っているのはなんとなく聞こえてるけど」

「……むしろそれが主ですね」

神妙《しんみょう》な顔をして白状すると、今度はマリアベルがにわかに心配そうな顔をした。

「イーリャはわたしには劣《おと》るけど魅力的なのに、騎士様どうしたの？　特殊性癖でもあるの？」

マリアベルの言葉はあけすけだが、彼女はこの花蜜館の一番人気の花だ。イーリャとは比べものにならないくらい客が多いのだから、苛立《いらだ》ちすら感じない。

「いや、たぶん、ないと思うけど。一回したときはオーバーフロー中だったし……。いちおう、歌以外にも、あの人が持ち込んでくれたフロリスのケーキを食べたこともあるし」

ただ特殊性癖に関しては自信が持てずにいると、マリアベルは目をきらきらとさせた。

「フロリスって、街で一番有名なお菓子屋さんだよ？　どう考えても貢《みつ》がれているし、イーリャと過ごす方が大事みたいじゃない」

「……まさか」

イーリャが困惑のまま返したが、マリアベルの興奮は収まらない。

「でも熱心なのは確かだよ！　公演がないときには必ずイーリャを指名しているわけだし、お金だってしっかり払ってくれているんでしょ。めったに居ないよ。そんなお客さん」

「まあ、確かに、そうとは思うけど」

それは素直に認めなければならなかった。イーリャは公演料として手当は貰っているが、他の娼婦よりずっと稼ぎは低めである。固定客が居るのと居ないのでは大違いだった。

おかげでちょっぴり良い酒を飲んでも罪悪感《ざいあくかん》がわかない。これは大変健康に良い。

イーリャが渋々肯定すると、マリアベルは嬉々《きき》として身を寄せてくる。

「ね、騎士様、イーリャのこと、口説いてるんじゃない？」

やはりそう来たか、とイーリャはため息をついた。マリアベルは色恋沙汰《いろこいざた》が大好きな上、何かあればそちらに結びつけたがるのだ。

「あのねえ、マリー。お客はお客よ。一夜を請《こ》われたらあたしは応える。等価交換ってやつなんだから、娼婦が愛を求めるなんて不毛《ふもう》よ」

「でも、それにしては熱心じゃない？　オリビアさんもそう思いませんか？」

同意を求められて困るだろうとイーリャは申し訳なく思ったが、オリビアはさらりと語った。

「そうねえ、大事にされてるって感じがするわ」

「オリビアさんまで！」

まさか同意するとは思わずイーリャは驚くが、オリビアは朗らかに笑う。

「だってお客も人間よ？　情はどうしたって生まれるものだもの。……じゃあ、先行くわね」

「えっオリビアさん、もっとゆっくりしていって！　イーリャにわからせてあげなきゃ！」

マリアベルがとんでもない理由で引き止めるが、食べ終えた皿を持って立ち上がったオリビアは蠱惑《こわく》的に微笑《びしょう》した。

「だめよ、これから街でデートなの。また今度ね」

彼女が朝から薄化粧までしていたのは、出かけるためだったのだ。

腑《ふ》に落ちたイーリャがオリビアを見送ると、マリアベルがうっとりとため息をつく。

「オリビアさん、お客さんの一人といい仲なんだよね。もしかしたら結婚するかもねぇ。ね、こういうことだってあるんだから、イーリャにだってあるかもしれないじゃない！」

結局そこに戻ってくるのか。熱心なマリアベルにイーリャは思わず苦笑いになる。

「マリー、確かにあなたくらい人気なら、求婚もよりどりみどりだろうけどさ」

「えっわたしはみんなのわたしだもの。結婚なんて嫌よ」

あっけらかんと答えるマリアベルは本気だ。堂々と、「自分は気持ちの良いことをして、男を癒《い》やすのが天職だ」と語る娘なのである。事実、彼女によって骨抜きにされた男達が顔を合わせ修羅《しゅら》場《ば》になっても、彼女は見事に納めてみせるのだ。

これまた珍しく娼婦という仕事を心の底から楽しんでいるマリアベルと、寝ない娼婦であるイーリャは変わり者同士、妙に馬が合っていた。

「わたしのお客さんは、みーんなわたしに夢中になってくれているけど、イーリャにもいたって良いじゃない。もしかしたら結婚できるかもしれないんだし！」

イーリャは天真爛漫《てんしんらんまん》な彼女に対して、やんわりと苦笑してみせる。

「あたしも、結婚はごめんよ。特に軍人様とはね」

「えっどうして軍人様はだめなの？　恋愛は特別に禁止されてなかったよね？」

マリアベルが不思議そうにするのに、イーリャは呆れを零《こぼ》した。

「マリー、従軍娼婦になるときに、注意事項で言い聞かせられたの覚えてないの？　軍人と結婚する場合は任期を終えてノーニア国民になってから、から始まるやつ」

「あー思い出した！　自分には関係ないって思ってたから聞き流してた」

彼女らしい理由にイーリャは脱力するが、マリアベルは虚空《こくう》を睨《にら》みながら思い出す風だ。

「えっと確か、『兵士が従軍娼婦を妻として迎える場合、ノーニア国民の身元保証人を用意すること。特に爵位《しゃくい》ある士官の場合、男爵位以上の身元保証人となる者を必要とする』だったよね？」

「その通りよ。そしてそれだけ、本当は娼婦と軍人が一緒になることを望まれてないって事なのよ。特に国の未来を担う将校様とはね」

イーリャが語ると、マリアベルは悲しそうに眉尻を下げる。

だが、本当のことだ、イーリャはマリアベルを労《いたわ》るように微笑みながら続けた。

「男爵位ってことは、軍人から上がれる事もある騎士爵じゃだめ。本当の貴族様じゃなきゃいけないって意味よ。たかが平民の娼婦に、そこまでしてくれる貴族様がいるわけがないわ。要するに、どことも知れない娼婦の血で、優秀な軍人様を穢《けが》したくないって事でしょうね。もしその条件を乗り越えたとしても、歓迎されるとは到底思えないわ」

規則として許されていても、しても良いのかは別問題なのだ。

特に従軍娼婦の出身は、国内外様々なのだ。規則として明確にし、予防線を張ることで抑止《よくし》とするのをイーリャは妥当だと思う。

マリアベルも納得したようにうんうんと頷《うなず》いていた。

「そっかー、そう聞くと確かに、嫌だっていうのもわかるなあ。だって聞くだけでめんどくさいもん。事なかれ主義のイーリャは避けたいってことだよね？」

「その通り、さすがマリー。あたしをよくわかってるじゃない」

明るく肯定してみせると、マリアベルは照れくさそうにはにかんだあと続けた。

「えへへ。でも、イーリャは早く結婚して娼館をやめて音楽家になりたいのかと思ってたよ」

「まあ、あたしは娼婦に向いていないなあとは思うから、やめなきゃいけないと思うけど」

「えー、イーリャはうまくやっているでしょう。歌の方が得意なだけで」

「そりゃ買いかぶりってもんだけど、ありがとね。そもそもあたしは、結婚とかお客に頼る気はないのよ。できれば酒場や娼館でも経営して、時々歌うくらいが良いわ」

オリビアのような例外があることは認めるが、頻繁《ひんぱん》に通ってきてくれたとしても、客と娼婦である。その関係は崩《くず》れ去りはしないのだ。分《ぶ》はわきまえていないと、痛い思いをするのは自分である。

イーリャはきちんと過去の経験から学んでいた。

マリアベルは大きな瞳を瞬かせると、ぱっと表情を輝かせた。

「あっ、それならわたしイーリャの経営する娼館に移りたい！　きっと居心地良いし、イーリャの歌聴いたあとはうんと気持ちよくなれるもの」

彼女はこの世界に身を浸《ひた》していても本心を隠さず、何より引き際《ぎわ》をわきまえていた。この話は終わりだ、という合図をすぐに察してくれる。それが客に愛される理由なのだろう。

イーリャが食べ終えた皿を持って立ち上がると、マリアベルがきょとんとする。

「えっイーリャも行っちゃうの？」

「そうよ、あたしも街に行ってくる」

答えると、マリアベルは打って変わって眉尻を下げる。

「えっと一人で？　大丈夫？」

その言葉の意味を正確に理解したイーリャは、少し表情を緩ませる。

「大丈夫よ、お土産《みやげ》なにがいい？」

「やった！　じゃあフロリスのケーキ！」

たちまち笑顔で願ってくるマリアベルに頷いたイーリャは、出かける準備に取りかかった。

ノーニア軍の駐屯地は、それ自体が独立している場所もあるが、イーリャが居る駐屯地は元からあった街、エルピスに隣接する形で存在していた。

従軍娼婦は軍規上、軍人として扱われるため、館の主人に許可を取れば任務外……つまり営業時間以外に街に出入りするのは自由である。だから、息抜きに遊びに出たり、オリビアのように知り合った客と外出したりも問題ない。

オリーブグリーンの露出《ろしゅつ》は控えめで、けれど少しだけフリルが華やかなドレスを着込み、髪を結い上げたイーリャは花蜜館を出た。

街に繋がる門までそれなりに距離がある。駐屯地といっても、ゲルトナーとの戦争が長期化していたため、娼館界隈《かいわい》はほぼ街の歓楽街と変わらない様相《ようそう》になっていた。駐屯地内に出入りする商人から生活用品は買えるため、イーリャも街にゆくのは久々だ。

なぜ今回の外出を決めたかと言えば、シアンが頻繁《ひんぱん》に通ってくるせいで、曲のレパートリーがなくなっていたからだった。

彼が通ってくる内は、お金を落としてくれる客なのも事実である。なら彼を楽しませる努力を惜《お》しむべきじゃない。シアンは、同じ曲を聴く事も好むようだが、新鮮さは必要だろう。

懐《ふところ》も暖かいため、新たな楽譜を探しに出かけるのだ。

イーリャは猥雑《わいざつ》でありながら、どこかぴんと張り詰めた空気の漂う駐屯地内を歩いて行く。

そんな中で脳裏《のうり》に思い浮かぶのは、先ほどのオリビアとマリアベルとの会話だ。

確かに、彼女達の語ることも一理ある。結婚までは行きすぎでも、客と個人的に仲良くなるのも、職務に響かない程度なら黙認《もくにん》されている。オリビアを素直に祝福する気持ちもあった。

ただ、イーリャは自分が娼婦であると自覚しているだけなのだ。

街に近づくにつれて、多くの軍人達とすれ違う。ゲルトナーと戦争中とはいえ、常に全ての兵が出軍している訳ではない。今は大きな戦闘後に湧《わ》き出してくる魔物の討伐《とうばつ》が主な任務だろう。

そのためか、軍人達の表情はどこかくつろいだ様子で、談笑する者さえいる。イーリャはふと、そんな軍人の中に、花蜜館の常連を見つけた。

イーリャの客ではないが、会話をしたこともある。気づかなかったふりで通り過ぎようとしたが、向こうがこちらに気づく。仕方なくそのまますれ違ったとたん、舌打ちが聞こえる。

視界の端に映った軍人の顔は、嫌悪《けんお》を宿していた。

その小さな音を聞かなかったふりをして、イーリャはただ足早に去る。

これが、従軍娼婦の一般的な扱いだ。軍人達は、戦場に出れば必ず娼婦を必要とする。世話にならなければ、彼らは苦しまなければならない。

教会は「ただ一人に身を捧《ささ》げることの尊さ」を謳《うた》っているが、奉《ほう》じる神の性質から「分け隔てなく身を捧げて癒やしを与える尊さ」もまた認めていた。

多くの愛を振りまく娼婦達は、その教えによって許されることになっているが、それでも、複数の客に身を許す事は変わらない。医療行為に近いとしても、オーバーフローから脱せば関わりたくないと考える者も少なくなかった。

娯楽《ごらく》として、生きる手段として使われる。それが従軍娼婦の宿命である。

今回の舌打ちはましな方だ。だいたい駐屯地にいる女は娼婦なため、卑猥《ひわい》な野次が飛んできたり、突然胸を揉《も》んできたりすることだってある。

だからイーリャはこの程度で傷ついたりしない。自分が生きるために何ら恥じる事をしていないと知っているからだ。ただ、客とは店の中だけの関係にすべきだとは考えていた。

軽く息を吐いたイーリャは、街に入り目的の本屋がある中心街への道を選ぶ。

しかしそこで立ち尽くした。

道の先に居たのは、特徴的な銀髪の美丈夫だ。仕事中なのか上着は着ておらず、黒を基調とした軍服をまとった彼は、凛《りん》と背筋を伸ばし、恐らく部下だろう同じ軍服の男二人と会話をしている。

見まちがいようがなく、シアンである。

イーリャは唾《つば》を飲んだ。なぜよりにもよってこんなところで出くわすのか。

脳裏に、駆け出しの頃《ころ》についてくれた客を思い出す。あの客も、今のシアンと同じ頻度《ひんど》で通ってくれていて、同じように道端でばったり遭遇《そうぐう》した。あの時だって、イーリャは気まずい思いをさせないように会釈だけで済まそうとしたが、侮蔑《ぶべつ》もあらわに罵《ののし》られたのだ。

それっきり、あの客は来なくなった。今では、そんな理不尽なことをされるいわれはないと納得しているが、従軍娼婦の立場を理解するきっかけになった一件だ。従軍娼婦は軍人のくくりではあるが、明確な溝がある。どれだけこちらが必死に生きているかなんて、軍人達は知らない。

感傷《かんしょう》を捨て去ってイーリャはあたりを見回す。路地に隠れてやり過ごしたいが、あいにくとそういったものはない。

悩んでいるうちに、シアンは案じるような部下を手で制するなり、別れてしまう。

そして、立ち尽くすイーリャに気づいた。

バッグを無意識に握る。嫌悪を浮かべるだろうか、目をそらしてくれるだろうか。

だが、そのどちらでもなかった。彼は青の瞳を見張ると、かすかに表情を緩ませたのだ。

娼館で彼の表情の変化を何度も間近で見たからだろう。冷たい真冬の空気がほころぶようなそれは、彼の親しみの籠《こ》もった笑みだとわかる。

表情には嫌悪も侮蔑もなくて、かえって狼狽えたイーリャは思わず後ずさる。

そうせずにはいられなかったからだが、かくん、と足下の感覚がなくなった。

シアンが驚きと焦りを帯びる。イーリャが歩道と道路の段差に体勢を崩したのだと理解した時には、往来の向こうから馬車がけたたましい音を響かせて走ってくる。

だが完全にその場にへたり込む前に、ぐいと体が歩道側へ引き寄せられた。

イーリャの背後を馬車が通り過ぎていく。

手首を握って引き戻してくれたシアンは、イーリャが呆然《ぼうぜん》と見上げているとぱっと手を放した。

「すまない、とっさのことで。……痛くはなかったかな。それと怪我《けが》はしていないか」

いっそ大げさなまでにこちらを案じられて、イーリャは動揺が収まらないながらも応える。

「だい、じょうぶ。その……助かった、わ」

彼が通い詰めるようになってから二、三回目あたりで、言葉を取り繕《つくろ》うのもやめていた。ただ、娼館ではない場でそれを続けるのにも違和が残り、イーリャはぎこちなくなってしまう。

けれどシアンもまた、どことなく挙動不審なのをみて、幾《いく》ばくか冷静になった。

「挨拶《あいさつ》もせずにごめんなさい。同僚の方と一緒だったから、迷惑かと思って」

だから、すぐに別れる。とイーリャは続けようとしたのだが、若干表情を曇らせていたシアンが困惑を浮かべた。

「……迷惑？　どうして俺が、君を迷惑に思うのだろう」

それを言わせるのか、とイーリャは思ったが、本気で彼が思い至らないのだとも理解していた。

「普通は、外では娼婦を避けるものなのよ」

「なぜ？」

心底不思議そうなシアンに、どっと、体から力が抜けて行く。身構えた己《おのれ》が馬鹿みたいだ。

この軍人は妙なところでずれている事を忘れていた。

息を吐いたイーリャは、なんだかよくわからない気持ちを抱えながらも、苦笑してみせた。

「べつに、気にならないならいいわ」

「そう、かい？」

「ええ。それにしてもシアンさん、お仕事ちゃんとしてたのね。あなたの性格からして、ほっぽり出してるとは考えてなかったけど。三日と空けずに会いに来るからどうしてるのかと思ってた」

イーリャが冗談めかして語ると、シアンは少し不安を見せた。首をかしげた拍子に揺《ゆ》れる銀髪は、今日もうらやましいほど艶やかだ。

「君を独占してしまっていただろうか。舞台に立てなかったりとか」

「いや別に、エレンさんが調整してくれてるんで良いんだけど」

「ならよかった。君の歌を楽しみにしている人の邪魔をする気はないからね」

そう語り、シアンはほっとした顔をする。

歌を一番楽しみにしているのはシアンだと思ったが、イーリャはさすがに決まり悪くて言えなかった。彼との会話は、なかなか自分が想定した通りの娼婦と客の会話になりにくい。

決して心地が悪い訳ではないのだがと困惑していると、シアンが話しかけてきた。

「イーリャさんは休暇だろうか」

「え、ええまあ。ちょっと息抜きがてら楽……」

楽譜を探しにと言いかけて、目的がシアンに由来するものだったことを思い出し、口を噤《つぐ》む。

「と、ところでシアンさんは？　任務とかなら別に語らなくていいわ」

追及を避けるために水を向けると、シアンは娼館で二人きりの時よりは表情は乏《とぼ》しいがいつも通り語ってくれた。

「ああ、少し時間が空いてね。本屋へ楽譜を探しに行く所だった」

「え？」

まさに自分が行く予定の場所で面食《めんく》らったイーリャは、シアンが照れた様子なのに気づく。

「この間、レパートリーが少なくなってきたって言っていただろう？　自分の知っている曲なら、中身もわかるから外れを引くことはないだろうし、と。まさかイーリャさんに会うとは思わなかったんだが」

決まり悪そうにするシアンに、イーリャは何度目かわからない呆れを覚えた。

確かに前回の来店時にイーリャは冗談交じりに話した。それを真に受けたシアンは、馬鹿正直に楽譜を調達《ちょうたつ》しようとしているわけだ。

「まさか本気にするとは思わなかったわ」

「いや、その。自分の好きな曲ばかりになってしまうのが、申し訳ないのだが」

自分が楽しむものなのだから、好みで選ぶのは当然だろう。そんなところで申し訳なく感じる必要などないのに、シアンはそう考えるのだ。

　胸の奥に疼くものは気まずさだと、イーリャは考えることにした。このままだと本屋にたどり着いたときに気まずくなるだろう。せっかく街まで来たのに、帰ってしまうのも味《あじ》気《け》ない。

　だから、イーリャはシアンを覗き込んだ。

「じゃあ行き先も目的もおんなじだし、ご一緒させて頂いても？」

「えっ」

　シアンの驚いた声に、嫌悪はないのを感じて内心ほくそ笑む。

　ならば、営業活動に切り替えたってよいだろうと、イーリャはにっこりと笑ってみせた。

「あたしも今日は新しい曲の調達に来てたの。あなたのために歌うものだもの。あなたの好みで選んでくれるんなら、あたしも安心できるわ」

　好みの曲かは、楽譜を読んでからでないとわからないにもかかわらず、楽譜は高い。自分で調達したとしても、シアンが気に入るとは限らなかった。イーリャも悩みを手放せる上、自分の財布を痛めないで済むし一石二鳥だ。店の外、町中であれば一緒に居ても噂にはなりにくかろう。

「ええと、良いのかい？」

　イーリャの提案に対し、シアンは戸惑いながらも確認してくる。むしろ、イーリャが同行しても良いか伺いを立てているのに。だが、彼は本気で不安がっているようだ。

「俺達魔術士は普通の人には、怖がられるものだから……」

言いよどみながらも語られたそれに、密《ひそ》かに困惑した。イーリャは多くの軍人を相手にしている。力の差がある事なんてわかりきっているから、はっきり言えば今更《いまさら》、という気分だった。

まあいい、それならこちらのペースに巻き込めば良いだけだ。

イーリャは、シアンに甘く笑んでみせる。

「あら、こんないい男とデート出来るんだもの。役得《やくとく》ってやつよ」

「デッ……！」

顔を赤らめるシアンの腕に、ひょいと自分の腕を絡めてみせる。

お世辞《せじ》でも何でもなく、彼は一度見たら忘れられないような美丈夫なのだ。

黒を基調とした軍服は彼のためにデザインされたようにしっくりきている。本来なら禁欲的な詰め襟《えり》は少々緩められており、男らしい喉元が顕になっていた。襟の紫の襟章がアクセントになっており、清廉さと怜悧な美貌が近寄りがたさと魅力をより増幅しているといっても良い。シアンを見慣れていたイーリャですら、日の下にいる彼には一瞬見蕩《みと》れるくらいなのだ。

先ほどから通りかかる町娘達の視線の熱さに、気づかないのだろうか？

だから、イーリャは彼女達に見せつけるようにシアンの腕を抱きしめて、歩き出したのだ。

エルピスでは最も大きい本屋だけあり、棚の上から下まで譜面で埋まっていた。

棚に向かうシアンの横顔は、かすかに輝いているように感じられた。

「王都でよく聴いていたのはこれ、かな。自分ではどれだけ弾こうと思ってもできなくてね」

楽譜を取り出しながらこぼしたシアンに、イーリャは軽く驚いた。

「シアンさんも、楽器やってたの？」

気づいてしまえば、腑に落ちる部分は多い。彼の感想はとても細かいし、一度でも音楽に触れたことのある表現だった。

するとシアンは少し決まり悪そうにする。

「ええとだな、家の方針でヴァイオリンを少し。聖歌隊に入れられかけた事もあったんだが……」

「やたら綺麗《きれい》な顔をしてるもの。確かに勧誘されそう」

子供時代の彼は、たいそう天使のように愛らしく美しかっただろう。なにより、彼が楽器を構える様は恐ろしく絵になったはずだ。

想像したイーリャがしみじみとしていると、シアンは右に左にと視線をさまよわせて肩を落とす。

「……ただ、音痴だったんだよ。ヴァイオリンも致命的にリズムを取るのが下手で、さじを投げられてね。音楽をやり続けるつもりはなかったけど、もう少しうまくなりたかったとは思うよ」

「あーそれは……」

ご愁傷様《しゅうしょうさま》と言うべきか、イーリャは言葉に困る。普通の客だったら、それでも今は国を守る大事な職に就いているのだから、素晴らしいことだ。とおだててみせるくらいは息を吸うようにできるのだが、なんとなくシアンにはお決まりの言葉で応じたくない気がした。

だって、ここは娼館ではないのだし、違ってもかまわないだろう。

「でも、耳は良いわよね。あたしが変えた所、全部わかってくれるもの」

シアンはかすかに目を見開くと、表情をほころばせる。外だからか変化はわずかだが、イーリャには彼が喜んでいるのがよくわかった。

「ああうん。そうだといいなぁ。そう、だから音楽を聴くのが趣味になったんだよ。王都ではよく歌劇を聴きに行ったし、酒場の舞台で公演があったらつい居座ってしまう」

「ははぁ、それで花蜜館に聴きに来てたの？」

ふとイーリャが鎌《かま》をかけてみると、シアンは面白いくらいに狼狽えた。白い頬を赤く染めて、羞恥《しゅうち》を堪《こら》えるようにまつげを伏せたが、おずおずとイーリャを見る。

「い、いつから気づいていたのかな」

「シアンさんが今白状してからよ。ほんとに前からいたんだ。最近はあたしを買わないときは酒場で飲んでいるのは知ってたけど」

なにせ、魔術をもろに浴びた結果、ひどい怪我をした顔を隠すためにフードを被る者は多い。シアンでも特徴的な髪と容貌《ようぼう》さえ隠せば、一般客に紛《まぎ》れられるだろう。

嵌《は》められた事を知ったシアンはあっけにとられていたが、どっと肩を落とした。

「そう、か……」

「まあでも、タウンゼン様がなんであたしに声をかけたのか納得できたんでよかったわ。あたしの存在をあなたが話したんでしょ」

「ああいや、うんまあそんな所なんだ」

歯切れは悪かったが肯定されて、イーリャはすっきりした。

そして、シアンが選んでいる楽譜を横から奪い、目を通していく。音に装飾が多いが、全体的に難易度は高くない。イーリャも練習すれば弾けそうだ。

「で、どの曲がいい？　このあたりならどれでも構わないわ」

「そうなのかい？　じゃあ全部買おう」

当然のごとく、まとめて店員に引き渡そうとするシアンをイーリャは慌てて引き止めた。

「なっ、ちょっと待って。全部って正気!?　一ついくらすると思ってるの!?」

「だが楽譜なら、ケーキや花のように腐らないだろう？　君の仕事にも役に立つだろうから、あっても困るようなものではないだろうし」

「そりゃそうだけど……」

言いよどみつつ、シアンの抱える楽譜の束を決まり悪く見る。はっきり言えば、イーリャを数度買えるほどの値段になる。イーリャの娼婦としての評価はあくまで平凡で、それを受け取ることに、少しだけ引け目を感じてしまうのだ。

すると、シアンが少し申し訳なさそうにする。

「君は、花も菓子もあまり嬉しそうには思えなかったから。実用的なものであれば、と考えたんだが……だめだろうか？」

察せられているとは思わず、イーリャがぐっと息を詰めた。

なにより上背は高いが、上目遣いでもしているような雰囲気はいっそあざとい。けれど、この顔の良さでかわいらしく見えるのだからずるいなとイーリャは思う。

そういう風に語られてしまえば、イーリャはこう答えるしかなかった。

「花も、お菓子も、嫌だったわけじゃないのよ。あなたが良いのなら、楽譜はとても、嬉しい」

それがイーリャの本心だった。ただ、どうしてシアンがそこまでイーリャに与えてくれるか、わからないだけなのだ。


結局シアンが選んだ楽譜は全て会計が済まされ、イーリャの手に握られた。

本屋から出たところで、イーリャが改めて礼を言うと、シアンがほっとした顔をする。

「受け取ってくれてよかった。普通の利用の仕方をしていないから、せめてと思っていたんだが」

「あら、自分が普通じゃない自覚はあったのね？」

イーリャが揶揄《からか》うように見上げると、シアンはばつが悪そうにする。

だが、気分を悪くさせるつもりもないため、すぐに続けた。

「あなたは極端だけど、少なからずいるのよ。疲れたからよしよしして欲しいって言う小隊長殿とか、とりあえず愚痴を聞いて褒めて欲しい士官様とか」

「そうなのか？」

「誰とは絶対に言わないわよ、あたし達の名誉と信用に関わるから。けど、娼婦の使い方なんてお客の自由ってことよ」

まあ、娼婦の間では悪い客の情報交換のために頻繁に愚痴られるが。

それでも客には他の客の話をしないのは、客が一息つけるための安心を作り上げたいと考えているのだ。まあ純粋に、他の客の話をすると気分を悪くされるというのがあるが。

裏事情は飲み込みつつも、イーリャがフォローすると、シアンは意外に真摯《しんし》に頷いた。

「君のところは居心地が良いから、俺も含めてきっと君にこぼしに来るのだろうな」

そんなたいそうなものではないと、自分がわかっている。

ただ賛辞《さんじ》の言葉に妙にふわふわとしてしまい、イーリャは紙袋を抱える腕に力を込めた。

「貰った楽譜、練習しとくわね」

「ああ、楽しみにしている。ゆっくりでかまわないから君の声で聴かせて欲しい」

朗らかに笑ったシアンに、イーリャは口を開きかける。

だが、彼は懐から取り出した懐中《かいちゅう》時計を見て、表情を曇《くも》らせた。

「すまない。そろそろ戻らなければいけない。途中まで送って行きたいんだが」

その言葉に、わずかに安堵するのを感じつつ、イーリャは一歩先んじると彼を振り返った。

「ならここで別れましょ。あたし、友達のお土産を買って帰る約束しているの」

「そう、なのか。……ではまた。君と街を歩けると思っていなかったから、今日は嬉しかった」

わずかに残念そうにしつつも、はにかむシアンに、イーリャは軽く手を振って去ってゆく。

視線を背中に感じなくなった所で、イーリャは立ち止まり、深くため息をついた。

「このまま、店に来てって言わなくて良かったわ。困らせるだけだったもの」

だが、自分は娼婦として二流だと感じる。

なぜなら、シアンがヴァイオリンを簡単に習えるような上流階級の出身だと察していた。家柄などは話の種としてもってこいにもかかわらず、言及を避けている。

なにより、なぜ自分を抱かないのかと、今日も聞かなかったのだから。

＊

だがしかし、シアンは一週間以上経っても、現れることはなかった。

「イーリャ、騎士様を怒らせるような事をしたのかい？」

開店準備前にエレンに心配されたイーリャは、つい苦笑する。

「いやあ、あたしも心当たりないんですけど」

「まあそうだよねえ。最近あんたが曲を増やせたの、騎士様のおかげだろう」

エレンも大して疑っていた訳ではないらしく、責めるような声でもない。ただ、イーリャがいくつか曲を覚えられてしまうくらいには、時が経っていた。

けれど客なんてそういうものだ。こちらは待つだけ。いつでも好きな女に乗り換えられる。

それがわかっているイーリャは、エレンに対しあっけらかんと答えた。

「覚えた曲はあの人に披露してからにしたかったんですけど、先に舞台で歌っちゃいましたねえ」

「それは本当に助かったから、あたしからも騎士様に礼を言いたかったんだけど。会えないもんは仕方ないね。それより、どうやら今日も魔の森の魔物討伐に出た部隊が帰ってきたらしい」

エレンの言葉で、イーリャは背筋を伸ばす。ゲルトナーと最後の衝突《しょうとつ》があってそれなりに経つにもかかわらず、活性化した魔物達の被害は収まるどころかむしろ増えていた。

そして戦闘があったということは、気が立った軍人が娼館に現れるということだ。

すぐに状況を飲み込んだイーリャに対し、エレンは女主人の顔で続ける。

「今日は公演を増やすよ。いいかい？」

「わかりました。レパートリーは増えたんで、飽きさせませんよ」

「助かるよ。今日は臨時の店員も入れる。あんたには客を回さないから、歌に集中しておくれ」

ぽん、と肩を叩かれたイーリャは、少し緊張を帯びながら今日の支度に取りかかった。


エレンの語った通り、今日は盛況《せいきょう》だった。

生きて帰れたという解放感と、生の実感を得たいがために娼館や酒場で騒ぐ者は多い。

イーリャの出番は軽い休憩を挟みながら数回に及んだ。三、四曲で一公演。そうすれば、客は娼婦を選んでいる内に多少は落ち着けるという案配《あんばい》だ。もし娼婦が空いていなかった場合でも、イーリャの歌と演奏は酒のつまみになる。

だがしかし、それでも起きるべくして起きることはあった。

イーリャが四度目の公演をしている最中、ホールから騒ぎの声が響く。

「おいっ！　俺をいつまで待たせるんだ！」

椅子を蹴《け》立《た》てるように立ち上がった赤ら顔の軍人が、店員に詰め寄っている。

「お客様、どうぞ落ち着いてください。もうしばらくですので」

それでも店員の男が宥めようとするが、完全に酔いが回っている男が乱暴に手をかざす。

とたん、生み出された衝撃波によって、周囲のテーブルもろとも店員が吹っ飛んだ。

飛んできたテーブルに巻き込まれる者、暴れる男の襟章が魔術士の紫なのに怯《ひる》む者、壁際へ逃げる者などでホールは騒然となる。

「俺は魔術士だぞ！　こんな風に扱われていい存在じゃないんだ！」

集中して演奏していたイーリャが騒ぎにようやく気づいて顔を上げると、暴れていた男と目が合ってしまう。

男の顔を見て、酒精に呑まれて理性を失っているのはすぐにわかった。

何よりイーリャに目を付けたことも。

男は苛立ち紛れにテーブルや椅子を蹴飛ばしながら、イーリャの居る舞台へと迫ってくる。

イーリャの歌はあくまで魔力による昂ぶりを抑える作用しかない。だから酒で変わった男を正気に戻す事はできないのだ。

「辛気《しんき》くさい曲をやめやがれ！　気に障《さわ》るんだよ！」

男は密かに息を呑むイーリャの手首を乱暴に掴むなり、腰掛けていた椅子から引きずり下ろす。

ガランッと盛大な音をさせて、リュートが床に転がってしまった。

壊れたら修繕《しゅうぜん》費《ひ》請求してやりたい。と頭の隅で考えながらも、イーリャは乱暴を働く男にされるがままになる。こういう輩《やから》は、刺激をしない方が良いとわかっていたからだ。ましてや、魔術士だ。室内でまた魔術をぶっ放《ぱな》されでもしたら、多くの客を巻き込んでしまう。

加減無しに握られた手首の痛みに顔をしかめながらも、なるべく控えめにイーリャは言った。

「今は手一杯なんです。申し訳ありませんが、どうしてもというのなら他の店に行ってください」

しかし軍人はその言葉すら気に入らなかったらしく、イーリャの手首を掴んだまま、強引に引き寄せる。無理な体勢でされた結果、手首がひどく痛んだが、男は酒臭い息でまくし立てる。

「だいたいここに居る女はみんな娼婦だ、ならお前だっていいんだろう！」

「……っ！」

イーリャが息を呑んでいる間に、男は二階に繋がる階段へと引きずっていった。

まあ、自分一人でこの場を収められるのなら安いものか、と冷静に考える。この軍人は私情で味方に魔術を使った。軍規違反を犯しているから、時間を稼げば、憲兵《けんぺい》が駆けつけるはずだ。

店員が急いで外へ出て行くのを見たイーリャだったが、無遠慮《ぶえんりょ》に手首を捻《ひね》り上げられる。

「おい、さっさと歩けっ。娼婦風情《ふぜい》がちんたらすんじゃねえよ」

「ご、ごめんなさい」

苛立ちをぶつけてくる男に、イーリャは口先だけで謝りつつ、不自然に見えない程度に足をもつれさせる。運が良ければ、ヤることとやる前に助けてもらえるだろうか。まったく良い迷惑だ。

そんなことを考えていたイーリャの肌を、強烈な冷気が撫《な》でた。

階段に差し掛かる寸前、男の肩を骨張《ほねば》った手が掴む。

瞬間、男がぎゃっと悲鳴を上げて、イーリャから手を離した。いきなり解放されたイーリャはよろめいたが、その体を誰かに受け止められる。

見上げると、それはフードを被っていないシアンだった。

任務帰りなのだろうか、軍服もそのままに、特徴的な銀色の髪をあらわにしている。イーリャと居るときは柔らかい表情も、今はひどく無機質だ。

なにより、凍えるような青の目で男を睥睨《へいげい》していた。

イーリャはその冷たい表情に息を呑んだが、脅威《きょうい》は去っていないと思い出し、男の方を向く。

男が混乱しながらも押さえた肩は、氷と霜《しも》が降りて凍っていた。しかし、男はすぐに凍っていないもう片方の手をシアンに向ける。あの衝撃波がくるとイーリャは身構えた。

だがシアンが指をはじいた瞬間、空気の塊《かたまり》は、細かい氷の粒となって消えた。

はらはらと、場違いに美しく氷の粒子《りゅうし》が舞い散る中、シアンは淡々と問いかける。

「エイリーク中尉《ちゅうい》、貴殿《きでん》は別の娼館で起こした問題によって謹慎中だったはずだ。にもかかわらずこのような場所に居ることに、弁明はあるか」

「アスベルク少佐……ってですがおかしいじゃありませんか！　俺達だって気楽に羽を伸ばしたって良いと考えますっ」

ようやく酔いが覚めたのだろう、男、エイリークは青ざめたが、それでも必死に言いつのる。

だがシアンの冷徹な表情は、一筋も揺らがなかった。

「我ら魔術士はどのように見られているか、常に気を配らねばならない。そもそも貴殿の語る『気楽に羽を伸ばす』が、立場の弱い女性を暴力で屈服させることであれば、到底許されざる事だ」

シアンの声音に含まれる威圧にエイリークが立ち尽くしたとたん、たちまちなだれ込んできた憲兵によって拘束《こうそく》され、連行されていった。

イーリャは自分を引き寄せる腕の強さを感じながら、シアンの軍人らしい横顔を見上げる。

その青の瞳がこちらを向いて思わず背筋を伸ばすと、ふわりと体が宙に浮いた。

「っ!?」

「女将《おかみ》、彼女の手当をしたい。いつも通り上の部屋を借りる」

「あ、ああもちろん良いですよ！」

駆けつけたエレンは、シアンの言葉に二つ返事で頷く。

客がざわめいたことも、急に抱き上げられたイーリャが狼狽えていることも、一切意に介さず。

シアンはイーリャを抱え上げたまま、二階へと登ったのだった。


慣れた様子でイーリャの部屋に入ったシアンは灯をともすなり、イーリャを奥のベッドへ壊れ物のようにそっと降ろした。

「腕を見せてくれ」

珍しくためらわずイーリャの隣に腰を下ろしたシアンは、そんな言葉と共にイーリャの右手を取り、袖《そで》をまくる。あらわになった手首にはくっきりと男の手形が付き、紫に変色していた。

骨が折れそうだったという感想はあながち外れていなかったらしいと、イーリャが思っていると、手首がシアンの手に包まれる。

瞬間、まるで雪の中に手を突っ込んだように冷たさが広がった。

シアンが魔術を使って冷やしているのだ。

「な、っシアンさん、そんなこと……っ」

「動かないで。冷やさないと、もっとひどくなってしまうから」

イーリャは思わず腕を引きかけたが、シアンの声はやんわりとしていながらも有無を言わさない色がある。何より、イーリャの腕を捕まえる手が強固だった。

今更ながら、自分の鼓動が強く脈打っている事を思い出す。冷やされているはずなのに、熱が上がっていくような気すらした。たかが娼婦の怪我に魔術を使うなんて、この青年がわからない。

しかし、イーリャの腕の痛みは徐々に和《やわ》らいでいくのだ。

「だい、じょうぶなの。魔術を使って」

唯一の危惧を口にすると、初めてシアンは表情を緩めた。

「この程度なら、使った内にも入らないよ。それに……」

シアンは言うなり、するりとイーリャの手をまるで尊いものを扱うように両手で包む。指先でなぞられる感触に、背筋が震えた。

「君の手は、何にも代えがたいものだから。手当くらいさせて欲しい」

青い瞳に揺らぐ感情を垣間見《かいまみ》て、内からこみ上げる感情を押し込んだ。

シアンの手は冷たく、イーリャの熱を持った腕を冷やしていく。

その心地よさに、身をゆだねてしまいたくなる。

視線をそらしイーリャが受け入れると、彼は腫《は》れが引くまで念入りに治療を続けた。

「うん、もう大丈夫だろう。……すまないね、怖くは、なかったかい」

シアンはほっと一息つくと、急に我に返ったようにイーリャの手を放す。

おずおずとうかがってこられて、イーリャはさすがに違和を覚えた。なぜ謝るのか。いいやそれ以前にその表情や聞き方では、まるで自分がシアンも含めて怖がっているようではないか。

「魔術を見たのは久々だったけど、ああいう騒ぎはそれなりにあるもの」

「そう、か」

ひとまず語ると、シアンの表情が徐々に安堵に染まる。だが、疑問はなくならず、イーリャは少しだけ踏み込んだ。

「どうしてそんなに心配そうにするのよ。むしろ助けてくれたんじゃない。あたし、そんなに怖がるような態度をとってた？」

イーリャ自身は心当たりはないが、何かしら誤解を与えるような事をしていたのかもしれない。それが足が遠のいていた理由だったら目も当てられない。

そんな考えが脳裏をよぎったイーリャが詰問《きつもん》すると、彼は焦りを帯びた。

「いや、君はとてもよくしてくれる。誤解を与えたのならすまなかった」

「なら、どうしてあたしに触るのを怖がるのよ」

逃がさない、とシアンを覗き込むと、彼はほんの少し苦笑する。

だが青の瞳には寂寥《せきりょう》がにじんでいた。

「その、だね。攻撃魔術は普通の人には馴染《なじ》みがないだろう？　魔物や……人間を一撃で屠《ほふ》れる魔術士を見ると、大半の人は恐怖を覚える。魔術を使った後だと、特に怖がられる事が多いんだ。さすがに、さっきまで笑顔で話してくれた人に怖がられるのは応えてね。最近ははじめから距離を取っていたから、その癖が出ていたんだ」

「……まさか、冷酷非情《れいこくひじょう》な噂って、民間人を必要以上に怖がらせないためもあるの」

シアンが困ったように頷くのを見て、イーリャは、己の体の奥から怒りの熱がこみ上げてくるのを感じた。不毛な罵詈雑言《ばりぞうごん》が口から飛び出しかけて、堪える。

忍耐強い彼が、そこまで配慮するようになるまで、どれほど傷つけられたのだろうか。恩を仇《あだ》で返すような対応をした人々を罵ってやりたい気分と、シアンがそんな無礼な所業《しょぎょう》を許していることが許せない気持ちが混ざり合う。

何より、何よりだ。

イーリャは深く息を吐いた後、ぐっとシアンを睨み上げる。

「あたしがその恩知らずどもと同じ態度をとるかもって考えてたのね。ひどいじゃない」

「え、あの。イーリャさん？」

こちらが怒っている事に気づいたらしいシアンが狼狽えるが、構わずイーリャは続けた。

「血気盛《けっきさか》んな男達を毎日どれだけ相手してると思ってるの。そりゃあ魔術は久々に見たけど、その程度で怖がる事なんてあり得ないわ」

むしろ、触れられるのをためらわれるたびに、自分が娼婦だからかと一瞬でも思考がよぎってしまうことの方が辛《つら》い。

ただ、本音は飲み込んで、イーリャはシアンをまっすぐ見つめる。

「そんな有象《うぞう》無象《むぞう》じゃなくて、あたしを見てよ」

かすかに息を呑んだシアンは、ほんの少し目元を和らげる。

「すまない」

眼差しから悲しみは完全に消えないが、それでも嬉しさがにじむのを見て取ったイーリャは、ひとまず納得する。

ふっつりと会話が途切れて沈黙が下りる。

困ったように眉尻を下げたシアンが、ぎこちなく切り出してきた。

「そう、だ。また行くと言っていたのに、間が空いてすまなかった。急な任務で町を離れていた」

仕事で来られなかったのか。心底申し訳なさそうに告げられて、考えないふりをしていたつもりにもかかわらず、イーリャの心に安堵が宿る。どうしても心はままならない。

「別に、気にしてないわ。こっちは娼婦なんだから、気に病まなくったって良いの。好きなときに来て、飽きたら別の娼婦に乗り換えれば良いのよ」

それでも相手を安心させるために肩をすくめてみせると、シアンは眉根を寄せた。

「俺は君の所に来たかった」

短く、端的な答えに、イーリャは返す言葉を見失う。シアンの言葉は娼婦と客の悋気《りんき》のやりとりとするにはまっすぐで、恨めしさなどひとかけらもない純粋さだった。

想いだけを乗せてくるそれは、ひどくまぶしくて、正面から受け止めるのが難しい。

けれどイーリャは娼婦だ、客の興味を引き続けるのが仕事である。

強《こわ》ばる唇をなんとか動かして、やんわりと笑ってみせた。

「あら、嬉しいわ。あたしも寂しかったもの」

稚拙《ちせつ》な言い回しになってしまったが、シアンは目を細めて笑みをこぼす。

胸の内を悟られなかったことにイーリャは安堵したが、彼が小さくあくびをした。

「疲れているの？」

「……ああ、すまない。この所忙しさで眠れていなくて。ようやく時間が空いて来られたから」

シアンはほんの少し決まり悪そうに頬を染めて語るが、イーリャは目をむいた。

「はあ!?　なにしてるのっ。こんなところ来る前にさっさと部屋に戻って寝なさいよ！」

「だって、君の顔が見たかったんだ。一曲聴いたら君に謝罪をして帰るつもりだったんだが、ああなったし……」

彼の顔をよくよく見てみれば、目の下にはうっすらと隈《くま》が浮いている。顔色も少々悪い。

まるでしかられた子供のように言い訳をするシアンに、イーリャは心底呆れ果てた。

しかし、彼が来てくれたおかげで、イーリャは思いの外《ほか》軽傷で解放されたのも確かだ。

まったく、手が掛かるんだか掛からないんだかわからない客である。

ため息をついたイーリャは、隣に座るシアンの肩を押した。

本当は押し倒したい所だが、それこそ彼が前後不覚になっていないとイーリャの力ではできないと知っている。

それでもベッドに寝ろという意図は伝わったのだろう。シアンは狼狽え出した。

「いや、君その、仕事をしなくちゃいけないとかそんなことを考えてるなら……」

「そっちの方がお好みだったら喜んでするけど。疲れてるんならちょっと寝ていったらどう？　あなたひどい顔をしてるわよ」

指摘すると、シアンは驚いた様子で顔に手を当てる。

「そんなにか」

「ええ、けっこう。……——娼婦のベッドなんて、と思うんなら無理には勧めないけど。子守歌くらいなら歌ってあげる」

イーリャが答えると、シアンはとても誘惑に駆られた顔をする。少し頬を赤らめ葛藤《かっとう》するようにイーリャとベッドを交互に見ていたが、非常に珍しく陥落《かんらく》して肩を落とした。

「すまない、この後仕事に戻らないといけないんだ。三十分ほどで起こしてくれないか」

「わかったわ。子守歌は」

「……お願いします」

神妙に、けれど嬉しそうにしたシアンは、剣帯から剣を外して隣に置くと上着だけを脱ぎ、ぽすりとベッドに横たわる。

まさか自分のベッドがそれ以外に使われる事になるとは、と思いつつも上着をハンガーに掛け終えたイーリャは、シアンの眠る傍《かたわ》らに腰を下ろした。

目を閉じた彼は、その顔立ちの美しさがより強調されて見えた。冷徹に整った美貌は、助けてもらった時に見た、冷酷無慈悲な軍人の気配を感じる。

けれど、イーリャの手首には彼が治療をしてくれた痕《あと》があり、温かな言葉が胸にある。

小さく息を吸い、幼子《おさなご》の時に誰もが一度は聴いたことがあるような、子守歌を歌い始めた。

抑揚《よくよう》をつけながらもささやかに、そして甘やかすように柔らかに。

そうすると、シアンの眉間《みけん》にしわが寄るようだった表情が、徐々にほぐれていき、規則正しい呼吸を……寝息をこぼすようになる。

安らかな表情と健《すこ》やかな呼吸音は、共に朝を迎えた日を思い出す。

手持ちぶさたのイーリャは、そのまま子守歌を口ずさみながら、顔にかかる銀色の髪を少し払ってやる。芯《しん》がありながらも柔らかい銀髪を梳《す》いて、少しためらったのち、頭から頬を撫でた。

それでも起きない彼に、イーリャはふ、と子守歌をやめて苦く笑う。

「ほんとうに、困った人ね」

シアンに願われた瞬きの間、イーリャは彼の髪を撫でて過ごした。

*

エルピス駐屯地にある、本部執務《しつむ》室では、二人の男が向き合っていた。

重厚な執務机の向こうに座るのは、駐屯地を統括する男オーガスだ。彼は、銀髪の青年シアンから受け取った報告書を読んでいく。やがて、眉間のしわがどんどん深くなっていった。

「ゲルトナーがうちを敵視しているのは昔からだが、最近より顕著《けんちょ》になったと考えていた。またディプロがちょっかいを出していたか」

「はい。我が軍の兵力と正面からぶつかれば双方《そうほう》大損害は避けられない、というのが共通認識でした。にもかかわらず、ゲルトナーが無謀な総力戦をしかけてきたのも、ディプロの秘密《ひみつ》裏の介入があったからと報告が上がっています」

「お前がいたから最小規模になったものの、結局、余計な人死にが出ただけだからな。あのような意味のない衝突は二度とごめんだ」

　シアンは、ノーニア上層部がゲルトナーから利権を引き出せると喜んでいると知っている。それでもオーガスが吐き捨てるように語ってくれるからこそ、希望をもってついて行けるのだ。

　だから、シアンもまた己の能力を全て使い、この無意味な小競《こぜ》り合いを終わらせたい。

　眉間にしわを寄せたままのオーガスが、結論づける。

「あの総力戦とて、直前にお前と最小規模の部隊のみでの奇襲《きしゅう》を選ばなければ、真っ正面から主力がぶつかり合い、今も泥沼の戦局が続いていたはずだ。実際、ゲルトナーもそうなるように作戦を立てていた。そうだな」

「はい、向こうの協力者の情報ですが、講和条約を結ぶことに、不自然に反抗している幹部が数名居るようです。元々ゲルトナー全体では、開戦にすら消極的だったにもかかわらず、一部の者の独断専行でなし崩し的に突入した、と」

「ほぼ一方的に負けて腹の虫が治まらない、というのはあるだろうが。ディプロに先導されたな」

もう何度目かもわからないやり口に、オーガスが忌《い》ま忌《い》ましげな顔をする。

ディプロはこのノーニアと今回の敵国ゲルトナー双方に隣接する国だ。

北方の厳しい大地にあるせいか、貴族の独立意識が高いせいで内紛が激しく、ディプロ王は貴族達の欲を満たすために、過去には幾度となく諸外国へ戦争をしかけていた。

ディプロはかつてノーニアにも矛先を向けてきたが、十数年前の総力戦で敗北し、国土を割譲《かつじょう》されてからは息を潜めていたはずだった。しかし、近年は各国へと密かに工作員を送り込み、虎視《こし》眈々《たんたん》と漁夫の利を狙《ねら》っているようである。

「今回は、ゲルトナーをそそのかし、ノーニアと共倒れさせようという意図があったのだろうと思います。国力をそがれれば、ほかに攻め入る余力などありませんし、なによりあわよくばディプロが版図を広げられる」

「まあ、ディプロらしい悪知恵だが、何度も引っかかって馬鹿にされるのは我慢ならん。今回の総力戦の作戦流出で、我が軍の士官級がディプロに寝返っている確信が持てた」

恐ろしい事実を、オーガスは平然と口にする。そう、シアンはこの調査の陣頭《じんとう》指揮《しき》を任されたために、町を離れていたのだ。信頼できる部下達が居るとはいえ、少数精鋭で極秘裏《ごくひり》に動いており、一人一人の仕事量が増えていた。

一瞬、不義理を働いてしまった褐色《かつしょく》の髪と金にきらめく瞳の女性を思い出しかけたが、シアンはすぐに意識の底へと沈める。

「ディプロの諜報《ちょうほう》ルートを複数監視していますが、なかなか間者《かんじゃ》の正体までには至りません」

「潜入した一兵卒《いっぺいそつ》が士官になるまでには時間が掛かりすぎる。すでに、兵士達の出身地は洗い出し終えて、怪しい者はそれとなく監視しているが、目立った動きはない。士官級の者は、後天的に寝返ったのだろうな」

　オーガスは思案するように顎《あご》に手を当てながらも、シアンを真摯に見上げた。

「二度とディプロに介入させんよう目に物見せてくれよう。講和は必ず成立させるぞ」

「はい」

　シアンが生真面目《きまじめ》に頷いたが、オーガスの表情が一気に人を揶揄う顔になる。

「お前にもしばらく負担をかけるが、まあスコット嬢に癒やされてこい。通っているんだろう？」

「っ……なんで知って！」

　不意に持ち出されたシアンが狼狽えると、オーガスはますます楽しげに頬杖《ほおづえ》をついた。

「エイリーク中尉の騒ぎは、俺の耳に入ってくるほどだからな。あの銀氷の騎士を陥落させた娼婦が！　と持ちきりだ」

「……何を勘違いされているか、わかりませんが。歌を聴かせてもらっているだけですよ。それに彼女は仕事で付き合ってくれているだけです」

　何度も自分に言い聞かせていることだ。しかし、オーガスはにやにやとした笑みを深めた。

「お前、今どんな顔をしているか、わかるか？」

　その指摘にシアンはすぐにいつもの表情に戻した。だが、きちんと戻ったのか自信が持てず顔を背《そむ》ける。オーガスはそのようなシアンに青の目を細めた。

「魔術士の立場について教えたのは俺だ。だがな、それでも魔術士とて人間なんだ。人並みの幸福を願ったって良いんだぞ」

彼の声の重みに、シアンはぐっと黙り込む。

そんな彼に対して、オーガスは仕方のなさそうな表情で続けた。

「仕事を振っている俺が言うのもなんだがな。これからも大事にしてやるつもりなら、それとなく様子を見といてやれよ」


話を終えたシアンは、部下と今後の相談をするために移動する。

すると、前方から明るい茶色の髪に鋭利《えいり》な刃物のような顔立ちをした男が、部下を引き連れて歩いてきた。シアンより若干年上の男の襟章は紫であり、胸には騎士の徽章《きしょう》が輝いている。

彼はこちらに気づくと親しげに片手をあげた。

「やあアスベルク。奇遇だな」

彼の表情は快活だったが、通りかかった兵士達が、一気に緊張を帯びたのをシアンは感じる。

彼トラゴーは、シアンとほぼ同期で顔見知りだ。しかし、同じ騎士であり、このエルピス駐屯地内で五指《ごし》に入る実力者ということで、周囲には互いを意識する関係だと思われているらしい。

シアンにとっては任務の完遂が第一なため、大して興味がない。だが、トラゴーにはあまり良い感情を持たれてないとは察していた。

そのため、シアンはいつも通り淡々と応じる。

「トラゴー少佐殿。討伐帰りか」

　シアンはトラゴーの軍服が、魔物を切った時特有の、暗色《あんしょく》の泥のようなもので汚れているのに気づく。彼は「烈風」の名を冠《かん》される騎士として、風を操るのを得意としている。一筋も汚れずに終わらせる事もできる技量があるのに、そうしなかった。

　しかしトラゴーはそれすら勲章《くんしょう》とでも言うように、にいと愉快げに笑うのだ。

「俺は騎士だからな、相応の働きをしただけだ。まあ多少息抜きをさせてもらったが、構わないだろう。魔物は倒すべき害悪なんだ」

　確かに、淀《よど》み穢れた魔力から生じる魔物は、全生物の脅威であり敵だ。

　取り込んだ生物を模倣した姿をしているものの、意志はもたない。だが、以前同じ作戦行動中に見た彼の執拗《しつよう》に敵を追い詰め嬲《なぶ》る戦い方で屠ったのであれば、褒められたものではない。

　魔術士として優秀ではあるものの、性格に難ありとされた結果、騎士として叙勲《じょくん》されたのは、シアンよりも後だったという噂があるほどである。

　だが、その苛烈さは兵士にとってはひどくまぶしくも映るらしい。トラゴーの背後に居る部下達は羨望の目を向けている。慕う者は、シアンよりもきっと彼の方が多い。

　トラゴーがすいと、シアンに対して距離を詰め、低く語った。

「貴殿なら、わかるだろう？　先の作戦であれだけの敵を屠っておいて、毛ほども感情を揺らさんのだからな」

　親しみすら感じさせるトラゴーの明るい眼差しを見返し、シアンはゆっくりと答える。

「まったく、わからない。あれは必要だったから為《な》したことだ」

感情の色が抜け落ちるトラゴーに、会釈を返して立ち去る。

英雄など、ただの人殺しだ。それが、シアンの考えだった。しかし、それで平和になるなら、屍《しかばね》の重みも……大きな力に対する他者からの恐怖も受け入れる。

シアンは密かに己の手を握る。

思い出してしまったのは、取ってしまったイーリャの華奢《きゃしゃ》な手首の感触だ。

一度目は、馬車から助けるために。二度目は問題を起こした魔術士から助けたときに。

魔術士は一般人からしてみれば、魔物と変わらない脅威なのだ。

それをシアンは重々承知している。血や、魔物の泥にまみれた己が差し伸べた手は、振り払われ、取られたとしても震えていることが当たり前だった。

はじめがあれだったとはいえ、彼女に対して怯えられる可能性はずっと頭の隅にあったから、より一層気をつけていたつもりだった。

『そんな有象無象じゃなくて、あたしを見てよ』

暗がりで琥珀《こはく》の瞳がまっすぐ見上げてくる様に、見惚《みほ》れた。

魔術を振るった自分を見ても彼女は恐れず、そればかりか、傍らで眠らせてくれた。

かすかに感じた手の温かさに、どれほど安堵したか。眠りが優しいことを、思い出した。

わかっている。今が身に余るほどの幸運なのだ。

だが、それでも、シアンは欲深くなる己を自覚していた。

第三章 終わらせるためのオペレッタ

駐屯地《ちゅうとんち》がある街エルピスは、隣国ゲルトナーの国境近くにある、前線に近い街の一つだ。

ただ、緩衝地帯《かんしょうちたい》となっている森は「魔の森」と呼ばれる場所だ。魔力濃度が高いために、多くの魔物が跋扈《ばっこ》しており、平時でも頻繁《ひんぱん》に人里《ひとざと》に出てきて危害をもたらす。

休戦協定を結んだ後でも、戦《いくさ》の気配で気が立った魔物達が特に暴れることも多い。

だからこそ、戦がなくとも兵士達の出撃はなくならず、何が起きるかもわからない。


その日イーリャがホールへ顔を出すと、店の入り口あたりの席にオリビアがいた。

普段ならホールに出てくる時にはしっかりと化粧を施《ほどこ》し装う彼女が、髪も流したまま、地味なドレス姿である。

感情を抑え込んだその横顔に、イーリャは理由を察しながら声をかけようか迷っていると、扉が開く。現れたのは軍人の二人組だった。

オリビアが椅子《いす》から立ち上がる。

「クスト……いえ、エバンス少尉《しょうい》は……」

すがるような言葉に対し、軍人はためらいながらも硬い表情で首を横に振った。

「遺体は、見つかりませんでしたが、絶望的と判断されました。規定通り、お渡し致します」

息を呑《の》む彼女に、軍人は一通の手紙を渡した。それは、軍人が死亡した際に届けられる遺書だ。

軍人達が一礼して去って行く中、オリビアは手に残った封筒に目を落とす。

「ばか、ね……。私に手紙を、残すなんて。ほんと……っ」

笑いかけた目尻から雫《しずく》があふれ、その場に泣き崩れた。


イーリャが他の同僚達とオリビアを部屋へ送り届けた後、昼食が始まった。

さすがに空気は静かだが、逆に言えばそれだけだ。

普段通りに過ごす同僚達の中で、イーリャは目に見えて消沈するマリアベルを見つけた。

彼女は天真爛漫《てんしんらんまん》であけすけだが、とても感受性が強い。己《おのれ》が幸せだからこそ、他人にも幸せでいて欲しいと願っている節《ふし》がある。何より慕う先輩の泣き崩れる姿は衝撃だっただろう。

隣に座ると、ほんのりと目元を腫《は》らした彼女がこちらを向く。

「オリビアさんは？」

イーリャにすがるように訊《たず》ねてくるマリアベルに、穏やかに応《こた》えてやった。

「部屋に戻ったとたん眠ったわ。魔物討伐《とうばつ》に出たっきり、恋人が行方不明だったんだもの。もう限界だったんでしょう」

マリアベルは、こくりと頷《うなず》く。

よくあることだ。なぜなら彼らは軍人で、死地に赴《おもむ》く職業をしているのだから、このような出来事は珍しくない。彼女宛の遺書が届けられただけ、オリビアは幸運だったとも語れるほど。

「でも、ね。オリビアさんは、あの人と一緒になるんだって幸せそうに言ってたから、どうしてってなったの。そのために、上官に身元保証人になってもらう約束も取り付けてたって。そしたらすごく悲しくなっちゃって。悲しいのはオリビアさんのほうなのに。……お葬式は、故郷でなのかな」

「どうかな。でも、簡易の見送りはさせてもらうはずだし、あたしが必要なら鎮魂《ちんこん》歌《か》くらいいくらでも歌うわ。あなたも、人が無理をしている時に気づくのは得意でしょう？　そういうときに支えてあげよ」

歌うことしかできない、とも言えるが、消沈している彼女に言うことではない。

「……うん」

すんと鼻を啜《すす》りながらも頷いたマリアベルの頭を、イーリャは撫《な》でてやった。

食事をはじめると、ほんのりと顔に血色が戻ってきたマリアベルが話しかけてくる。

「それにしても最近、魔物が多いね。ゲルトナーはもう後退しているし、もうすぐ講和条約が結ばれるって噂《うわさ》もあるのに。何度も森の近くに出撃するのは、落ち着かないよね」

温かいスープが身に染みるのを感じながら、イーリャも応じた。

「まあね、魔術士が出張《でば》れば、ゲルトナーにも警戒されてしまうから、うちも刺激しないように主力を投下するのを渋っていて泥沼でしょう？　正直かなり軍人達にも負担がかかっているし、北のディプロの動きも警戒しなきゃいけないだろうから」

「そうだよね。とはいえそろそろここも落ち着いてきたから、移動もあるかもしれないね。そしたら何人かとはお別れなのかなぁ。寂しいなあ」

ぽつりと、マリアベルはつぶやいた。

軍部が拠点を新しく作ったり、戦線の変化があったりすれば、従軍娼婦《じゅうぐんしょうふ》もまたそれにあわせて移動するのが常だ。だから娼婦でも、同じ場所に留《とど》まるということは少ない。

すると、昼食が終わる頃《ころ》に、エレンから話があった。

オリビアをこれから数日はフォローしていくこと、通常の連絡事項の後にそれが話される。

「ここから先、もっと魔の森近くに拠点《きょてん》を作ると決まったよ。場所は中規模の街なんだが、新しく娼館《しょうかん》を作るために従軍娼婦を募《つの》ることにした。うちでも何人か行ってもらうから、もし立候補があれば私に言っとくれ」

その場にいた娼婦達はそれぞれに返事をして、解散していく。

イーリャも部屋に戻ろうとすると、エレンに引き止められた。

「ちょっと話があるんだけど良いかい？」

「……今の話についてですか？」

エレンの硬い表情で、イーリャは彼女の言いたいことをおおかた察した。

ホールの奥にある個室で二人きりになると、エレンは静かに語った。

「あんたには、新しくできる娼館に行って欲しいと考えているよ。これからの主な仕事は魔物討伐になるって上部からのお達しだから、あちらが前線になる。あんまり信頼関係がない中で荒ぶる野郎どもを宥《なだ》めなきゃいけない。その中であんたの歌は有効だ」

「確かにそうでしょうけど」

「それに、同僚達に気遣《きづか》いができて、目端《めはし》が利くあんたなら、館《やかた》を任せられると思ったのさ。前から自分の店を持ちたいって言ってただろう？　ならこれを機会にやってみるのはどうだい？」

　エレンにその話を聞かれていたこと、なによりイーリャをそこまで評価してくれていたことに驚いた。かすかに胸が昂揚《こうよう》したが、それよりも申し訳なさを覚える。

「それだけ、じゃないですよね。あの客達だ」

　シアンが酒場の騒ぎを収めた一件以降、イーリャを目当てにする客も増えたが、野次馬《やじうま》感覚で絡んで来る客も増えていたのだ。

　花蜜館《はなみつかん》でイーリャは客を取らない娼婦とされていて、公演を増やしたこともあり、一目見たいだけの客はそれで満足する。目に余るような行為は、彼らの上官へと報告しているため大きな問題にはなってはいない。イーリャが卑猥《ひわい》な野次と、尻や胸を撫で回されることに少し耐えればいい。

　だが、普段とは違う客層も来店する事から、同僚達が困惑し、店側もいつもとは違う対応が続き迷惑をかけている自覚はあった。

　彼女からは言いづらいだろうとイーリャから語ると、エレンの表情が真剣に引き締められる。

「大きなお世話かもしれないけどね、ここにいると、あんたにとって悪いことばかり起きるだろう。応援した私が言えた義理じゃないだろうけど、だいぶあんたにも負担なはずだ」

「でも全体的な客の数は増えてるでしょう？　別に気を遣《つか》わなくったって良いんですよ。お金は稼《かせ》げる時に稼ぐもんなんでしょ」

イーリャが茶化《ちゃか》したにもかかわらず、エレンは険《けわ》しく眉《まゆ》を寄せるばかりだ。

「あんたいつから事なかれ主義から鞍替《くらが》えしたんだい？　いつものあんたなら、こんなめんどくさい状況になったんなら、根本から解決出来る方法があればとっとと選ぶだろう。なにより自分の店を持たせてやるって言ってるのに、嬉《うれ》しい顔一つしない」

「いやぁ、嬉しくない訳じゃないんですよ。でもまあ……ここが気に入ってるし」

「理由は銀氷《ぎんひょう》の騎士だろう？」

エレンの指摘に、イーリャは微《かす》かに顔をこわばらせてしまう。

反応するつもりはなかったのに、堪《こら》えきれなかった。そして客の機微《きび》を的確に見抜く玄人《くろうと》であるエレンは、その小さな変化を見逃さない。

「良いかいイーリャ。賢いあんたならよくわかっているだろう。相手は軍人、ましてや騎士様だ。元から住む世界が違うよ。心を移しても報《むく》われない。明け渡しちまったら、苦しむ羽目になるよ」

「オリビアさん……みたいにですか」

「あの子は覚悟をしてると言った。だから許したんだ。事実、今日まで客を一人たりとも雑に扱わなかった。あんたはまだ、覚悟もできてなければ、認めてもいないだろう」

エレンの厳しい言葉に息を呑《の》む。

怯《ひる》むイーリャは後ずさるが、エレンは逃がさないとばかりに肩を掴《つか》み、覗《のぞ》き込んでくる。

「逃げるのも、諦めるのも、今が最後の機会だ。このまま行けば、私みたいにずるずると戻ってくるわけもない男を待つ羽目になるよ」

　エレンの言葉に、イーリャははっとする。エレンは三十代後半というところだ。まだ美しさを失っていないにもかかわらず、エレンはずっと花蜜館の女主人でいた。

　一番古参の娼婦から訊《き》いたことがある。彼女は娼婦を引退したあと、商人の男からの求婚を断って、この花蜜館にいることを選んだと。

　その、理由は……。

　イーリャはこみ上げてくる、熱に似た形容しがたい感情を押し込める。

　知っている。わかっている。

　深く息を吸ったイーリャは、顔を上げて未《いま》だ険しい表情のエレンを見つめた。

「もちろん、わかってます。あたしは娼婦です。軍人様を癒やすのが役割なのも忘れてません」

「ほんとうかい？」

「それに何を言ってるんですか！　仕事を卑下《ひげ》するつもりはないですけど、救国の騎士様があたしにかまうのは物珍しいからですよ。彼が王都に戻れば、すぐに彼は忘れます」

　明るく言ってみせたにもかかわらず、エレンは懐疑的だ。

「いやでも、あの騎士様の目は……」

「それにあたしは臆病《おくびょう》だから、オリビアさんみたいには、なれないんです」

　眉を寄せているエレンの言葉を、イーリャは遮《さえぎ》った。

　できないのだ。あんな風に待って待って待ち続けて、ようやく認めて泣き崩れることなんて。

それに尽きるのだ。だからエレンが懸念《けねん》していることは起きないし、起こすつもりもない。

エレンが思っているよりも、イーリャはさほど強くはないのだから。

イーリャが苦笑いをしてみせると、エレンは目を開いてイーリャを凝視《ぎょうし》する。

けれど、最後にはか細く息を吐いた。

「異動の返事は、後ででかまわないから」

「ありがとうございます。開店準備、手伝ってきますね」

エレンの顔を見ないまま、イーリャは一つ笑って身を翻《ひるがえ》した。


店が開けば、イーリャはいつものように舞台に立つ。

会場は大入《おおい》り満員だ。軍人はもちろん、噂を聞いた街の住民まで来店していた。一般人は従軍娼婦は買えないものの、酒場を利用することはできる。

臨時の店員もほぼ出勤状態になるほど、かなり花蜜館は潤《うるお》っているはずなのだ。

拍手を受けて頭を下げた後、イーリャは店の裏方に下がろうとする。

けれど、ホールで騒ぎが聞こえた。

「申し訳ありませんが、オリビアは本日休みを取らせていますので……」

「ほう、そうか。本当かどうか、顔を見させてもらおう」

「トラゴー様っ！　それも、できれば、ご遠慮いただきたく」

エレンの、下手ながらも必死の説得にイーリャはそちらを向く。

そこに居たのは軍服の男だった。明るい茶色の髪を軍人らしく短くしている。シアンと同年代だろう、軍服の襟章《えりしょう》はここ最近見慣れた紫で、魔術士だとわかる。さらに、今日は胸に剣と杖《つえ》が交差する徽章《きしょう》まで見つけた。

なによりエレンがつぶやいたトラゴーというのは、烈風《れっぷう》の騎士エヴァン・トラゴーではないか。

イーリャがどう助け船を出すか考えていると、トラゴーが振り返った。

視線が合った瞬間、背筋にぞっと這《は》うような悪寒を覚える。

エレンの制止も無視しイーリャの前まで来たトラゴーは、上から下まで眺めると鼻を鳴らした。

「アスベルクの情婦だと聞いていたが、ずいぶん貧相だな」

またか、という想《おも》いが胸に宿る。ぶしつけな言葉も、最近よくあったためにイーリャの心を揺《ゆ》らすことはない。

ただ、この男の目は、いつもの野次馬とは違う気がしてイーリャの直感が警鐘《けいしょう》を鳴らしていた。

それに魔術士の場合、階級が上なため、エレンも娼婦達も行動を止めづらい。

何よりこの男は、本来傷心《しょうしん》のオリビアに用があったらしい。イーリャに興味を移したのならば、引き止めてみせよう。

悔しげなエレンを目で制したあと、イーリャはトラゴーに向けて曖昧《あいまい》に微笑《ほほえ》みながら、小首をかしげてみせた。

「アスベルク様は、あたしの公演によくいらしてくださいますが……」

事実シアンと床を共にしたのは最初の一回だけなのだから、間違っていない。「銀氷の騎士が、個人的に楽しみにするほどの歌手」と対外的には説明しているくらいだ。

だがしかしトラゴーは、刃《やいば》のように鋭い神経質そうな顔立ちに嘲弄《ちょうろう》を浮かべた。

「いいや、アスベルクが貴様を目当てに通い詰めているとよく知っているさ。人形みたいに感情が欠落しているあの男が、足しげく通うだけで充分驚きだよ。ただまあ……弱みになるかと思えばこの程度だからなぁ。どうやらアレの感性はただの人間とは大違いらしいな」

言葉の端々《はしばし》ににじむ悪意に、イーリャはこみ上げてくる感情を飲み下し曖昧な微笑《びしょう》に変えた。

相手を激昂《げっこう》させてはいけない。こういう手合いが次にどう出てくるのかはもう知っている。

騎士は嫌らしく笑うと、イーリャの肩に手を回してくる。

「まあ、だが。あっちの方が良いのかもしれないからな。なあ、あんな人形を満足させられるんだ。どんなことでも対応できるよなあ？」

ほらやっぱり来た。とイーリャは媚《こ》びる笑顔を浮かべてしなだれかかった。

*

後片付けと身支度《みじたく》を終えたイーリャが部屋でぼんやりとしていると、ノックの音が響く。

了承の声を上げると、扉を開いたのはマリアベルだった。

恐る恐るといった様子の彼女は、イーリャを見るなり青ざめる。

「イーリャっその髪……！」

それには気づいていたが、イーリャは肩をすくめてみせた。

「まあ、あの野郎の趣味が悪かっただけよ。騎士って言っても色々ね」

「イーリャあ、あの。ねえ。下で、騎士様が待ってるの。ご、ごまかしてこようか。それともわたしが代わりに……いやでもあの人、娼婦を抱かないしイーリャの歌が目的だしっだめかなあ!?」

おろおろとしたマリアベルが、申し出てくれた。

彼女の言葉は少し的外れだったが、けれどできる範囲で充分な気遣いをしてくれたのだ。

くすぐったくて、思わず笑ってしまった。けれども、かまわないのだ。

むしろ、彼が来るのはとても都合が良い。あの客のおかげで、自分が何者か思い出せた。

イーリャは、娼婦だ。汚れきったとしても、大事にされずとも、一生孤独だったとしても、生きてゆくことを選んだ。父に、母に故郷のみんなに逃がされた時から、イーリャは何が何でも生き延びると決めて、自分の体を売ったのだ。

だから、誰《だれ》の手を取る事もない。

くすり、と笑いながら、イーリャはマリアベルに応える。

「歌うには支障がないから平気よ。でも、呼んできてくれると助かるわ」

「で、でも」

「お願いよ、一番人気を足に使うのは悪いかしら」

「い、行ってくるから待っててて！」

イーリャが再度頼むと、マリアベルは慌てて出て行く。

そして、再び部屋の扉が叩《たた》かれる。

おっくうな足で歩き、イーリャが扉を開けてやると、いつものフードを被《かぶ》ったシアンだった。

「やあ、イー、リャ……っ」

けれど彼は、ぽかんと青の目を見開く。その視線はイーリャの髪に注がれていた。

ほどけたままの明るい茶色の髪を耳にかけたイーリャは、彼を室内に導くと、なるべくいつも通りに話しかけた。

「いらっしゃいシアンさん、今日も来たのね」

「イーリャさん。その髪色は、まさか……」

「ん？　ああ。さっきのお客さんが魔術士で、加減してくれなかったから、染まっちゃったのよ」

あくまであっさりと聞こえるように肩をすくめてみせると、シアンは動揺を浮かべる。

「この店は、魔術士が来ることはないんじゃなかったのか？」

「そうなんだけどね。ぶっちゃけ軍人様の良心にゆだねられてるのよ。あたし達は、強く出られたら断れないし」

言いつつイーリャはシアンの上着を受け取ろうと手を伸ばしたのだが、彼にその手を掴まれた。

彼の視線はイーリャの腕に赤く浮く、縛られた痕《あと》に注がれている。青の瞳《ひとみ》が痛ましげに揺れた。

さらにシアンの手が首筋を、そこに残っているだろう首を絞《し》められた手の痕をなぞった。

「これは、なんだい」

やっかいな客を追い返してくれた時にも聞いた、恐ろしく低い声で問いかけられる。

イーリャはそんな怒気《どき》にも気づかないふりをして、いっそ場違いなほど明るい声音《こわね》で答えた。

「前のお客さんが、縛って楽しみたいって言ったの。何でもあっちの締まり方が違うらしくて。こっちは大変だからやめて欲しいんだけど、それも興奮するって言われちゃもうしょうがないわ」

「いや、拘束も首を絞めることも傷害だ。従軍娼婦をみだりに脅かすことは軍規でも許されていない。その魔術士の名前を教えてくれないか」

鋭い青の眼差《まなざ》しで、至極《しごく》まっとうに問いただしてくるシアンに、イーリャはいつもはしない半笑いで答えた。

「シアンさん。どうして怒るの？　あたしは娼婦で、これが当たり前なのよ。軍人さんの欲望に応えて股《また》を開くのが仕事だもの。だからなんにもおかしくないのよ」

「だが、以前までの君にはなかっただろう？　それにこんなひどい怪我《けが》をしているなんて今までなかっただろう。まるで報復の、ような……」

まずい、とイーリャが思った時には、シアンは顔色をなくしていた。

「……俺のせいだ。俺が、ここに通ったからだね」

ああ、そちらを気づかせるつもりはなかったのに。今までの軽薄さを少しだけ潜めさせて、イーリャは聞いた。

「シアンさん、自分が恨《うら》みを買ってるって思ってるの？」

「一部の魔術士に、よく思われていないのは知っていた。それでも俺の部下は慕ってくれて、任務の遂行に支障はなかったから放置をしていたんだ。……だが、これは。そんな……」

シアンは動揺をぐっと拳《こぶし》を握る事で治めると、イーリャに向けて深々と頭を下げる。

「俺の浅慮《せんりょ》で君を傷つけてすまなかった。必ず改善する」

「……良いのよ。あたしは来るなって言わなかったんだから」

そんな風に謝らせるつもりはなかった。これから、イーリャは彼に向かってひどいことをするのに、優しい彼を目の当たりにしてしまうと、決意を砕《くだ》かれそうになる。

だが、絆《ほだ》されたとしても、イーリャの意志は決まっている。

深く呼吸をして、もう一度心を落ち着かせたイーリャは、微笑んで告げた。

「あたし、別の街に移ることになったの」

「え」

イーリャはもうエレンの申し出について、返す言葉を決めていた。

虚を衝《つ》かれた様子のシアンに、イーリャは朗《ほが》らかに続ける。

「前線が変わったから。娼婦が付いてくのは当然なのよ。それに、あたし念願の店の采配《さいはい》を任せて貰《もら》えそうなの。だから近いうちにお別れよ」

「そう、なのか。会えなくなるのか」

「ええ。街に行ったら、開店準備で忙しいだろうから」

「俺も、任務次第で飛び回るから、難しくなる、な……」

愕然《がくぜん》としたシアンは、落胆と狼狽《ろうばい》を宿して沈黙する。

その落ち込み具合には少し驚くが、シアンはゆっくりと顔を上げた。

だが、熱を帯びたその瞳に、イーリャの心が戦慄《おのの》いた。

「イーリャさん、俺は君に願いたいことがある」

「っ」

トーンは穏やかで、けれど到底世間話とは思えない真剣な色を帯びた声で呼びかけたシアンは、イーリャの前に片膝《かたひざ》をついた。

表情に宿る懇願《こんがん》するような熱望に、次の言葉が予測できたイーリャの指先から血の気が引く。

「どうか、俺に君を……」

「やめて!!」

イーリャが拒絶の言葉を上げると、手を取ろうとしたシアンの動きが止まる。

「イーリャ、さん？」

驚きと戸惑《とまど》いの表情で見上げるシアンに、我に返ったイーリャは取り繕《つくろ》うために微笑んだ。

自分でもぎこちなさがわかるほどひどい笑みだったが、気にする余裕がなかった。

「ねえ、シアンさん。勘違いしちゃだめよ。だってあたしは娼婦なの。お金を貰えば誰にでも股を開いて受け入れるの。本来なら騎士様が相手にしていい存在じゃないのよ」

「そんな風に自分を……」

「この際だからはっきり言うけど、本来ならあなたはここに来るべき人ではないの」

固い声で厳然と語るとシアンは衝撃を受けた顔になり、にわかに信じられない様子で硬直《こうちょく》した。

少し余裕を取り戻したイーリャは、今度はなめらかにとびきりに愛想良く微笑んでみせた。

「でもね、あなたは良くしてくれたから、最後のサービスをさせて貰えたらなと思うの」

「サー、ビス？」

掠《かす》れた声で問いかけてくるシアンに、イーリャは中途半端に浮いている彼の手を取ると、自分の頬《ほお》に導いた。

わざと、イーリャが負った縄や手の痕、そして色が変わった髪が際立って見えるよう。それから甘く媚《こ》びを含ませて、こてりと首をかしげてみせた。

「今夜一日、どんな願いでも叶《かな》えるわ。あたしを好きに、自由にして良い」

「なっ」

「だってお得意様だもの、それくらいの奮発はするわよ。シて欲しいことがあれば、その通りにする。縛っても、殴っても、絞めても良い。気持ちよくして欲しければそうするし、怯《おび》えて泣き叫んだ方が好きだったら」

「そんなことしない！」

シアンが泣きそうな顔で言葉を遮るのに、イーリャはだろうな、と頭の隅で冷静に考えた。

彼はお人好《よ》しで、気遣い屋で、少年のように純情で、ひどく優しい。

でも、いい加減気づいているのだ。何度も穏やかな夜を過ごしたけれど、時折青の瞳に熱が混じっていることを。

指にある固い剣ダコを感じながら、イーリャは確信を持って問いかける。

「本当に、あたしに何もしたくないの？」

逃がさないと強く見つめれば、シアンの青の瞳に熾火《おきび》のような揺らぎを見つけた。

彼がその切望を向ける理由はわからない。けれどイーリャが見逃すわけがないのだ。

シアンはイーリャの手を振りほどくこともできず、薄い唇を開いて閉じて、葛藤《かっとう》するように逡《しゅん》巡《じゅん》していた。

だが、絞り出すように声を出す。

「……キス、もか」

「……っ」

児戯《じぎ》に等しいその問いは、イーリャにとって驚きで、シアンの強く問いただすような眼差しに息を呑む。改めて聞いてくるということは、あの夜の一幕を覚えているのだろうか。

イーリャはすぐに言葉が出なかったが、すぐに艶然《えんぜん》と媚びを含ませた笑みを取り戻した。

「……っもち、ろんよ。まあ娼婦の口なんて何咥《くわ》えたかわからないものだけど……っ!?」

それ以上、言葉を紡《つむ》げなかった。

なぜなら、伸び上がって来たシアンがイーリャの唇を自身のそれで塞《ふさ》いだからだ。

シアンの唇はあたたかかった。

まさか本当にキスをするなんて、という動揺と驚きと、何よりこんな時ですら満たされるような悦《よろこ》びを感じてしまい、とっさに反応ができない。

イーリャが反射的に目を閉じてしまうと、柔らかい唇は一度だけでなく何度も押し付けられた。

柔らかさを確かめるようになぞられ、味わうように食《は》まれて、甘やかな吐息がこぼれる。

角度が変わったことで、シアンが立ち上がったのがわかった。

唇が離れていったタイミングで、イーリャは震えるまつげを上げると、薄暗い中でも鮮やかな青に射抜《いぬ》かれた。

「指輪は、どこに？」

「そこの化粧台に、あるけど」

今のシアンはオーバーフローをしかけていない。それなら魔力を逃がす必要はないのでは。

なぜそんなことを聞くのだろう。ぼんやりした頭で不思議に思っていると、シアンはイーリャの腰を抱いたまま台の上にある指輪を取り、イーリャの中指に嵌《は》める。

それをするなり、シアンは再びイーリャへ唇を合わせた。

「シア、んっ……！」

イーリャが口づけの合間に声をかけようとしたとたん、そのわずかに開いた隙間《すきま》から熱く濡《ぬ》れた舌が侵入してきた。

唐突なそれに怯んだイーリャの舌を、シアンのそれが搦《から》め捕《と》り吸い上げる。甘いしびれが背筋を駆《か》け抜けてゆき、たまらず再び目を閉じると、彼はさらに口づけを深めた。

イーリャは戸惑いつつも、キスをしたがる客が喜ぶように首に腕を回すと、シアンは息継《いきつ》ぎも許さないとばかりに求めてくる。上あごを舌で撫で、歯列をなぞり、全《すべ》てを確かめようとでもするように、シアンはイーリャの舌に己のそれを絡めて愛撫《あいぶ》していく。

ぐちゅ、ぴちゃ、とこの美しい男が響かせているとは思えない卑猥な水音が響き、イーリャの脳《のう》髄《ずい》を蕩《とろ》かした。喉《のど》の奥から漏れる声すら、シアンの口腔《こうこう》に飲み込まれていく。氷を冠《かん》された騎士とは思えないほど情熱的で、濃密に交わるそれに、口の中に唾液《だえき》が溢《あふ》れ唇の端から滴る。

いつもの習慣で溢れかけたそれをこくりと嚥下《えんか》して、イーリャは目を見開いた。

甘い。そして、熱い。まるで極上の蜜酒を飲んだ時のように体が火照《ほて》り、ぞくぞくと明確な快楽が背筋を走って行く。シアンから流し込まれた魔力に中《あ》てられ始めているのだ。

魔力の制御が人よりも秀でている彼が、つい漏らす訳がない。これは、明らかに故意だ。

襲ってくる深い悦楽《えつらく》に立っていられず、イーリャの足から力が抜けると、シアンの力強い腕に支えられた。けれど、緩急を付けながらも、濃厚な口づけはやまない。

かろうじて保っていた自我が、シアンの愛撫に溶かされていく。

「んっぁ、なん、でぇ……!?」

ぼやけかける思考の中でも、途切れ途切れに問いかければ、焼けそうな熱を孕《はら》んだ青の瞳に射抜かれた。無防備に見てしまったイーリャは怯えて舌を引こうとしたが、シアンはそれすら許さないとばかりに強引に搦め捕った。

「何を、しても、良いというのなら。君の中にある魔力を追い出す」

「まりょ、くんぅ……」

口づけがわずかに途切れたところで語られたが、問い返す間もなく足が宙に浮き、いつの間にかベッドに横たわっていた。

乗り上げたシアンによってすぐに両手が搦め捕られ、イーリャはシーツに縫《ぬ》い付けられる。

性急な仕草にもかかわらず、その感触はまるで壊れ物を扱うように繊細《せんさい》だった。

雪のような銀色の髪が乱れながら影を落とすのを、イーリャは荒い息のまま呆然《ぼうぜん》と見上げる。

今のシアンの表情は、影になっているせいか、音楽を語る時とはまったく違い、怜悧《れいり》さと冷たさがより際立って感じられた。静かでありながら、いっそ怒っているのではと思わせるものだったが、瞳は雄弁《ゆうべん》に語っている。

「聞いたよ。娼婦の口づけは、特別なんだって。本気の相手にしか許さないんだって」

「っ……それ、」

「たとえ俺を拒絶するためでも、許してくれたことに本心が隠れているとうぬぼれるから」

そんな綺麗《きれい》な理由じゃないのに、否定できなかった。

低く掠れた声と、その瞳には、焦《こ》がれるような切望と、求めすがる懇願がにじんでいて。

「受け入れて。イーリャ」

「……っ！」

逃げようのない口づけを、イーリャはなすすべもなく受け止めるしかなかった。

再び唇が深く重なる。また、蕩けるような官能に冒《おか》されたことで、先ほど魔力を流された媒体が、唾液なのだと気づいた。けれど下になっているイーリャは、どちらのものともわからないほど混ざり合った唾液を、ただ飲み込むしかない。

指先で耳をなぞられ、首筋をたどられて、シアンの銀髪がイーリャの染まった髪と混ざり合う。耳を塞ぎたいほど淫靡《いんび》な水音が、脳髄まで響く。全身はどんどん熱く火照っていった。

「んぅ、んっ、はっぁ…っん、ぁう……」

イーリャがなんとか息を継ごうとするたびに、唇の隙間から、あえかな嬌声《きょうせい》が零《こぼ》れる。

ただ口づけているだけなのに、ずっとシアンを近くに感じてしまう。深く奪い取られそうなほど激しいのに、荒々しさなど微塵《みじん》も感じさせず、イーリャを甘やかして昂《たか》ぶらせてゆく。

なにより、心の奥底にふたをしたはずの想いが歓喜して、身を任せたいと暴れるのだ。

さすがにこれは「なんでも」の範疇《はんちゅう》に入れてはいけない。とどこかで考えた。

こんな甘やかな刺激を与えられれば、心の奥深くまで蕩けてしまう。

なのに、シアンが宥めるようにイーリャの髪を撫でるのが心地よくて、突っぱねようとした腕から力が抜けてしまう。

「あ、ん、んふっ……ふぁ、まって、あ……」

しかも、シアンは口づけている間もイーリャから目をそらさない。

あの熾火をくすぶらせている青の瞳が、イーリャの全てを見透かそうとでもするように見つめている。炙《あぶ》られるようなそれに、イーリャの体はますます熱くなっていった。

シアンの頬はかすかに赤みが差しているだけで、平静そのものにもかかわらず、イーリャの口の中を犯し尽くす舌は容赦なく追い詰めてくる。

さらに魔力を追加されれば、先ほど散々もてあそばれた余韻《よいん》に再び火が付くのは簡単だった。

再び搦められて強く舌を吸われたとたん、イーリャは軽く達しびくりと体を震わせる。

奥がとろりと潤うのを感じ、耐《た》えきれず太もも同士をすりあわせた。

シアンはじっくりと容赦なくむさぼる……否《いな》注いできた。

しかし、イーリャがぐったりとする頃になり、唇をわずかに離すと眉を顰《ひそ》める。

「……やっぱり、魔力がおかしいくらい溜《た》まっている。術具、使わなかったね」

その通りだ。あの騎士は指輪を使わせてくれなかったため、行為中、本当にぎりぎりのところで理性をつなぎ止めていたのだ。終わった後に歌を口ずさんで平静を保っていたが、シアンに暴かれた今のイーリャは再び過敏になっていた。

イーリャの思惑では、彼に娼婦らしい媚びと淫蕩《いんとう》さを見せて迫り、シアンのイーリャへの愛着を根本からなくすつもりだった。元々女性に迫られる事が得意ではないようだから、こちらから迫れば、距離を置いてくれるに違いないと、後腐れなくここを後にできると思っていたのに。

それすら関係なく、浅ましく彼を求めてしまいそうになる。

「これだけじゃ足りない」

なのに唇をわずかに離してそうつぶやいたシアンは、いつの間にかくつろげたイーリャの服の前から手を差し入れ、乳輪のふちをなぞったのだ。

ささやかな感触のはずなのに、その刺激でイーリャの体が跳《は》ねた。

「ひぁあっ!?」

そのままゆっくりと、だが明らかに快楽を引き出すように揉《も》み込まれて、イーリャの体はびくびく面白いように反応する。触れられてもいない秘めた花弁が、じんと疼《うず》く。

腫れぼったくなるほど唇を蹂躙《じゅうりん》していったシアンは、己の赤く濡れた唇を舐《な》めると、今度はイーリャの体にそれを落としていく。時折強く吸われて、淫靡な赤を散らされる。首筋や手首の痕は特に入念に、小さく歯を立てて甘噛《あまが》みをされるたび、腰に甘いしびれが駆け抜けた。

唇が解放されたことで息はしやすくなったが、イーリャは体に唇を落とされるたびに零れる喘《あえ》ぎに悩まされることになった。

「い、あん、ふっ、んんぁ、やぁっ……」

頑張って娼婦らしく、媚びを含ませて彼に幻滅《げんめつ》されるような反応を。

そう思うのに、こんな淫乱な反応をして嫌われないかと恐れてしまい、イーリャは声を抑えようと口を押さえた。

シアンの手が脇腹《わきばら》をなぞり、腹を撫で、乳房を刺激する。それはただイーリャの快楽を引き出すためなのは明白だった。繊細で壊れ物を扱うような優しい手つきだからこそ、胸が締め付けられて煽《あお》られた。

あの燃えるような青の瞳が、注意深くイーリャの全身に滑ってゆく。イーリャの反応と、受け入れてしまった魔力の流れを見ているのが感じられて、頭が沸騰《ふっとう》しそうだった。

「どうして、そん、なぁ……みるのぉ……んぁっ」

「万が一でも、制御を間違ったら、君が辛《つら》いだろう？　一筋も残さず染め変えるから」

受け入れる、と言った手前の精一杯の抗議も、シアンには取り合われなかった。さらに言葉を紡ごうとした唇を塞がれ、イーリャは流される魔力に惑う。

もはやまともな思考を保つことすら困難になりかけた頃、シアンが小さく訊《たず》ねてきた。

「……君は、俺のことが嫌いだったのか」

嫌いだ、と言えば良い。だって、娼婦としての仕事をさせてくれず、面倒な客を引き寄せてこられて迷惑を掛けられたのだから。

そうわかっているのに、シアンの舌が引いていくのが嫌で、彼のそれを追いかけてしまう。

しまった、と思った瞬間、シアンは嬉しげに目を細めると、舌を優しく吸われて戦慄いた。

髪を梳《す》いてくれる感触も、なぞってゆく指先のぬくもりも、全てが快楽に変換される。

何もかもどうでも良くなって、ぐずぐずに溶けてしまいそうだ。

早く終われ、お願いだからあきらめて。抵抗の意志を根こそぎ奪われたイーリャが、祈るように念じていると、唇から離れたシアンの頭が、イーリャの内ももに移動していく。

そして、ショーツを引き下ろし、すでに蜜をこぼすほど潤ったそこにたどり着こうとし。

ざあ、とイーリャの血の気が引いた。

「いや、やだっ!!」

もう取り繕う余裕もなく、銀髪をぐいと退けようとする。

イーリャの明らかな拒絶に気づいたらしく、シアンが顔を上げた。しかし、足を押さえている手は緩まず、その秀麗《しゅうれい》な顔に浮かぶのは淡々とした疑問だ。

「どうして」

「どうしてって、汚いでしょうっ。あなたみたいな人がそんなことしなくて良いっ」

そこはほんの数時間前まで、他人のものを受け入れていた場所だ。湯浴《ゆあ》みをして落としているものの、中を掻《か》き出しきれているとは思えない。

イーリャが娼婦である証《あか》しを、何より汚れているところを見られたくなかった。

ましてや口を付けるところではないし、イーリャは奉仕されるような人間ではない。

シアンは少し迷うそぶりを見せたが、ゆっくりと身を起こしたことでイーリャはほっとした。

しかし、ぐちゅりと、ほころんでいたそこに指が差し入れられる。

同時に膨らんだ秘核《ひかく》を押しつぶされた。その決定的な刺激に、イーリャは一気に上り詰めた。

「ひぁぁっぅ!?」

全身を貫いた快楽は頭を真っ白に染める。到底体を支えていられず、ベッドに身を投げ出した。

自分の中が、物欲しげに差し入れられたシアンの指を締め上げるのを感じて恨めしかった。

「でも、ここが一番残っているから。やるよ」

ああ、シアンにはバレていたのだ。

イーリャが絶望している間も、シアンの意外に太い指が溢れ出す蜜をまとい、蜜壁《みつへき》を押し広げ、奥へと侵入してくる。ほんの少しだけ温度が低かった指が、魔力が流された瞬間、溶けそうな熱を帯びて、じん、と中を刺激する。それだけで蜜が溢れて、イーリャは背中を仰《の》け反《ぞ》らせて喘いだ。

これだけかき回されれば、もしかしたら残っているかもしれない残滓《ざんし》が彼の指を汚してしまう。

だが制止する間もなく、指はあっという間に増やされて、イーリャの胎《はら》はそれを悦んで締め付けた。そうすれば、シアンは応えるように、へそ側にある良いところを中心に撫で回し、さらに完全に膨らんだ秘核をこねられて、イーリャはたまらず枕にすがる。

　気持ちいい、気持ちよくて、全て投げ出してしまいたくなる。

　イーリャは胸元がはだけられ、スカートはまくり上げられているのに、シアン自身は一筋も服を乱していない。自分がどんな淫《みだ》らな姿をしているかをまざまざと思い知り、また煽られる。

　与えられる快楽に溺《おぼ》れてしまいたいと叫ぶ心と、それでもなお怯える理性が悲鳴を上げた。

「やめて……ッ！　ぁ……ん、ふっ！　みないでっ、お願い、アぁ……やっ……」

「なら、どうして俺の想いを語らせてくれなかったのか、教えてくれるか？　……そんなに、聞きたく、なかったか」

　再び真っ白になりかける頭の中に、シアンの声が響いた。

　そんな、悲しい声をさせるつもりはなかった。そうじゃない。あなたが悪いわけじゃない。

　なぜ、か。こんなにも、……——なのに。

　ぼろり、と涙があふれた。

「だってあなたもあたしを置いていくでしょうっ!?」

　イーリャは悲鳴のように叫んだ。

　目を見開くシアンの前で、胸の中に押し込めていたそれが、こぼすつもりもなかったものが、どんどん溢れていく。

「軍人なんていつ、どうなるか、わかんないっ。生きて戻ってきても、いつか帰っちゃうじゃない

っ。故郷に戻ったら忘れるくせに、あたしの傷になってくのっ。あたしの故郷はもうないのに！

ずるいじゃないっ」

「イー、リャ」

「必ず戻ってくるなんて約束してもっ……帰ってくる保証なんてない！　あたしはもう一人なのにつまたひとりぼっちになれっていうのっ!?」

シアンの瞳が動揺に揺れる。

支離滅裂《しりめつれつ》な、ひどい言葉を投げつけているのはわかっている。死地に赴くのはシアンなのだ。

けれどイーリャは、止まらない涙のまま、引きつった笑顔を浮かべる。

「それに、死ななくてもそう。昂ぶれば女を抱くでしょう。生きるためだからしょうがないってわかっていても、あたしは耐えられない。自分のものでないあなたを見たら、しんでしまうわ」

体を開いて仕事をしているからこそ、わかる。彼がどんな風に女を抱くか知ってしまったから。

どれだけ仕事だと割り切っていても、心に残ってしまう。

自分のものでもないのに、仮定の話でしかないのに嫉妬《しっと》しているのだ。

「あたしに、あなたを待てる強さはないの。だからあきらめるの、よ」

イーリャは強いとよく言われる。けれどそれはただ柔らかい部分を晒《さら》したとたん、ぐずぐずに弱くなってしまうから必死に取り繕っているだけだ。

シアンは、イーリャを宝物のように大事にしてくれた。歌を、故郷を尊重してくれた。

他愛ない話だけで、あれだけ時を忘れる事を教えてくれた。自分でも知らなかった欲しい言葉を何度もくれた。この人の中では、自分は特別なのだと全霊で示してくれた。

だから、こそ。だからこそだ！

イーリャは唇を噛みしめる。オリビアのように、いつ帰って来るかもわからない人を待てない。きっとこの夜に居ないとわかれば、そうではなくとも誰かの元に行ったとわかれば、それだけで胸が張り裂けるような悲しみに溺れて、動けなくなってしまう。

でも、それはできない。だってイーリャは生きなければ、ならないのだ。

臆病《おくびょう》で卑怯《ひきょう》だから、シアンに想いを言わせない。明確にされれば、拒否できる自信がないから。

だから、イーリャは甘く震える体を起こすと、愕然とするシアンの肩口に頭を預けて懇願した。

「ねえ、お願いよ、優しくしないで。それ以外だったらなんだって受け入れるから。あたしの心に残らないで、おねがい……」

そうしなければ、イーリャは立っていられなくなる。

顔を見られたくなくてうつむいていると、シアンは少しの間、沈黙していた。

けれど震えるような吐息をこぼすと、片手でイーリャの頬を包み上向かせる。

その青の瞳には、複雑な色が浮かんでは消え、浮かんでは消えて揺らいでいた。イーリャにも感情は読み取れない。

やがて、ぽつりと言葉が落ちてくる。

「ごめん」

掠れて、湿度が混じったその言葉と共に、そっと唇を重ねられた。

「ごめん、イーリャ。ごめん……」

「ぁ、ぅん……ひぁっ」

その謝罪が何に対してなのか、わからない。

しかしそれ以上シアンは言葉をこぼさなかったから、イーリャは寂寥《せきりよう》のような安堵《あんど》に包まれた。

これでいい、イーリャは我が身が可愛《かわい》いのだから。

けれど奪い取るように深く重なる唇も、胎の中で良いところをかき混ぜるようにうごめく指も。

イーリャがいくら甘やかな嬌声を上げようと、やめられることはなく。

髪が銀に染まるまで続けられたそれは、胸が締め付けられるほど優しかった。

*

最後の絶頂を迎えたのち、イーリャは気を失いベッドに沈みこんだ。

シアンは涙に濡れた頬に張り付く彼女の銀に染まった髪をそっと払い、指を強く握り込んだ。

胸中では己の浅はかさに対して、ひどい自己嫌悪《じこけんお》が暴れ回っている。

「ごめん」

何度謝罪しても足りない。イーリャの悲痛な想いの吐露《とろ》と拒絶を、自分は嬉しいと感じていたのだから。

シアン・アスベルクは恵まれた環境に生まれたと思う。

アスベルク伯爵《はくしゃく》家の三男として生を享《う》け、だが両親は貴族とは思えないほどおおらかだった。シアンが幼い頃から魔術士になれるほどの魔力を発現しても、跡継ぎの長男、その保険の次男とも扱いを変えることもなく、家族として愛情深く接してくれた。

魔力回路が安定せずにいるシアンのために、当時まだ仮説に過ぎなかった音楽療法と称し、音楽鑑賞につれて行かれたり、楽器を習わせて貰ったりした。

まったく上達はしなかったが、家族達はたとえシアンが魔力を暴走させても受け入れてくれた。

そう、魔術の才があったにもかかわらず、普通の子供としての愛情を知れたのだ。

だからこそ、使用人達が己を見る目との違いが、明確に理解できた。

嫌悪までは行かずとも、彼らの瞳には怯え、忌避《きひ》が混じること。自分の世話をしてくれようとするたび、指先が強《こわ》ばるのは、それはすべて恐怖からだ。

明確に己が異質と感じたのは、十歳になったばかりの頃、出先で魔物に遭遇《そうぐう》したときだった。

護衛《ごえい》達が苦戦する中、シアンもまた無《む》我《が》夢中《むちゅう》で魔物を屠《ほふ》り、襲われかけた貴族の子達を助けた。

だが少し前まで打ち解けた調子でシアンと話し、遊んでいた彼らは、魔物の泥を被ったシアンが笑いかけたとたん、差し伸べた手を払った。

恐怖が張り付いたその顔は、魔物に向けるものと変わらなかった。

そう、か。と。ようやくシアンは、己が恐怖の対象だと思い知った。

あまりに魔力が強すぎたために、叔父であるオーガスの元に預けられた時はほっとした。

『破壊的な力は忌避される。それが魔術士の宿命だ。俺達のような化け物は特にな。しかしあきらめることもしなくて良い。お前は知っているだろう、そのまま受け入れてくれる者がいるのもな』

同じ化け物だったオーガスにそう言われたのは、少し救われた。けれど、自分を人として扱う者はごくわずかなのだとも悟っていた。

魔術士達の軍学校に在学中も、同じはずの魔術士達から畏怖《いふ》の眼差しが突き刺さるのを感じながら、シアンは密《ひそ》かに考えていた。

『お前なんかに戦場は向かないよ。研究所にこい』

にもかかわらず、そう言ってくれる友人すらできたのだ。

家族が居て、頼れる恩人がいて、友人がいて、守りたいと願える国がある。

それはとても幸運で、幸福な事だとシアンは信じている。

だからこそ、自分の分《ぶ》をよくよくわかっていた。

自分は魔術士で、化け物で、この恐怖される力を役に立て、自らこの手を血に染めることを選んだ。明るく笑う人々も、楽しげに奏でられる音楽も、平穏な日常も愛しているからこそ、シアンはそこに自分が混ざることを許せない。

なのに、イーリャに出会ってしまった。

自分の居場所は戦場で恐怖を与えるのが仕事で、必要だと思えば、昨日まで共に食事をしていた者でも手にかけられる。普通の人間よりも感情が足りないのだとすら考えていたのだ。

けれど、彼女があんまりにも当たり前に、自分を普通の人間として扱ってくれたから。

あと一回、あと一回と言い訳をして、ずるずると会いに行ってしまった。

自分がこんなに意志が弱い人間だと思わなかった。

間違いようもなく、浮かれていた。

どれだけ自分がイーリヤを追い詰めていたのか、思い知って浅はかさにようやく気がついた。

シアンのものではない魔力に染められた彼女を前に、それをした者への煮えたぎる憎悪《ぞうお》を覚えたが、何よりもイーリヤだった。

彼女の痛みと孤独は、自分の抱えたそれなどよりもずっと深い。

なのに、今ですら、彼女の拒絶がシアンを恐れての事ではなく、自分を深く想ってくれたからこそだという事に、ほの暗い悦びを覚えるのだ。

だが、もうシアンは己の立場を忘れない。

イーリヤを幸福にするのは、このような血にまみれ屍《しかばね》の上に立つ自分などではなく、きっともっと当たり前の温かさを知る、普通の男であるべきだ。

彼女の思いを貰えただけで充分すぎるほどなのだ。彼女を穢《けが》してしまう前に、離れよう。

「……だけど、せめて。彼女が幸せになれる場所へ、行けるようにしなければ」

ここにいれば、シアンのせいでもっと不幸にしてしまう。自分が浮かれていたせいで彼女を苦しませた贖罪《しょくざい》はしたかった。

彼女の身繕《みづくろ》いを整えた後、名残《なごり》惜しさを振り切りシアンが向かったのは、オーガスの執務《しつむ》室だ。

オーガスは、シアンの顔を一目見るなり表情を落とす。

この人もシアンのわかりづらい感情の変化をすぐ察してくれるのだと、ほんの少し心が和《やわ》らぐ。

「何があった」

「……トラゴー少佐殿が、花蜜館を訪ねていました」

シアンはある程度その魔力が誰のものかわかる。見覚えのあるものであればなおさら。

イーリャに対し、まるで当てつけのようにべったりと塗りたくられたそれは、染められた明るい茶色で判断するまでもなく、トラゴーだとわかっていたのだ。

その一言だけで何が起きたのかを理解したオーガスが顔をしかめた。こみ上げる嫌悪と怒りを押し殺した彼は、金の髪をぐしゃりと掻《か》き上げたあと、シアンを厳しく射抜く。

「私闘《しとう》は禁じている」

「わかっています。これは俺の浅慮が原因ですから、タウンゼン中将《ちゅうじょう》殿にはご迷惑をかけません。自分で片をつけます。ただ、いくつか報告すべき事柄があります」

オーガスがまなざしの厳しさを緩《ゆる》めないながらも、無言で先を促《うなが》すのに、シアンは努めて冷静に語った。

「花蜜館の女主人に話を聞いたのですが、トラゴー少佐の当初の目的は、オリビアという娼婦だったそうです。ただ休みを取っていると聞くと、イーリャに興味を移したようでした」

「それは奇妙だな。トラゴー少佐は、自分よりも先に騎士に叙勲されたお前が気に入らないほど、野心が旺盛《おうせい》だ。だからこそ、己の魔術士としてのプライドが高い。お前への憂《う》さ晴らしにスコット嬢を利用するのはともかく、中級娼婦程度を気にかける理由がない」

オーガスの客観的な分析に、シアンは己の違和が間違っていないとわかる。

「なので、オリビアの休養の理由を聞いたところ、魔物討伐《とうばつ》に出たきり行方不明になった恋人の戦死通告があったからだそうです。恋人の名前は、クスト・エバンス少尉」

「……ディプロの工作員を目撃した少尉か！」

思い至ったオーガスに、シアンは深く頷く。

数日前、魔物の増加の原因を探るため、魔の森へ密かに調査に出た一部隊が行方不明になっていた。全滅とされていたが、実はその部隊員の一人が重傷を負いながらも帰投《きとう》していた。それがクスト・エバンスだったのだ。

オーガスが考えをまとめるようにつぶやく。

「彼の証言では、魔の森中で、魔物を故意に暴走させる術式が展開されており、こちらの存在に気づいたとたん、襲い掛かられた、だったな。エバンス少尉が敵から奪った剣はディプロの兵士特有のものだった。十中八九ディプロの仕業だろう。工作員に消されぬためにも、少尉は秘密裏《ひみつり》にかくまって死亡扱いにしていたが……」

「遺体がない事で向こうが疑念《ぎねん》を抱いたのでしょう。エバンス少尉の恋人の様子で、彼が生きているかどうか確かめたかったのではないでしょうか」

「本来なら自分の部下に任せる所を、たまたまお前と関わりのあるスコット嬢が居る娼館だったから、自分で確認しにきたと考えれば納得できる。……ほう」

オーガスは獰猛《どうもう》に笑った。ようやくディプロの尻尾《しっぽ》を掴んだのだ。昂揚《こうよう》はひとしおだろう。

シアンは、イーリャをひどい目に遭《あ》わせてしまったにもかかわらず、冷静に仕事について思考している自分に自己嫌悪を覚える。だが、彼女の周囲を平和にするために必要な事だ。

「こちらが気づいている事を匂《にお》わせるのはならん。根こそぎ刈《か》り尽くすために、入念に連携を取るぞ。お前は……」

「何でも命じてください。トラゴー少佐と対峙《たいじ》できるのは、俺だけですから」

だから、シアンはオーガスに対し敬礼をしてみせる。

しかし、オーガスは青の目に案じる色を覗かせる。

「無論、お前は最前線に立ってもらう。トラゴーへの餌《えさ》としてこの上ないからな。だが、駐屯地でやつの意識を引きつけるという役割でも構わないんだぞ」

「できれば、外に」

自分はイーリャの側《そば》にいてはいけない。なるべく彼女の迷惑にならないように、距離を置きたかった。ただ、彼女のために自分ができる事は、まだある。

イーリャは、今はない故郷の歌が好きだと言った。もう自分しか覚えている者が居ないから、一人でも多くの人に聴いてもらいたいと。

これをすれば、彼女は手の届かないところにゆく可能性がある。ずっとためらってしまっていたのは、自分のわがままだった。それも、やめるべきだ。

シアンは小脇に抱えていた紙の束を、差し出しつつ言う。

「それと、もう一つ。魔術研究者の招致をお願いしたいんです。できれば、彼女には俺が関わっているとは知らせずに」

「……それでいいのか」

オーガスの確認に、シアンはほんの少し、表情を緩めた。

「はい。彼女に正当な権利を戻してやりたいんです」

きっと、きっと諦めてみせる。彼女が幸せであれば、それで良いのだ。


「ひとまず、預かろう」

オーガスが差し出す紙束を受け取ると、シアンはかすかに安堵を宿し、敬礼した後去った。

椅子に深く座り直したオーガスは、冷えた銀氷の騎士の仮面を被るシアンの顔を思い出す。

シアンが自ら幸福を選び取れるようになればと考えて、背中を押したのは自分だった。半ばは成功したが、どうやらオーガスが思っていた以上に情が深く、不器用だったらしい。

彼の葛藤が痛いほどわかるだけに、難しい。それでも、そそのかした分の責任は取ろう。

「なるようにしかならないが、権利は平等に必要、だからな」

なんともまあ、人の心はままならない。それをよく知るオーガスは、己の部下を呼び出したのだった。

第四章

応えるためのオラトリオ

イーリャが新たな街、スワルツへ移るのは二週間後に決まった。

本当は一週間後だったのだが、意外にも花蜜館《はなみつかん》の常連だった兵士達や、純粋に歌を楽しみにしていたらしい街の人間に、移るのを惜しまれたからだ。歌が聴けなくなるのは寂しいから、とイーリャが店に出られるようになった日から連日客が大入《おおい》り満員になっていた。

一娼婦《しょうふ》であるイーリャのことを認識していたのか、と驚くのと同時に妙な照れくささを覚えたものだ。とはいえ、昼公演が追加されたため、イーリャの忙しさは増して素直に喜べない。

だが、体に残された甘い痕《あと》を意識しないで済むから、かえって良かったのかもしれない。

昼公演を終えたイーリャが、自室で心地よい疲労感に身を任せていると、部屋の戸を叩《たた》かれた。

現れたのはエレンだ。

「イーリャ。もう一仕事、頼まれてくれるかい」

「なんです？」

戸口に立っていたエレンがどくと、そこに居たのは金髪のオーガス・タウンゼン中将《ちゅうじょう》だった。

シアンの元に放り込まれた時以来の再会に、イーリャは驚いて背筋を伸ばす。

オーガスはエレンへ礼を言うと室内へ入ってくる。そして殺風景《さっぷうけい》な部屋を見渡しながら話しかけてきた。

「もう部屋は片付いているのだな。スコット嬢」

「それはまあ、従軍《じゅうぐん》娼婦ですから。家移《いえうつ》りは珍しくないですし、移動は明後日《あさって》ですから」

元々荷物はあまり持たない主義だったし、追加公演が決まらなければ、すでにスワルツへ移るはずだった。だから、もういつだって離れられる。

淡々と肩をすくめてみせると、オーガスは片眉《かたまゆ》を上げて探るような視線を向けてきた。けれどイーリャは気づかなかったふりをして、オーガスから充分距離を取りつつ逆に問いかける。

「それで、中将閣下、本日はどのような御用向きでしょうか」

「そこまで警戒しなくったって良い。シアンは今駐屯《ちゅうとん》地《ち》には居ないからな」

オーガスにはすでにお見通しだったらしい。あっけらかんと告げられたイーリャが、決まり悪さに視線をさまよわせていると、彼は続けた。

「では、引っ越しの準備ができているのなら、君の半日を俺に貰《もら》おう。ちょっと歌を披露《ひろう》して欲しい場所があるのだよ」

「……はあ。出演料が頂けるんなら、いいですけど」

何より、オーガスに望まれたのなら断るという選択肢はない。

せいぜい、断る理由にするために片付けをしなければよかったと思うだけだ。

オーガスは一つ頷《うなず》いたあとイーリャに外出の準備を命じた。

リュートを携《たずさ》えたイーリャが、オーガスの転移魔術でつれてこられたのは、簡素《かんそ》な廊下だった。

歌ってもらいたいという願いだったため、どこかのサロンや個人の部屋に行くのかと考えていたが、そのような場所ではないのは明白だ。

オーガスが扉の一つを開くとそこは雑然とした部屋だった。

普段なら広々としているはずだろう室内は、イーリャには見慣れぬ機材で埋め尽くされていた。

唯一わかったのは、大きなラッパ状の部品がついた蓄音機《ちくおんき》のようなものである。

その側《そば》に、深緑色の髪を無造作《むぞうさ》にひっつめた青年がいた。

彼は、少々つり目がちで、彫りの深い顔立ちには片眼鏡《かためがね》をかけており、険しい顔で機材を弄《いじ》っている。だが、すぐにこちらに気づくと、片眼鏡を外しながら眉を顰《ひそ》めた。

「ここは僕の城だよ。中将様でも気を遣《つか》って欲しいな。特に転移魔術は周辺の魔力を乱すんだから、正確な記録が取りづらくなる。ただでさえ、こんなへんぴな所に呼び出されて散々だっていうのに……」

「ヴラーチ殿、その呼び出された理由を連れてきたぞ」

ぶつぶつと文句を言う青年を気にした風もなく、オーガスがぞんざいにイーリャを指さす。

そこで初めてイーリャの存在に気づいた青年は、顔を向けるなり素早い動きで近づいてくる。

イーリャはその勢いに若干仰《の》け反《ぞ》ったが、青年は片眼鏡をかけ直すと、上から下までしげしげとイーリャを眺めまわした。

「手、だして」

「は、はあ……」

指示された通りイーリャが手を出すと、無造作に握られる。

その視線にも、触る動作にも一切色気はなく、興味の薄い物品に対する事務的さが覗《のぞ》いていた。

これはこれで、珍しい対応だ。身構える暇もなくされるがままになっていると、青年はイーリャの手を握った手に数度力を入れたあとあっさり放す。

そしてテーブルの上に置かれた紙に何やら書き込み出した。

「魔力にも魔力回路にも特出するところはないね。まあそりゃそうだ。このご時世《じせい》、そんなのあれば娼婦だろうが亡命者だろうがすぐさま入隊だもの。というか僕が欲しい」

「すまないな。一ヶ月以内に収束させる。そうすれば研究に魔術士が回せるようになるだろう」

オーガスの言葉に、青年ははっと鼻を鳴らす。

「今度こそ期待しているよ。戦争のせいで研究に偏りが出てるんだ。魔術の副作用の緩和は研究者の悲願だってのに後回しになっている上、人員がとられまくって良い迷惑なんだ」

「わかってるさ。だからこうしているだろう」

「……まあ、あいつに頼まれたからにはきっちりやるよ」

気のないそぶりで語った青年は、置いて行かれているイーリャに改めて向き直る。

「僕はサビオ・ヴラーチ。君、魔力回路を歌で鎮静《ちんせい》出来るんだって？」

「まあ、そうですけど。タウンゼン様、今回の依頼は、この人に付き合うのでいいんですか？」

あくまで雇い主はオーガスなため、イーリャが金色の偉丈夫に問いかけると、頷かれた。

こんな無愛想で明らかな変人の相手をしなければいけないとは、とイーリャはげんなりした。

しかし仕事だと決定してしまったので、仕方なく青年、サビオに向き直る。

「わかりました、ヴラーチ様でよろしいんですよね。しがない娼婦ですがよろしくお願いします」

「別に娼婦だろうがなんだろうが、僕の研究に役に立ってくれるんならかまわないよ。ただ、現物を見ないことにはわからないから、その集音《しゅうおん》器に向けて歌ってみてくれないかな」

彼は本当にまったくつまらなそうに、ラッパ状の部品がついた機材を指し示す。

明らかに期待をしていない客の前で歌うなんて、イーリャもごめんだ。

しかし、こういったことも酒場では日常茶飯事《にちじょうさはんじ》である。

イーリャはおとなしく、リュートを構えるために部屋の端から椅子《いす》を引きずってきた。

すると今にも部屋を出て行こうとしていたオーガスが、その手を止めて近寄ってくる。

「先に一曲歌うのか。なら聴いていこう」

「君、中将だろうに、こんなことに油売ってて良いのかい？」

「優先事項は間違えんさ」

呆《あき》れた声で言うサビオの前で、オーガスは勝手に椅子を用意し座る構えだ。

イーリャも大丈夫なのかと思ったが、とやかく言う事でもないとリュートの調弦《ちょうげん》を続けた。

「ヴラーチ様、曲の希望はありますか？」

「君が普段酒場で歌ってるやつならなんでもいい」

何でも良い、はよくある希望だが、なんだか久々に聞いたような気がした。

その理由には努めて気づかなかったふりをして、イーリャはリュートを構える。

こんなラッパの前で歌うなんて間抜けに思えるが、この商売、変な要望はそれなりに多い。

何を歌うかは……と考えた所で、イーリャはふっと笑う。

これだけ訳のわからない状況に連れてこられているのだ、好きな曲を選んだって良いだろう。

今日は、あんまり明るい歌の気分じゃない。

りん、とリュートをかき鳴らしたイーリャは、低くしめやかに喉《のど》を震わせる。

それは郷愁《きょうしゅう》の歌だった。旅立った愛《いと》しき家族を案じ、面影を想《おも》うと約束する歌は、故郷で人を送る際に定番だった一曲だ。酒場で歌うときは、この歌詞の悲しささえわからないほど明るく声を張るが、イーリャはテンポを落とし、原曲に近いトーンでゆったりと奏でた。

旅立ちは悲しくとも、変化をもたらすもの。だから変わってゆく自分を想って欲しい。同じ想いを返すから。

そんな、もの悲しさがありながらも、ぬくもりを感じさせる曲が、イーリャは好きだった。

一曲歌いきり、イーリャはラッパから顔を上げる。

すると、オーガスから拍手をされた。

「さすが、スコット嬢だったな。良い歌だった」

「ありがとうございます」

なかなか今日は調子が良い。満足な気持ちで、彼に一礼をしてみせる。

そして主賓を見たのだが、サビオは絶句の表情でこちらを見ていた。

こんなしけた曲ではつまらないとも言われるかと思っていたが、それとも違う予想外の反応に少々驚く。それでもイーリャは小首をかしげてみせた。

「これでよろしいです？」

「……は」

そこで、サビオは初めて呼吸を思い出したように声を漏らす。

さらに一気に顔を引き締めてつかつかとイーリャに詰め寄ってくると、がっと両肩を掴《つか》まれた。

「今君はなにをしたんだい!?」

「なにって、歌っただけですよ。そういうリクエストだったでしょう」

「なんで君そんな平然と言うの!?　確かに娯楽に浸ることで、魔力回路の過剰稼働《かじょうかどう》はある程度治まる事が実証されてる。だから王都でも魔力回路の鎮静に娼婦のほかに、音楽や娯楽を代用できないか検証しているさ。でもね、音楽でもこんなに劇的に治まるものじゃないんだよ」

鬼気《きき》迫る形相《ぎょうそう》でイーリャを覗き込むサビオは、さらに続ける。

「いいかい？　この実験場を用意するために、僕はそれなりに魔力回路を動かしていた。普段なら一日休ませないと自分の研究に戻れない状態だったんだ。にもかかわらずたった一曲君の歌を聴いただけで、僕の魔力回路が一気に鎮《しず》まったんだ。検証中に走らせてた分も全部だ！　こんなすっきりした気分は初めてだし、ぶっ通しで研究に打ち込めるなんて最高かよ！」

「は、はあ、さいですか」

「普通の歌と違う部分があるはずなんだ。どこだい！」

熱を帯びて言いつのられたイーリャは若干《じゃっかん》引いていた。

自分はただ歌えるだけであり、違いなんてわからない。けれど、この状況から抜け出すには言わないと放して貰えないだろう。

「歌自体もそうですけど。故郷で習った魔物避《よ》けのための歌い方なんですよ。この歌い方なら、普通の曲でも効力があるみたいですね」

「その故郷はどこ！　専門家を……」

「ありませんよ。あたしの故郷、併合《へいごう》されたテュシア地方の村ですから」

肩を握る手を穏便《おんびん》に払いつつイーリャが答えると、サビオはさすがにピタリと言葉を止める。

片眼鏡をかけた顔でゆっくり振り返ると、背後にいたオーガスが淡々と答えた。

「五年前に北のディプロからノーニアに割譲《かつじょう》された地域だな。その前に、ディプロの内紛が激しく、最後は魔物の集団暴走で壊滅《かいめつ》状態になっていたと聞いている」

「ええ、故郷の生き残りは知ってる限りあたしだけです。もうぼろっぼろだったんで、ノーニアはよく貰ってくれたなと思いますよ」

あの頃《ころ》のディプロはひどかった。ディプロの特権《とっけん》階級は、利益の拡大のためなら手段を選ばない。

その下で働かされる平民達の扱いは言うまでもなく、こぞってここ、ノーニアに逃げ込んだものだ。

イーリャの村は逃げ損《そこ》ねたが、それでもテュシア地方の人々は、ノーニアに割譲されたことにほっとしたと思う。

今はディプロもおとなしくしているようだが、一体どうなっているのだろうか。

思いをはせたイーリャだったが、気づいてオーガスに対して言った。

「まあつまり、あたしは亡命者なんです。国籍を取るために外国人枠で入隊しました」

「問題ない。制度に則《のっと》り我が国に尽くす者はみな同胞として迎えよう」

「ありがとうございます。二度とディプロに戻る気はないので助かります」

オーガスの言葉にほっと息をついたイーリャは、サビオを向く。

彼にも一応人の心があるようで、少し気まずそうにしていた。

「元々口伝えで覚えていたものですから、資料や楽譜もありませんし、技術的なものもわかりません。一応習ったものは全部覚えてますけど」

そう、本当にそれだけは良かったと思う。イーリャの故郷では、魔物から身を守るため、成人までに最低でも魔物避けの歌は身に付ける。さらに、イーリャは将来有望だと、村一番の歌い手から村で編み出した曲を全《すべ》て習い覚えさせて貰った。

だから、もうない故郷を偲《しの》ぶことができる。イーリャだけでも覚えていられる。

サビオはぎゅっと眉を寄せていたが、絞《しぼ》り出すように言った。

「僕は歌や曲の善《よ》し悪《あ》しなんてわからないし、専門外だ。だがその秘密を知りたい。研究のために協力をしてくれないか」

「えっ、命令じゃないんですか？」

だいたい、お偉いさんというものは横暴《おうぼう》で、下の者に強制するものだと考えていた。

サビオは、シアンと同年代に見えるくらいには若いが、オーガスが彼のぞんざいな口調を許す程度には、位は高いと察している。

イーリャが素直に疑問を口にすると、サビオはぐっと眉間《みけん》にしわを寄せた。

「僕は探究の下僕だし研究のためなら手段を選ばないけど、踏み込んで良い場所とそうでない場所はわきまえてる。君しか歌い手がいないなら、どうしたって協力が必要だ。協力者に気持ちよく付き合ってもらうために相互理解くらいはするし、その唯一の技術に敬意を払うのは当然だろう」

あけすけに心中を語ったサビオだったが、その声音が本気なのは薄っぺらい睦言《むつごと》に慣れたイーリャにはよくわかった。

イーリャが驚いている間にも、サビオは苛立《いらだ》たしげに髪をかき混ぜてつぶやく。

「ああもう、どうしてこんなの隠してやがったんだあいつは……！」

「あいつ？」

「ヴラーチ」

イーリャが聞き返す声に被《かぶ》せるように、オーガスがサビオを強く呼ぶ。

それでピタリと口を噤《つぐ》んだサビオは、意図を含んだ眼差《まなざ》しでオーガスを睨《ね》め付ける。けれど舌打ちを一つすると、イーリャに向き直った。

「検証と研究には時間と人員の準備もあるし、返事は今すぐ……貰いたいが我慢する！　ただ、できれば今歌った一曲でも楽譜に起こしてくれないか。今この場でだめだったら取りに行かせる。オーガスさん！　窓口になってくれるんだろう」

「ああ、そのつもりだ」

オーガスが頷く中、イーリャはあっけにとられていた。そりゃあ、魔力回路を鎮静させられるのは珍しいとは考えていた。けれど、研究者にこれほど食いつかれるとは思わなかったのだ。

サビオははじめの気のない態度など嘘《うそ》のように、真摯《しんし》に言いつのってくる。

「君の歌の力が本物だと実証できれば、恐らくこの国の宝になる。オーバーフローに苦しんでいた者達の希望になるかもしれない。決して粗略には扱わないと、これだけは誓う。だからその秘密を解き明かさせてくれないか」

どう受け止めていいかわからず、イーリャは口を開いて、閉じて、こくりと唾《つば》を飲んだ。

イーリャが死ねば、忘却されるだけだった故郷が、歌だけでも多くの人のためになるかもしれない。降ってわいたような話だ。ずっと込めていた力が抜けてしまうような虚脱感に呆然《ぼうぜん》とする。

座っていたままで良かったと思った。立っていたら、きっと崩れ落ちていた気がした。

良いのか、悪いのか。わからない。他国に歌を渡すことを、故郷の人々は許してくれるだろうか。

でも、多くの人間を魔物から逃がすために歌い続けた彼らなら、喜んでくれるだろうか。

こんなこと、小難しく考えるなんて自分らしくない、とイーリャは振り払った。

自分は事なかれ主義。そして、今日の仕事は彼の相手なのだから。

だから、こみ上げてくる熱いものを飲み下したイーリャは、平静に見えるよう肩をすくめた。

「今日は、あなたの相手をするのが仕事です。楽譜に書き起こすんですね。……——いいですよ」

了承の声は、震えていなかっただろうか。

「よし！　こっちだっ」

サビオに促され、イーリャは紙とペンをとった。

楽譜と音源を大事そうに抱えたサビオが、よくわからない機材を持ち出して作業を始めた。

イーリャが部屋から辞すると、途中仕事があるからと退出していたオーガスが待っていた。

「これで業務は終わりって事で良いでしょうか？」

「ああ、充分だ。送ろう」

そう言ったオーガスだったが、なかなかイーリャの肩に手を置かない。

転移する気配がないのを訝《いぶか》しく思っていると、オーガスは言った。

「シアンはあれから積極的に任務を遂行《すいこう》しているぞ。悩みを振り払うようにな」

イーリャは動揺しないように努めたが、睨《にら》み上げずにはいられない。

オーガスは真意を推し量れない曖昧な表情で、イーリャを見下ろしている。

それで、彼がある程度事情を把握しているのは察せられた。

「中将様というのは、一兵士の個人的な問題まで気にされるのです？」

「シアンは特別だ。戦力として重要な一角《いっかく》を担《にな》っている。彼を十全に運用するために、心身とも気にかけるのは当然のことさ」

「それは……っ」

まるで、無機物のような物言いに、イーリャは思わず声を上げかけてはっと唇を引き結ぶ。

腹の奥にひどく重たい苛立ちを覚えたのを隠す。だが、オーガスには伝わってしまったらしい。

彼はイーリャの抗議すら予想のうち、とでも言わんばかりに淡々と言った。

「それが、俺を含めた魔術士の扱いであり、ノーニアが強国であれる理由だ。その分だけ、魔術兵士は厚遇《こうぐう》されるのさ。一指揮官としては銀氷《ぎんひょう》の騎士が十全に動かせるのなら、君の意思など関係なく拘束《こうそく》するのだがな」

さらり、と無慈悲《むじひ》なことを口にするオーガスにイーリャの背筋に冷たいものが走る。

しかしオーガスは微笑《ほほえ》ましげに、揶揄《からか》うように、口角を上げた。

「だが本人に止められたんでな。甥《おい》っ子《こ》の願いくらい叶《かな》えてやらねば、叔父として面目が立たん」

「血縁なんです!?」

「まあな。そもそもが『彼女の自由を奪うのなら俺でも許さない』と言われているからな、遠くから応援するだけだ。そういうわけだ、初回のちょっかい以外俺はまったく関与していないし、今回の人事にも関わっていない」

驚いていたイーリャだったが、オーガスの言葉に息を詰める。

上層部からの圧力があったのではないかと懸念《けねん》していたのだ。改めて杞憂《きゆう》だとわかりほんの少し安心して。オーガスから告げられた、〝彼の意思〟に唇を引き結ぶ。

ごまかそうとしても、言質《げんち》を取られてしまいそうでうかつに声も出せない。

黙り込んでいるイーリャに、オーガスは笑みを収め独り言のように語った。

「ただ、な。魔術士は概《がい》して孤独だ。特にあいつは顕著《けんちょ》でなあ。ずっと人間らしい幸福を避けてきたのだよ」

「どういう、意味です？　だって、あの方は騎士として、称《たた》えられる方でしょう？」

オーガスも、シアンも日の当たる場所で多くの賛辞を浴びる存在のはずだ。それだけの功績をあげ、国に貢献をしているのだから、孤独なんてものには最も無縁のように思えた。何より、人間らしい幸福を避ける理由がわからなかった。

イーリャが訝しげにすると、オーガスは珍しく自信に満ちた表情を崩しわずかに眉尻《まゆじり》を下げる。

「人には、受け入れられてこそだからな。あまり行きすぎた力は、忌避《きひ》されるものなのだよ」

ふと、オーガスの表情にシアンのもの悲しげな笑みが重なった。

それも一瞬で、彼は快活《かいかつ》に声を張った。

「これは、俺のお節介だ。君があいつの魔術士の一面を見ないまま別れることもまた良しと考えている。ただ、ただな。あいつが君に想いを打ち明けたのなら、それは君が思っている以上に重みのある言葉なんだ」

だがその朗《ほが》らかさですら、彼の悲しみと、悼《いた》みのように思えたのだった。

*

「またつね、イーリャつぐず、ずびっ……」

別れの言葉も満足に言えないほど号泣するマリアベルに、イーリャは思わず苦笑してしまう。

ハンカチを渡して目元を拭《ぬぐ》ってやっても、まったく追いつきそうにない。だが、その隣に艶《つや》やかな栗色《くりいろ》の髪を結い上げたオリビアが立つ。以前よりもだいぶ痩《や》せてしまっているが、それでも表情は穏やかだった。

「マリアベル、涙は拭いなさい。今日も仕事でしょう」

「オリビアさん、だってぇ……」

元気とまではいかないが、オリビアの表情に生気《せいき》が宿っていることにイーリャはほっとして、マリアベルに言ってやる。

「マリー。今生《こんじょう》の別れでもないんだから、悲しまなくったって良いのよ。美人な顔が台無しよ？」

「今日ぐらい良いものっ！」

力強く言うマリアベルの後ろで、エレンや他の花蜜館の面々もそれぞれの表情で居る。共通するのは、イーリャを惜しむ色だった。

ああ、ここは良い場所だったと思える。

まだぐずぐずと泣くマリアベルに、一つ息をついたイーリャは、彼女に向けて手を広げた。

「別れの抱擁《ほうよう》くらい、させて貰える？」

「うんっ！」

飛び込んできたマリアベルを受け止めて、イーリャは花蜜館を後にした。

スワルツまでは、同じく街へ移る部隊と共に、馬車で移動する。

朝に出て、何事もなければ夕暮れ前にはたどり着くらしい。

同じく街へ移る者と共に馬車に同乗したイーリャは、ぼんやりと幌《ほろ》の間から外を眺めた。

馬車は歩く速度と変わらないがそれなりに揺《ゆ》れるため、外でも見ていたほうが酔わないで済む。

今日は商売用のドレスではなく、動きやすさを重視した軽快な旅装《りょそう》だから、気分も悪くなりにくいだろう。ただこのようなまともな服を着るのが久々で少しむずがゆい、とイーリャはきっちりと止めた喉元のボタンを触る。

スワルツに至るまでには危険な魔物の住まう「魔の森」の側を通るため、馬車の脇《わき》には部隊分の兵士達が付き添って移動していた。

休憩に空き地で停《と》まり、昼食を取る。

余暇《よか》に一曲求められたイーリャが応えると、空気が緩《ゆる》んだ。

人も怖いが、魔物も恐ろしい。理《ことわり》から外れた魔物は存在が不安定だったが、魔術士でもない限り倒すことができない存在だ。人知《じんち》を超えた暴威《ぼうい》を振りまく化け物であり、魔物が生じる土地は総じて魔の森や、魔の谷などと呼ばれ忌避される。

とはいえそんな土地の近くにでさえ、住まう人々は居るものである。魔物達と折り合いを付けるために、独自の対処法を身に付けたのがイーリャの故郷だった。

その歌が普通の人間にも効くのもまた、予想外だったと想いをはせる。

自分がどこへ行くかもわからない。イーリャはただがむしゃらに生き延びてきただけだった。

娼婦を長くは続けられないと考えていても、これからを想像するのも難しい。

「いやあ、良い声だねえお嬢さん。なんというのか、声に艶《つや》がある」

「ありがとうございます。スワルツの娼館で働く予定ですので、どうぞごひいきに」

商人の男に拍手までされて褒《ほ》められ、我に返ったイーリャは軽く宣伝する。すると商人は驚いた顔をした。

「娼館なのかい？　駐屯地の慰問《いもん》にゆくのではなく？」

「なに言ってるんですか。あたしは音楽家としてやっていける腕じゃありませんよ」

「いやあ、確かに荒削りだけどねぇ。ちゃんと訓練すれば、充分都の舞台にも立てる輝きがあるさ。いろんな土地でいろんな演奏者を見ていた私が保証するよ」

存外《ぞんがい》力強く言われてイーリャが面食《めんく》らっていると、他の同乗者達からも同意の声が上がる。その勢いに否定も肯定もできずに、曖昧《あいまい》に返すしかない。

ただ、一番にそう言ってくれた人がいた。

純粋にイーリャの歌が好きだと言ってくれた、青い瞳《ひとみ》の人が脳裏《のうり》をよぎったが、すぐに振り払う。少しずつ忘れていくのだ。そう決めた。

再び馬車が走り始めて少ししたところで、イーリャが乗る馬車の傍《かたわ》らを歩いていた兵士達の雑談が聞こえた。

「そろそろ、あそこじゃないか」

「ああ、戦況をひっくり返した激戦があった場所だよな」

「何があるんです？」

興味の引かれたイーリャが話しかけると、まだ若そうな兵士二人は少し顔を赤らめた。しかし少しぎこちなく答えてくれる。

「数ヶ月前の、ゲルトナーとの決戦があった場所がこのあたりなんだよ。そこで決定打を与えた銀氷の騎士が大規模魔術を使った跡がまだ残っているって聞いたんだ」

それは、あの騎士と知り合うきっかけになった作戦の事だ。

イーリャがどくりと脈打つ心臓を押さえているうちに、兵士の一人が前方を指さす。

「……——ああ、あそこだ」

反射的にその方向を見る。そこにあったのは、広々とした平地だった。

木々は立ち枯れ、地面には枯れ草が折り重なっている。若草も生えているがまばらで、土がむき出しになっている部分が多い。命の枯れ果てた土地から吹きすさぶのは、確かな冷気だ。

まるでその一角だけ、冬で時が止まっているような様相に、イーリャは息を呑《の》む。

そんな荒涼《こうりょう》とした土地が、見渡す限り続いている。

「敵兵を、魔力に惹《ひ》かれてやってきた魔物ごと凍らせて、全滅させたらしい」

「不意を突くために、銀氷の騎士と、ほんの少数の部隊だけで行動していたそうだ。だから実質、銀氷の騎士一人の魔術だろうって」

「この作戦が成功したおかげで、講和《こうわ》が結べるけど……」

「ああ、味方で良かったと、心底思ったな」

「こんなことができるなんて。あれは、もう……俺達と同じ人間とは思えない」

兵士達の怯《おび》えた畏怖《いふ》の声が、冷たい風と共に聞こえた。

『人には、受け入れられてこそだからな。あまり行きすぎた力は、忌避されるものなのだよ』

イーリャは、なぜかオーガスの言葉を思い出していた。

「軍人様は、魔術士が怖いんですか？」

訊《たず》ねると、兵士達は驚いた顔でイーリャを見る。そうして気まずそうに顔を見合わせた。

「まあ、その。だな。そもそも上司に当たるしな」

「あの人達がいたから俺達は死なないですむとわかっていても、どこか遠い存在ではあるんだよ」

兵士達は前方を歩く上官に見つからないよう、こっそりと教えてくれた。

イーリャは、シアン・アスベルクが、〝銀氷〟という称号がつくほどの卓越した騎士であると知っている。騎士を名乗り、さらに称号がつくのは、それだけの力があると認められた証《あか》しなのだ。

自分だって、シアンの部屋に放り込まれるまでは、魔術士は得体《えたい》の知れない近づきたくはない存在だった。なにせ相手をすること自体が、命の危機に関わるからだ。

けれどイーリャは、彼の一面を知った。

温かくて、優しくて、純情で。少し可愛《かわい》い……イーリャと何も変わらない人らしい部分をだ。

だからだろうか、なんだか兵士達の反応が不満だった。

「魔術士も普通の軍人様も、あたし達にしてみたらヤることは一緒なんですけどねえ」

イーリャが独りごちると、兵士達は目を丸くすると一気に破顔する。

「ははぁ！　それは剛毅《ごうき》だなぁ！」

「まあ、そうなんだよな。あの方々だって。戦《いくさ》帰りは発散するもんな」

猥談《わいだん》は、兵士の心をほぐす潤滑油《じゅんかつゆ》だ。特に若い娘に持ち出されるのは格別だと、イーリャは体験として知っている。

ゲラゲラ笑う彼らに、イーリャは馬車の縁《ふち》に頬杖《ほおづえ》をついて意味深に流し目をしてみせた。

「あなた達も、困ったときはごひいきに！　歌と酒と女で精一杯もてなしてあげるわ」

「そりゃあいい！　君の所に世話になろう」

「まあ、前線に近いと言っても、念のための措置《そち》だからな。終戦が決まるまではゆっくりできるってもんだ」

笑う兵士だったが、上官に睨まれたらしく、ひっと顔を強《こわ》ばらせて黙り込む。

謝罪の意味も込めて手を振り、イーリャは再び景色を眺めるのにいそしんだ。

だが、彼がイーリャの歌に耳を傾ける穏やかな微笑みも、寂しげに笑う表情も思い出してしまう。

別れる前の謝罪の意味が、今更無性《むしょう》に気になった。

その思考から引き戻されたのは、魔の森の側を通り抜けようかという時刻だった。

がたん、と馬車がなんの前触れもなく止まる。

一体何があったのかと、イーリャが身を乗り出すと、隊列の先が騒がしい。

すぐさま声が響いた。

「魔物が出現した！　総員戦闘態勢！」

側を歩いていた兵士達が、一気に緊張と厳しい気配をまとい剣を抜く。

半分だけ上げられた幌から身を乗り出すと、イーリャにも見えた。

暗い木々の合間からのっそりと、黒々とした固まりが現れた。

獣のように四つの足があるように見えたが、全身が泥濘《ぬかるみ》のような粘度を帯びて常に姿を変えている。それは、淀《よど》み穢《けが》れた魔力から生じる魔物は全生物の脅威《きょうい》であり敵だ。しかし、生物が生きていく上で、魔力を淀ませないことは不可能なため、根絶できない。

不意に訪れる形を持った天災。それが魔物だ。

異質でおぞましい姿をした魔物は、森から何体も出てくる。そしてぎちぎちと耳障りで不快な音を咆哮《ほうこう》のように響かせながら、隊列に向かって襲い掛かってきたのだ。

確かに魔物は、生物を見つければ襲う。しかし群れるように行動することはめったにない。

めったにない、それが生じる理由は。

馬車を守る兵士達から強ばった声が響く。

「魔物の集団暴走《スタンピード》……！」

この世で最も恐れられている現象だった。

「最近魔物の出現が多いとは聞いていたが、よりにもよってこのタイミングか！」

「とにかく一般人の馬車を先に走らせろ！　このままではスワルツまで襲われる！　増援を要請して備えさせろ！」

上官の指示や兵士達の怒号《どごう》が響く。

イーリャが状況を把握する前に、繋《つな》がれた馬に鞭《むち》が入れられたのだろう。嘶《いなな》きと共に馬車は荒々しく走り始めた。ほかに同乗していた客達も悲鳴を上げながら、それぞれ物に摑まる。

口を開けば舌を嚙《か》みそうな揺れを、イーリャはリュートを抱えて堪《こら》えた。

だが、衝撃と共に馬車が乱暴に止まる。こんなに早くスワルツにつくわけがない。

イーリャが思い切って外を見ると、そこは戦場だった。

一体一体は通常の個体よりも小さく動きが鈍い。そのため、兵士程度の魔術でも充分相手取れるようだ。しかし魔物は、森の中から後から後から溢《あふ》れてきていた。

道も見えないほどの真っ黒なそれに、馬が怯えて立ち往生《おうじょう》したらしい。

兵士が魔物を切り払おうとするが、一体に食らい付かれていた。

魔物は生者《せいじゃ》の魔力を好物としている。魔力を全て喰《く》われれば、たとえ体が無事でも死に至る。

怯えた兵士がむちゃくちゃに剣を振り回しながら、魔術を放とうとするが、次々に魔物に取りつれてもがく。

このままでは　死んでしまう。

悩む間もなく、イーリャは幌馬車から飛び降りるなり走った。

そして、飲み込まれかけている兵士に向けて大きく声を張り上げる。

紡《つむ》いだ旋律《せんりつ》は、故郷の歌だった。魔物避けとして、子供にまず教えられる曲だ。

避けるという目的とは裏腹に、穏やかで温かな子守歌のような曲調だ。しかし、イーリャが習い覚えた歌唱は荘厳《そうごん》に響き、周囲に染み渡る。

兵士の顔まで飲み込もうとしていた魔物は、たちまち動きを止める。

明確な隙《すき》を逃さず、魔物を切り払った兵士は、イーリャをぽかんと見つめた。

イーリャは安堵《あんど》の笑みをこぼしながらも、そのまま歌い続ける。

この歌が広がるときの不思議な昂揚《こうよう》は久々だ。

馬車の周辺からざあぁと引き、動きがあからさまに鈍くなる魔物達に、周囲で戦っていた兵士達からどよめきが起きる。

故郷の歌を本来の用途で使うのは久しぶりだったが、ちゃんと効いてくれてほっとする。

ただ、一曲歌えば、これくらいの小物なら去って行くはずだ。にもかかわらず魔物達は歌が聞こえる範囲から一定の距離を取っているものの、その場に留《とど》まっている。

手応えが鈍いことにイーリャは眉を顰めながら一曲終えると、今日の部隊の隊長が信じられないといった顔のまま近づいてくる。

「君は、街を移る従軍娼婦だったね。今のは一体」

「あたしの歌が聞こえる範囲だったら、魔物は弱くなります。でも足止めするだけです。それでも、お望みであれば何曲でもアンコールに応えますが」

深く問いかけている暇はない、というイーリャの意図を正しく受け取った隊長は悩まなかった。

「……増援が来るまでこちらで少しでも数を減らしたい。すまないがアンコールを頼もう」

「かしこまりました」

「彼女を中心に陣《じん》を組むぞ！」

スカートをつまんだイーリャは、兵士達の物資が乗る馬車の背に腰掛けるなり、リュートを構える。やはり音楽があった方が歌いやすいのだ。

イーリャとてこれほどの魔物に囲まれるのは久々だった。

魔物の集団暴走に襲われて壊滅した故郷の時以来だ。意識するとあの頃の記憶が蘇《よみがえ》り、指先が震え、喉がからからに渇く。心臓がひどく脈打つ苦しさを、息を深く吐いてやり過ごした。

大丈夫、大丈夫だ。だってあの時は恐怖で声すら出なかった。そして大人達に逃がされた。けれど、今は何度も人の前で歌った。さっきもちゃんと声が出ていた。もう、あの頃のままじゃない。

歌の効力が切れた魔物達が殺到してくるのを見据え、イーリャは唇を笑みで彩った。

「さあ、慰めの歌を歌ってあげる」

構えたリュートをかき鳴らし、イーリャは喉を震わせた。

イーリャとて魔物は恐ろしい。けれど、この歌を教えてくれた婆様《ばあさま》は、悲しげに話してくれた。

『魔物さん達はね、さびしいんよ。寂しゅうて寂しゅうて、元の形を忘れてしもうた。だから、歌で語りかけて思い出させてやるのさ。なかなか戻らん時は、それだけ深く悲しんでいるんだ、何度でも歌って目を覚ましてやりなさい』

そのために、魔物避けの歌は、はじめと終わりを繋げて、いつまでも歌い続けられる構造になっている。

遠い記憶の郷愁を、イーリャは声と旋律に乗せる。

艶《つや》を帯び、深く染みこませるように穏やかに。苛立ちも悲しみも絶望も怒りも、全てを手放し眠れと願う。頑是《がんぜ》無《な》い幼子《おさなご》へ根気《こんき》強く言い聞かせるように宥《なだ》めるのだ。リュートをかき鳴らす手も、意識せずとも弦を誤ったりせず、朴訥《ぼくとつ》でもの悲しげな音でイーリャの歌をより一層鮮やかに彩る。

兵士達は魔物を屠《ほふ》りながらも、広がる音が、温かな金色を帯びているのを見た。

金の燐光《りんこう》に照らされたイーリャは、リュートを一つ構えただけの無防備さにもかかわらず、戦場の中心に居るとは思えないほど穏やかだ。伸びやかな歌声は、兵士達の心ですら揺さぶる。

その姿は荘厳で慈母《じぼ》のような美しさを感じさせて、兵士達は彼女を守ろうと奮起した。

一つ歌を繰り返すたびに、イーリャは自分の魔力が少しずつすり減って行くのを感じた。それが徐々に危険域まで迫っているのを無視する。

兵士達は俄然《がぜん》仕留めやすくなった魔物を屠ってゆくが、屠る数と同じだけの魔物が現れ一向に減る様子がない。

長期戦は心をすり減らす。だんだんと彼らの顔に疲労が見え、自棄《じき》の色が覗く。しかし兵士達はイーリャの声が耳に入るたびに、剣を握り直した。

観客である彼らのそのような心理を、イーリャは手に取るように感じていた。

歌が途切れれば、彼らの心は折れてしまうだろう。

だから、苦しくともやめるわけにはいかないのだ。

日が傾く頃、ほんのわずかに、魔物達の波が途切れた。

隊長はそれを見逃さず、号令をかける。

「離脱する！」

兵士達は一斉に魔物を切り払いつつ、スワルツの方面へ徐々に移動を始めた。

イーリャが腰掛ける馬車も音を立てて動き出す。

歌い続けていれば、この場は切り抜けられるはずだ。すでに伝令はスワルツにたどり着いただろう。途中で合流出来れば、生存率が上がる。

ほんの少し、休んでも良いだろうか。

そう、イーリャが考えた矢先、どんっと、爆発音と閃光《せんこう》が響く。

明らかに人為《じんい》的な爆発に、はっと顔を上げると、爆発に煽《あお》られ倒れた兵士の向こう側から、集団が現れた。その集団が攻撃をしてきたのだと気づいたイーリャは、ぽかんとする。

先頭で集団を率いているのは、一人の魔術士だ。大ぶりの杖《つえ》を構えているから、魔術を打ち込んだのは彼だろう。だが黒を基調とした軍服を着ているのだからノーニア国の軍人で、味方のはず。

その魔術士に従っているのは、農民や商人のような格好をした男達である。にもかかわらず、農民の姿をした彼らの動きは整然としており、今も一人兵士に襲い掛かっていた。

わからない。だが彼らが敵なのは、明白だった。

「トラゴー少佐っ!?　引き連れているのは我が軍ではないな。どこに裏切ったかっ」

隊長が怒声を放つのに、集団を率いていた魔術士、トラゴーが嘲笑《ちょうしょう》を込めて口角をあげた。

「諸兄《しょけい》らには、我が国ディプロの安寧のため全滅してもらわねばならんのだ。とうに集団暴走の波に呑まれているかと思えばしぶとい」

「貴様ァ！」

隊長から放たれた魔術の光球はしかし、トラゴーが杖を一振りしたことで吹きすさんだ突風《とっぷう》により、かき消される。

軽々とそれを為《な》したトラゴーは、嘲弄《ちょうろう》を以《もっ》て指示を出した。

「俺の手柄のために、ここで死ね」

イーリャの歌は魔物を抑えることはできるが、人を抑えることはできない。

たちまち平服の兵士達との混戦になり、疲弊した兵士達が倒されてゆくのを、イーリャは見ているしかない。

歌は止められなかった。なぜなら周囲にはまだ魔物が周囲に跋扈《ばっこ》しているのだ。動きは鈍くなっているが、イーリャが声を途切れさせれば、たちまち襲い掛かってくるのは明らかだ。

イーリャも動けない。

だから、戦場を飛び越えて迫るトラゴーから逃れられなかった。

トラゴーは守ろうと立ちはだかってくれた兵士を杖の一撃で吹き飛ばし、イーリャの前に降り立つ。そして無造作に頬を張られた。その勢いだけで、イーリャは地面に投げ出される。

抱えていたリュートががらんと地面に落ちるのを、トラゴーは無造作に蹴り飛ばした。

さらに、身を起こそうとするイーリャの襟首を摑んで持ち上げた。喉が閉まり、イーリャは苦悶《くもん》の声を上げるしかない。

「あ、ぐ……」

「暴走させた魔物がスワルツを襲う手はずだったにもかかわらず、知らせが来ないと偵察に来てみれば……貴様がこの妙な状況の原因だな？」

忌《い》ま忌《い》ましげに吐き捨てたトラゴーだったが、ふと気づいたように息苦しさと痛みにもがくイーリャを覗き込む。

「貴様、アスベルクの情婦か。ほう、ほう。いいな」

その言い回しで、イーリャはトラゴーがかつて自分を腹いせに嬲《なぶ》った客だと思い出す。

トラゴーは愉快げに唇をゆがめて、イーリャの抵抗も意に介さず頬をぶしつけに撫で回した。

「あの時は犯すだけだったが、本当は貴様の断末魔を聴きたかったんだ。さぞ良い声で死ぬだろうな。これは運が良い。さあ、せいぜい苦しみもがいてくれ」

トラゴーの片手にぼう、と炎が宿る。それで肌を焼くつもりなのだろう。

周囲の兵士達は応戦するのに手一杯だ。イーリャはただ、なすすべもなく蹂躙《じゅうりん》されるしかない。

あれだけ生きようと足掻《あが》いたのに、あっけなく死んでゆくのが自分の人生だったか、とぼんやりと思った。失う物は、なにもない。

……——だがつまり、自由にさせておく必要もない訳だ。

イーリャは息苦しさと痛みに涙をにじませながらも、優越に浸る男へ向けて言葉を絞り出した。

「どち、ら、さまです？」

お前なんか覚えていない。だって、他の兵士と変わらない、ただの客の一人なのだから。

そういう意味を込めて、く、と笑ってみせれば、トラゴーの顔から表情がそげ落ちた。

地面に叩きつけるように手を放され、イーリャは痛みに息を詰まらせる。

「あぐ……」

怒気《どき》と憎悪に濡《ぬ》れたトラゴーは、イーリャの顔に向けて生み出した炎を近づけてきた。

最後まで趣味が悪い男だ、そう思うことで恐怖をごまかし、奥歯を噛みしめて睨みつける。

熱いのは嫌だな。と、考えた。

そのとき——……

凍《い》てつく息吹が支配した。

トラゴーが騎士らしい機敏《きびん》な動作でイーリャから飛び退《の》いた。さらに生み出した炎を解き放つ。

しかし、その炎は対象にたどり着く前に、虚空《こくう》で凍り付いた。

なんとか身を起こしたイーリャの傍らに、誰《だれ》かがとん、と軍靴《ぐんか》を鳴らして降り立つ。

それは、ノーニアの黒の軍服に身を包み、雪のような銀髪と鮮やかに美しい青の瞳の青年。

シアン・アスベルクだった。

イーリャは、怖いほど美しい横顔を、呆然と見上げた。

「どう、し……ケホッ、ゴホッ」

喉を圧迫されていたせいで、イーリャは咳《せ》き込む。

それでも彼の反応をうかがおうとした矢先、イーリャは突然杖を押し付けられた。

イーリャの身の丈ほどはあろうかというそれを渡したシアンは、簡潔に告げる。

「持っていて」

それはイーリャの知らない、触れれば凍り付いてしまいそうな冷気を帯びた表情と声だった。

イーリャがかすかに息を詰めた矢先、紅蓮《ぐれん》の炎が空間を埋め尽くす。

とっさに杖に取りすがったイーリャだったが、手の杖が温かみを帯びた。

とたん、杖を中心に透明な壁が生じ、炎を遮《さえぎ》った。杖に魔術が施されていたのだと気づいたが、シアンは範囲の外だ。

青ざめたイーリャの視線の先で、炎が一気にかき消される。

炎に舐め尽くされたはずのシアンは、服の表面はもちろん髪の毛先一つ燃えた跡すらない。

ぱちぱちと彼の周囲に散っているのは、細かな氷晶《ひょうしょう》だ。

先の炎では感じなかった冷気という温度が、イーリャの肌を撫でてゆく。

銀氷の騎士、シアン・アスベルクの登場に、その場に居た全員が注目していた。

あの炎に巻かれて平然としているシアンは、淡々とトラゴーに話しかけた。

「烈風《れっぷう》の騎士エヴァン・トラゴー。貴殿がディプロに内通していた証拠はとれている。拘束しているディプロ側の仲介者が全て証言した。ノーニアとゲルトナーを敵対させるために介入し続けていたことも。魔物を暴走させて街を襲い、開戦のきっかけにしようとしていたのも全てだ。——この意味が、わかるか」

シアンの表情には憎しみも、興奮も、怒りもない。

淡々とした声音は、ぞっとするほど冷え切っていた。

「貴殿らを、生かす必要がない」

腰から柄《つか》に石の嵌《は》まった剣をゆっくりと抜くシアンがまとうのは、冷然たる殺気だ。

顔が殆《ほとん》ど見えないイーリャでさえ圧倒される殺気に、我知らず息を呑む。

だが、それを一心に浴びているはずのトラゴーは、はっと鼻で笑った。

そして杖を傍らに突き刺すと、シアンと同じように腰の剣を抜きはなつ。

「それは奇遇だな。銀氷の騎士の首級《しゅきゅう》を挙げて帰れば武勲《ぶくん》になる。そもそも、貴様が俺よりも格上だと言われるのが許せなかったんだ。最後に決着を付けようじゃないか」

濃密な魔力が練り上げられ発散されるなり、トラゴーの剣が赤々とした炎に包まれた。

「……貴殿は炎は使っていなかったな。なるほど、隠していたのか」

そうつぶやいたシアンもまた、剣を構え。

刹那《せつな》、二人はぶつかり合った。

轟《ごう》と炎が巻き上がり、周囲を焼き尽くそうとするのを、氷晶がかき消す。

どっと、凄《すさ》まじい熱風と冷気が爆発的に広がり、突風に似た衝撃が巻き起こる。

「総員退避せよ！」

隊長の命令が、爆発の合間に響いた。

イーリャは抱えた杖のおかげでほどけた髪がそよぐ程度だったが、その外にいる兵士達は交戦どころではなくなった。余波だけで、何人かの兵士が吹き飛ばされて地を転がる。

膨大な魔力のぶつかり合いが、イーリャの肌をびりびりと震わせた。だが、そうではなくとも、

杖を握りしめる手が震えている。体の奥からこみ上げてくるのは、本能的な恐怖だ。

二人の騎士は激しく剣を交錯させ、わずかに間合いが開けば互いに得意な魔術を撃ち合った。

その活性化した魔力に惹かれたらしい魔物が、彼らに群がろうとする。

だが一瞥《いちべつ》したシアンが、空いた手を振り抜くと、近づいてきた魔物達はたちまち無数の氷柱《ひょうちゅう》となり砕《くだ》け散った。

兵士達が手こずっていた魔物の多くを、シアンは一瞬で氷漬けにして平然としている。

その凄まじい暴威に、イーリャは息を呑んだ。

これが、魔術士同士の激突なのだ。

敵も味方も関係なく、騎士達から距離を取っている。でなければ巻き込まれて命が危ういのだ。

イーリャも逃げるべきだと考えるのだが、腰が抜けて動けなかった。

取りすがっている杖が守ってくれているためなんとかなっているが、そうでなければあっという間に消し炭か氷漬けになっているだろう。

シアンと同じように、片手間で魔物を燃やし尽くしたトラゴーが、火炎流を解き放つ。

勢いよく燃えさかる炎は、大地も周囲の森も焼いてシアンへ迫った。

シアンは逃げることなく自ら火炎流へと踏みだし、剣を振りかぶる。

ひと薙《な》ぎと共に生じたのは、全てを凍り付かせる極寒の冷気だ。

本来凍るはずのない火炎流を凍てつかせ、細氷《さいひょう》として霧散《むさん》させる。

ぱっと広がった細氷は視界を塗りつぶすが、その冷気を切り裂いたトラゴーは、シアンへと剣を振り抜く。シアンがその剣を受け止め、激しい金属音が響きわたった。

だが、トラゴーの剣は炎をまとい激しく燃えさかり、シアンを焼き付くそうとする。

「このまま、火だるまに、なれ、よ！」

押し切ろうとするトラゴーだったが、つばぜり合いをするシアンの表情は変わらない。

イーリャには、シアンの周囲に夥《おびただ》しい氷晶が舞い散り、彼を中心に地面がパキパキと凍り付いていくのが見えた。

トラゴーも異変に気づいたのか、さらに剣を押し切ろうとする。

だが刹那、シアンを中心に莫大《ばくだい》な吹雪が起きた。

地面も草木も一瞬で凍らせるそれに、トラゴーはとっさに後ろに飛んだが、追いかけるように地面から夥しい氷柱が生え、足を捕らえられる。

トラゴーはすぐに炎で溶かそうと試みるが、溶けることはない。さらにパキパキと凍り付いた足から、徐々に胴体へと凍り付く範囲が広がって行くのだ。

余裕のあったトラゴーの顔色が初めて変わった。

「なっ!?」

「貴殿の炎では溶けない。そういう風に作った」

完全に無防備になったトラゴーに対し、シアンは剣を虚空に振るう。

トラゴーは全身を炎で包んでまで溶かそうとするが、激烈な冷気をもたらす氷結《ひょうけつ》を止めることはできなかった。しかも、魔術によって近づけなかった魔物がトラゴーに対して群がってくる。

トラゴーは抵抗するすべもないまま、夥しい数の魔物に飲まれて崩れ落ちていった。

その最期を見届けたシアンは、次いで淡々と、胸の位置で剣を構える。

ふわりとシアンの銀髪が風を孕《はら》んだように浮き上がり、剣の柄に嵌《は》められた貴石が強く光った。

刹那、全てが凍り付く。

トラゴーに群がっていた魔物も、兵士達が交戦していた魔物も瞬く間に銀氷の柱となってその活動を止めた。

圧倒的な無音だった。

イーリャは、幻想的でありながら無慈悲《むじひ》な光景に、深々と降り積もる雪の日を思い出した。

氷雪は、全てを奪っていく、命も音も、何もかも。

ただ一人、命あるものとして動く銀氷の騎士が、ゆっくりと剣を納める音が大きく響く。

それを合図にしたように魔物だった氷の柱が砕け散る中、騎士はイーリャを振り向いた。

イーリャは指先が凍えているのを感じながらも、その姿から目が離せない。

全てを凍てつかせた騎士には、ぞっとするほど感情がなかった。

まるで氷で作られた彫刻のような表情は、冷たい。

けれど、イーリャを視界に映したとたん、泣き出しそうにゆがませた。

まるで魔術がほどけるように、人としての色が乗る。

それは、イーリャのよく知るシアンの表情だった。

初めて恐怖を覚えたような必死さで、シアンはイーリャに駆け寄ってくると、矢《や》継《つ》ぎ早《ばや》に問いかけてきた。

「怪我《けが》はないか。痛むところは。めまいや吐き気は」

「叩きつけられたのは、痛かったけれど、今は大丈夫、よ」

イーリャがおずおずと答えると、シアンは手を伸ばそうとして、動きを止める。

表情は薄くとも、雄弁《ゆうべん》な眼差しに宿るのは、怯えと強い不安だ。

その反応にイーリャは戸惑《とまど》う。今までこの場を支配していたのは彼だろうに、何を怖がるのか。

しかし、意を決したらしいシアンが、かすかな声音で問いかけてきた。

「手を、取らせて貰っても。いいか」

まるで断られる可能性を恐れているような言い方に、イーリャは不思議に思いながら、杖にすがっていた片手をなんとかはずし、シアンに向けて差し出す。

「どう、ぞ?」

シアンは恐る恐る手を伸ばすと、ためらいがちにイーリャの手を己《おのれ》の両手で包み込む。

イーリャはそこで、彼の両手が震えている事に気づいた。

シアンの手はイーリャの手と同じくらい冷たい。しかし彼は、イーリャの手の形を確かめるようにゆっくりとなぞると、その場に膝《ひざ》をつき、イーリャの手を額に付け、どっと安堵の息をついたのだ。

「よかった……！　間に合った……っ」

その震えた涙のにじむ声音に、イーリャはようやく彼が助けてくれたことを鮮やかに実感した。

とたん、こみ上げてくる熱いものを抑えきれず、たまらない衝動が涙となって溢れる。

杖を地面に転がしてしまうのも、意識の外だった。

たった今まで死が迫っていた恐怖と、命が助かったという思いがない交《ま》ぜになり、魔術士の恐ろしさを肌で感じた。

けれど、目の前でイーリャの無事に安堵する彼は、自分の知るシアンだと理解したのだ。

「シアン、さん」

言葉を胸に詰まらせながらも、イーリャが呼びかけると、彼がはっと顔を上げる。

そしてイーリャが泣いていることに気づくと、片手を伸ばし拭おうとするが、半《なか》ばで止めた。

手を下ろしたシアンは、自嘲《じちょう》するように顔をゆがめる。

「恐ろしいだろうけど、これが俺なんだ。人を逸脱《いつだつ》した……化け物のような魔力を扱う。人殺しの魔術士の。騎士なんて呼ばれても、それは変わらないんだ」

今、彼が浮かべる複雑な表情は、別れた夜にイーリャが見たものと一緒だった。

「あの夜。俺は君に謝った。それは君が、俺を人として拒絶してくれたからだ。失うのが耐えられないから嫌だと言って、俺を俺自身として向き合ってくれた。君は明らかに傷ついているのに、その言葉が嬉しかったんだよ」

イーリャは彼の表情が、嬉しさと罪悪感が混じったものだとようやく気づいた。

しかしシアンはその色をすぐに消し、苦しげに続ける。

「本当は、君の幸せを願うのなら、身を引くべきだと思う。俺は君に、多く重荷を背負わせてしまうだろうから。でも、たとえ恐がられても、できるなら君を自分の手で幸福にしたいと、思ってしまうんだ。今回、改めて実感した」

その深く重く矛盾した熱望とは裏腹に、シアンは泣き出しそうなほど申し訳なさそうだった。

彼はイーリャの冷たい手を包み込んだまま、へにゃりとぎこちなく笑った。

「俺も、君を手の届かない場所で失うのは耐えられない。一度知ってしまった、この温かさを手放したくないんだ。……——だから、おあいこということで、俺に君を愛させてくれないだろうか」

ああ、と、イーリャは震えながら目を閉じる。

また涙が目尻から零《こぼ》れ、頬を伝った。

胸の奥にはたはたと、ほろほろと、しびれるような熱さが広がり、凍らせていたはずの想いが溶け出して溢れ出す。もう、止められなかった。

ゆっくりと瞼《まぶた》を開くと、涙でにじむ視界の中で、苦しげなシアンが悲しみを宿しながらも、落ち着こうとするように息をつく。

「大変な目にあったのに、すまない。今は君を労《いたわ》らせてほしい……立てるかい」

そう言って、手を引いてくる。

イーリャは、己の足の感覚を確認する。大丈夫そうだった。

シアンに手を引かれるまま、立ち上がったイーリャは彼から手を取り戻す。

そして、ふ、とわずかに悲しみを深くする彼の首に、腕を回して抱きついた。

少しの燃えた匂いと、清涼《せいりょう》な水の匂いがイーリャの鼻腔《びこう》をくすぐる。

耳元で、シアンが息を呑む音が聞こえた。しかし、背に腕が回されることはない。

動揺のせいか、イーリャに拒絶されるのを恐れているのか。恐らく両方だろう。

だって、そういう人なのだ。

「怖かったんですよ」

そう、ささやくと、シアンの体が震える。申し訳なく思う。悲しませたくも、怖がらせたくもない。でも、嘘をついてしまえば、きっと言葉は届かない。

息を整えるように呼吸した後、イーリャはさらに続けた。

「でも、やっぱり。あたしには、ただの歌が好きで、ちょっとかわいい人なんです」

「イーリャ、さん?」

臆病なのはイーリャの方だったのに、自分の心を殺してまで、離れてくれた。

自分なんかを、宝物のように大事にしてくれた。

イーリャは、一度腕に力を込めたあと、まだ溢れてくる涙をなんとか堪《こら》えて、呆然としているシアンを見つめた。

「しょうが、ないから。絆《ほだ》されてあげます」

怖くても愛おしいと、思ってしまった。

だって、こうして彼の腕に居るだけで、イーリャの心はほころんでしまうのだから。

そう、惚《ほ》れたほうが、負けなのだ。こういうのは。

ただ、こんなイーリャの捻《ひね》くれた答えで、わかってくれるだろうか。

ほんの少し不安がよぎったが、それは杞憂《きゆう》だったらしい。

呆然とした彼の青の瞳が涙で潤《うる》んだ瞬間、イーリャの背に腕が回されきつく抱きしめられた。

シアンはすがるように、激情を堪えるようにイーリャの肩口に顔を埋《うず》めて震える。

「……ありがとう」

ほら、かわいい。

イーリャは、その銀の髪をそっと撫でて、己が手に入れてしまった人を労ったのだった。

*

魔物はほぼ全て、シアンと彼が連れてきた別働隊によって駆除されたそうだ。

孤軍奮闘した兵士達の中には、奇跡的に死者はいなかった。一刻も早く治療を施さねばならない者はいるが、一つも命が失われなかった事に、イーリャは安堵する。

シアンは飛行術を使い、先行してイーリャ達の元にたどり着いたらしい。

イーリャは一般人の扱いだったため怪我人を搬送する馬車に便乗させてもらった。

衆目《しゅうもく》の面前で愁嘆場《しゅうたんば》を繰り広げてしまった事に、我に返ったイーリャは羞恥《しゅうち》に襲われたが、受難はまだ続いた。

なにせシアンが、ずっとイーリャの側から離れないのだ。

護衛として馬車に同行する間はさすがに離れたが、必ずイーリャが視界に入る場所に居た。

兵士達がそれどころではなかったために、取りざたされずにすんだのは不幸中の幸いだったが、イーリャの動揺はずっと続いたものだ。

とはいえ、無事スワルツにつき、怪我人達は待ち構えていた衛生兵に引き渡すことができた。

「ありがとう、君が居てくれて、ありがとう……」

「それは、あたしが言うべきことですよ」

痛みでもうろうとしているだろうに、口々に礼を言う兵士達を見送りながらも、イーリャも治療院で一応治療を受けた。

終わる頃には、到着予定時間は過ぎており、外はとっぷりと日が暮れている。

治療院の待合所の椅子で息をついたイーリャは、ぼんやりとこれからの段取りを考えた。

きっと世話になる娼館には連絡が行っているだろうが、早く向かった方が良いだろう。荷物を取り戻すのは明日以降にしよう。どこにあるかもわからないのだ。

あれだけのことがあって疲れているはずだったが、まだ昂揚しているらしい。

土にまみれたし、体中のあちこちがどろどろだ、風呂《ふろ》に入りたい。

すると、隣に座っていたシアンが話しかけてくる。

「イーリャさんは、これからどうするのかな？」

「世話になる娼館に行こうと思っているわ。今日の寝床もそこだし。シアンさんこそどうするの？指揮をしなきゃいけないんじゃ？」

「信頼できる部下がいるからね。今日はこの街に留まるだろうから、気にしなくて良い。じゃあ送っていこう、場所はわかるかい」

立ち上がったシアンにごく自然に手を差し伸べられて、イーリャは顔を赤らめた。

こんな風に大事に扱われる経験がなかったこと、その仕草に甘さを感じて照れてしまう。

シアンが触れたところから、熱が移されたように熱い。

とくとくと、心臓が鼓動を打つのを感じた。

もっと、触れて欲しい。なんとなくそう考えながらも、イーリャはシアンに促《うなが》されるまま立ち上がろうとして。

かくん、と膝から崩れ落ちる。

「あ、れ……？」

戸惑いの声を漏らしたイーリャは、体の底から溢れ出すような渇望《かつぼう》を覚えた。

足りない、苦しい、何かで埋めたい。そんな欲求を自覚したとたん、下腹部からこみ上げるぞくぞくとした熱に襲われる。

体が、熱い、苦しい、零れてしまう、溢れてしまう。

勝手に呼吸が乱れ、はっはと浅く繰り返した。

「あ、や、……これ、は」

突然の衝動に思考が埋め尽くされかけながらも、理由には気づいていた。

イーリャの魔力はあまり多くはない。その中で、長く魔物避けの歌を全力で歌い続けたのだ。いつも以上に削っている自覚はあった。それが危険域に達していたのだろう。

顔も体も熱を持ち、疼《うず》いてたまらない。あらぬ所へ行こうとする手を、スカートを握ることで堪えた。が、断続的にもどかしい甘いしびれが体を襲う。

「オーバーフローか？」

シアンの声が響いたとたん、イーリャの下腹部が、どろりと潤《うるお》うのを感じた。

彼の手の気持ちよさを鮮やかに思い出してしまい、じんじんと足の間が疼く。靴の中で足の指を丸めた。だが、無理だ。堪えられそうにない。

今すぐ肌を合わせて、その指で触れて欲しい。足りない部分を埋めてぐちゃぐちゃにして欲しい。それだけで頭がいっぱいになってしまいそうだった。こんな衝動を堪えていたのだから、やはりシアンの精神は鋼《はがね》だった。とイーリャは頭の隅《すみ》で考える。

「シア、ンさ……」

出す声ですら、もう即物的な欲と衝動に濡れていた。自分でも物欲しげだとわかる声に唇を噛みしめて、自ら体を強く抱きしめることで、なんとか衝動をやり過ごそうとする。

けれど、すぐに体が攫《さら》われた。

イーリャを横抱きに抱えて立ち上がったのはシアンだ。

不意に触れられて、もどかしい熱にびくびくと震えるイーリャを覗き込んだシアンは、それは美しい笑みをこぼした。

「大丈夫だから。俺に任せて」

安心させるように言い聞かせてくる言葉に、ほっとすると同時に。

青の瞳に宿る熱を見つけたイーリャは、甘い期待にぞくりと震えた。


シアンはたちまち算段を整えていった、らしい。

誰かと話をして、移動をしたことまでは感じられた。しかし、イーリャは彼が歩く時の振動にすら甘く震えてしまいそれどころではない。あらぬ声が漏れそうになり、せめてと彼の胸元に顔を埋めたが、かすかな汗の匂いにすら反応してしまって逆効果だった。

今のイーリャは理性をつなぎ止めることで手一杯で、どこに向かうかまで気にする余裕はない。

しかしガチャリと扉が閉まる音で、意識が現実に引き戻される。

イーリャがなんとか顔を上げると、そこはいつか見たシアンの居室に雰囲気が似ていた。

「ここ、は？」

「俺が泊まる将校用の宿舎だ。先に用意させた」

シアンの答えに、だから似ていたのかと理解したイーリャは、身動《みじろ》ぎをすることで、下ろして貰おうとする。

「どうしたのかい？」

「お風呂を、使わせて。んっ……せめて、きれいにするから」

イーリャとて、ここまでくれれば、彼が発散に付き合ってくれる事くらいは理解していた。

けれど、今のイーリャは日中の騒動で泥にまみれて汚れている。彼を誘うためのドレスにだって着替えられない。

だからこそ、せめて身ぎれいにしてから付き合わせたかった。

最後に会った日は、結局シアンは服を脱がなかった。……つまり久々に肌を合わせるのだ。娼婦としても、一人の娘としてもそれくらいの配慮はしたい。

「ついでに冷水を浴びれば、多少は頭がはっきりする、だろうし」

まだ意識を保《たも》っている今なら、なんとかなるはずだ。

断続的にこみ上げてくる感じている甘い熱を堪えながら、イーリャが訴えると、シアンはなにを思ったのか、少々顔を赤らめ狼狽《うろた》える。

「ああ、ごめん。俺も強行軍だったし……なら、一緒に入ろう」

え、とイーリャが驚く間もなく、シアンは戸の一つを開く。

将校の宿舎らしく、手狭ながらもきちんとした設備の整った浴室だった。

彼は一旦《いったん》イーリャを床に下ろすと蛇口を捻《ひね》り、充分な広さの浴槽に水をため始める。

ざぁ……と水の音が響く中で、シアンは無造作《むぞうさ》に上着を脱ぎつつ言った。

「熱くて冷水を浴びたくなるのはわかるけど、今冷やすと魔力回路の暴走が悪化するから堪えて。かといって、君の様子からしてお互いが上がるまで待っていたら持たないと思うんだ」

「そこまで、わかるもの？」

「そりゃあ、俺はずっと自分で処理してきたからね」

イーリャの頭もだいぶぼやけていたらしい。初歩の初歩を忘れていた。

苦笑しているシアンは、上着を適当な場所に放り出すと、さらに潔く己のシャツを脱ぎ捨てる。

軍人とは思えないほど白い肌だったが、いつか見た時と変わらず端正《たんせい》に筋肉がついていた。

髪のかかっている首筋の太さに、イーリャはごくり、と唾を飲み込む。

「わかった、わ」

イーリャは腹をくくると、くすぶる衝動を宥めながら、自分の服に手をかける。

ただ今は旅装だ。動きやすいが、いかんせんきっちりと着込むもので手こずった。スカートを留めている紐が、指が震えてうまく外せない。

もどかしくなりながら苦闘していると、イーリャの手に大きな手が被さった。

「貸して」

背中から覆《おお》い被さるように座ったシアンが、イーリャの衣服をするすると解いていく。

まるで魔術のような手際《てぎわ》でスカートが落とされ、上着とブラウスが脱がされ、簡易のコルセットまであっという間に取られた。

その手際は鮮やかで、色など感じさせない。しかしイーリャは一枚脱がされるたびこすれる布に震え、かすかに触れるシアンの手にびく、びくと、過剰に反応してしまう。

「んっ、……ん……」

「もう少しだから」

シアンの落ち着いた声音に、イーリャは無意識に熱い息を漏らした。

そして、ストッキングを丁寧《ていねい》に脱がされて、最後のシュミーズまで彼によってはぎ取られた。

さすがに世話されっぱなしは良くないだろうと、イーリャはシアンの方を向こうとしたが、首筋に唇を落とされる。

「つぁ……！」

思わず上げたのは明らかに嬌声《きょうせい》だった。

髪の生える際から、肩口まで甘噛みをされながらたどる唇が少し冷たくて、甘い刺激に腰が抜けてしまう。

いつの間にか一糸《いっし》まとわぬ姿になっていたシアンは、イーリャを抱き留めると、後ろから抱える形で浴槽の湯に身を沈めた。

張られている水はすでに温かく、シアンが何かしらの魔術を使った事が察せられた。

しかし、イーリャはそれどころではない。

湯に浸《つ》かるのにすらぞくぞくと震えていると、彼が手に持った海綿《かいめん》で肌をなぞられる。

「痛かったら言って欲しい」

「……っん、」

なめらかに滑るのは、充分に石けんをまとわせているからだろう。

柔らかい海綿が滑る絶妙な刺激にまた震え、ぬるぬると肌を撫でる手の感触に、下肢《かし》の奥の秘めた場所が熱を持ち、じんじんとしびれる。たちまち息が上がっていくのを抑えられない。

「髪を洗えないのは、許して欲しいんだけど」

「ふ…ぁん、わかった、から、あなたもはやく…おわらせ、んっ……」

イーリャもまだ理性を失う気はない。

ゆっくりと壊れ物でも扱うように這《は》い回っていく甘い責め苦に、声が上がりかけるのを堪えながら、イーリャは早く終わるように願う。

しかし、いつの間にかシアンのもう片方の手が、足のきわどい部分に降りてきていた。

するりと、熱くほころんでいる花弁をなぞった指が、隠れていた秘核《ひかく》を撫でた。

「ひぁんっ!?」

明確な刺激に視界が真っ白になった。

腰が勝手に震えて、湯が浴槽の縁に当たって飛沫《しぶき》を上げる。

軽く気をやったイーリャは、はっと後ろを振り仰ぐ。少し、薄汗をかいているシアンが眉を寄せつつ言った。

「堪えようとしなくて良い。俺はわかっているから、大丈夫。安心して理性を失って」

あけすけな物言いだったが、図星を指されたイーリャはひゅっと息を呑む。

もう、自分が知らないほどの衝動が目前に迫っているのは悟っていた。けれど、この衝動に身を任せたらどうなるかわからない。

この美しい男に幻滅をされたら、と思うと恐ろしかった。それなら、多少長引いても自分が制御できる範囲で発散させたい。

イーリャの表情で考えている事は察したらしい。シアンは安心させるように微笑んだ。

「たとえ、君がどんなに乱れても、俺にはむしろ役得なんだよ」

「そんなまさ、か……っ」

疑いを捨てきれないイーリャはけれど、もぞりと動いた拍子に、己のお尻の下で主張するものに気づく。しかしシアンはその昂ぶりを感じさせない涼しい顔のまま、思案する風だ。

「君が納得できないなら……そうだな。君が理性を失った俺を助けてくれた分を、俺が返すんだと思ってくれればいいよ」

もう片方の手が柔《やわ》くイーリャの乳房《にゅうぼう》を包み、低い声が耳に落とされる。

彼の言葉も声も平静だ。けれど、美しい青の目が、明らかな欲を含んでいる。

「とりあえず、ヤろうね」

その扇情《せんじょう》的とすら称せる声音《こわね》に、イーリャの秘められた奥が、きゅんと甘く締まった。

シアンの手がイーリャの胸の膨らみをやわやわと揉《も》みしだきながら、入り口の浅いところと上にある粒を撫で回し始める。

浴室内は明るい。彼の手の中でイーリャの胸は卑猥《ひわい》に形を変え、すでに立ち上がりきっていた胸の尖《とが》りがつままれた。

押し込まれるように潰《つぶ》されるだけで、イーリャはまた軽く達する。

「ヒア、ぁあ、あっ！」

「君は、何かしようと思わなくて良い。素直になっていてくれたら良いから。ただ、俺は素人《しろうと》だから、気持ちよければ教えてくれるかい？」

シアンの願いに、イーリャは訳もわからないまま頷く。

すでに足の間は明らかに湯とは違う粘度《ねんど》の高いものが溢れ出しており、入り口をほぐしているシアンの指の滑りを良くしているのが感じられた。

さすがに一気に強くするつもりはないのか直接的な刺激ではないが、それがかえってもどかしい。腹の奥が疼いてたまらない。

シアンが言え、と願うのは完全に親切心なのだろう。だが、うまく呂律《ろれつ》が回らないうえ、願うことにまだ羞恥が残っていた。

「ね、え、おね、がいっ」

それでも堪えきれなくなったイーリャが、その指がもっと深いところにくるよう腰を揺らすと、すぐに気づいてぐっと奥へと差し入れられた。

「あぁっッ！　…ふん、うぅん……」

「少し強めても大丈夫そう？　うん、ぬかるんでいるし、痛みは、なさそうだね……」

シアンのほっとした声が聞こえたが、イーリャはそれどころではない。

彼の手が乳房だけでなく、脇腹、指先、足のラインとたどっていく。そのたびにイーリャの体が跳《は》ねて、ちゃぷ、ちゃぷ、と水面を揺らした。

呼吸はずっと浅く、零れる嬌声は浴室の中に反響してイーリャ自身を煽る。

シアンの指が悠々と胎内《たいない》のざらりとした部分に届き、優しく擦《こす》られるたびに軽く達しているせいで、ずっと上り詰めたままだ。

だって、彼が中にいて、イーリャに触れているのだ。いいや銀色の髪が首筋を撫でるだけで、背中に彼の肌を感じるだけで気持ち良い。シアンがイーリャの首筋に唇で触れる。徐々に背中をたどり、強く吸われて体が跳ね、頭が真っ白になる。

たまらず、イーリャは湯に沈むシアンの手に自分の手を添えた。

「やだ、まって、ねぁ……あん、こんな、ひぁ……」

「大丈夫。大丈夫だよ、イーリャ」

弱々しい静止を宥めるように、シアンの言葉が耳に落とされ、甘噛みされた。呼ばれた名の甘さと耳を直接嬲られる刺激に、イーリャの視界がはじける。

「あっ、あぁ……！」

淡くではあったが、しびれるような快楽が脳を支配し、咥《くわ》え込んだシアンの指を締め付ける。

そのまま、力の抜けた体を彼に預ける事になった。しかし、彼の硬い胸板《むないた》の感触に、また淡く震える。普段なら気にも留めないようなそれすら、今のイーリャには快楽になる。

「大丈夫かい？」

さすがにおかしいと、気づいたのだろう。

案じるように覗き込んでくるシアンに、イーリャは涙をにじませた。

「なんでぇ、わけ、わか…っん、ない」

「……うん、良いよ、訳わからなくなっていいから」

イーリャに悦を与える手は止まらないが、少し痛ましげなシアンが宥めるように頭を撫でてくれた。しかしそうじゃないと、イーリャは子供のように首を横に振った。

「好きな、人に、触れられるのが、なんで、気もちぃのぉ……！　こんなの、しら、ない……っ」

青の瞳がまん丸になる。イーリャは堪えきれない悔しさのまま潤んだ目で睨んだ。

この気持ち良さは、オーバーフローのせいだけじゃない。

イーリャとて、魔力に侵《おか》された時の即物的な快楽を味わったことはある。だが、あの時のような全てを塗りつぶすような衝動の上に、今は、甘く心まで潤してゆく多幸感があるのだ。

理由は相手がシアンだからだ。大事に触れてくれる指と感触に、愛おしむような眼差しに、湯のせいだけではない熱が広がる。違う、今、自分は確かに愛されているのだ。

彼は愛させてくれと言って、イーリャは頷いたのだから。

それを実感したとたん、また胸の奥から悦《よろこ》びが溢れてくる。刺激すらないのに勝手に高みへ登りかけるのをきゅ、と足の指を丸めて堪えた。

「ばかぁ……良すぎて、どうに、かなる……っ」

いつもなら流せる快楽を流せない。だって他でもなくシアンから与えられるものだから。

八つ当たりだとわかっていても、イーリャは熱い息と一緒に恨《うら》み言《ごと》を吐き出す。

もう蕩《とろ》けきっているだろう顔を隠すように手で覆《おお》うと、ぐちぐちと胎内《たいない》をかき混ぜていた指が引き抜かれた。

「ふぁん!?」

その喪失感《そうしつかん》に、複数の指を飲み込んでいたのを今更気づく。

間髪入れず、体が持ち上げられてざあっと湯船から上がった。

イーリャを抱えて上がったシアンは足早に浴室から出る。

「んっな、に」

「ごめん、ここで最後までしたら離れられなくなりそうだから」

そんな風にささやいたシアンの声は、掠《かす》れていた。

下ろされたのは、柔らかいベッドの上だ。イーリャは頭の隅で、ベッドを濡らしてしまうと不安を覚えたが、肌に水気はない。

また魔術を使ったシアンだったが、一切そんなそぶりも見せず、仰向《あおむ》けに寝かせたイーリャの足の間に体を滑り込ませた。彼は、イーリャのふくらはぎから太ももの内側の柔らかい所へ唇を落とし、強く吸う。痕を付けられている悦びにイーリャはまた啼《な》いた。

シアンの足の間に見えるそれは、すでに腹に付きそうなほどそそり立っている。

普段なら怯《ひる》む大きさだが、イーリャの頭にあるのは歓喜だ。

あれなら、奥の奥まで届くだろう。それをもう知っているのだ。良いところを全て埋めてくれて、この渇望も満たしてくれる。イーリャの胎《はら》の奥が期待に疼き、愛液がにじんだ。

シアンは愛液をこぼすイーリャの秘部へ、己の熱いそれを馴染《なじ》ませるように擦り付けると、イーリャの脇に手をついて問いかけるように見つめてくる。

その瞳には余裕はなく、ぎらついた欲望に染まっていた。

「いい？」

やっぱり自分に欲情してくれているのだ、とイーリャは悦びに震える。もう耐えるのが困難なほど張り詰めているにもかかわらず、彼は己を優先してくれる。

だが今はそれすらもどかしくて、イーリャは身を乗り出すシアンの首に腕を回した。

「ねえ、早く、欲し、ぃあっあぁ……！」

シアンの先端が、入り口を潜り込んだとたん、イーリャは上り詰めた。

ようやく待ち望んだ熱くて太いものを放すまいと、蜜壁《みっへき》が収縮するのがわかる。

イーリャは視界が真っ白に染まり、歓喜の嬌声を上げながらも、シアンが熱い吐息をこぼすのが聞こえた。

「つく……もって、いかれ、そうだ……」

シアンが悩ましげに眉を寄せて堪えつつ、ほころびながらもきつく収縮するイーリャの中をかき分けていく。

先端の張った部分から、そのくびれ。太さ、圧迫感、満たされる熱さまで、まざまざと感じながら最奥に届いたとき、イーリャの最後の理性が溶けた。

「――ぁあッ……っ！」

「……ッ」

甲高い嬌声を上げてイーリャは達した。視界がはじけ、全身にびりびりとした悦楽が駆け抜けていく。イーリャの甘い声に、シアンがぞく、と背を震わせる。

　イーリャは腕の中の彼が震え、膣内《ちつない》に飛沫が吐き出されるのを感じた。が、シアンのそれは萎《な》えることはなく、すぐに抽挿《ちゅうそう》が始まり、イーリャは快楽の海に呑まれた。

「ひァっ、あん、ぁあっ……!!」

「君の、声に、俺も引きずられてるのか。ッ…出す気なかったのにな」

「な、に、あっ……あぁぁッ！」

　動きは激しくはないはずなのに、シアンの先端はイーリャの良いところを的確にえぐってゆく。イーリャは絶頂の余韻《よいん》も消えないまま再び甲高《かんだか》い声を上げて達し、熟《う》れきった蜜壁は中の剛直《ごうちょく》を絞り上げようと勝手に収縮する。が、シアンは熱っぽい息を零しながらも果てなかった。

「ああ、コレは、誰にも聞かせられないな……」

「こん、なの、あぁまたぁッ……んぁッッ!?」

　もうすがりつく力もなく、イーリャはシアンに回した腕をたまらず落とす。代わりにシーツにしわが寄るほどすがりつき、溺《おぼ》れそうな快楽を少しでも逃がそうとした。けれど、イーリャの蜜壁は与えられたものを逃がすまいと絡みつく。壮絶《そうぜつ》な色気をまとうシアンは、荒い息を吐きながら、嬉しそうに口角を上げた。

「……気持ち、いいんだね？　イーリャ」

「はぁ、きも、ち、いぃ……！　もっとぉ……っひぁっっ!!」

「……ッ！　ああ、君が望むなら、いくらでもッ」

願った通り、シアンはより深く、激しく穿《うが》ってくる。先が外れそうなほど引き抜かれたと思えば、ぎゅっとお互いの恥部《ちぶ》が擦り合う程深く密着し、肌と肌がぶつかり合う音が室内に響きわたった。

さらに乳輪を口に含まれ転がされ、イーリャは背中をしならせて悦ぶ。

これ以上深く繋がることはないだろう。そう、感じるほどだったのに、シアンはイーリャの足を持ち上げ、ぐっとさらに押し込んできた。下がっていた奥の大切な部分にまで先端が触れ、頭の芯《しん》が直接揺さぶられるような衝撃が駆け上がる。

全身が虚空に投げ出されたような感覚に、一瞬イーリャの意識が途切れた。

「……ッあぁあ……!!　待って、そこぉ……っヒァんぁっあ……っ降り、ら、えない、からぁ……！」

「一番奥だね、ッ……吸い付いてくる……っ」

「うぁッ、んッ」

ずっと気持ちいいが続いていて怖かった。自分でもやめて欲しいのか、欲しくないのかわからない。けれど、シアンが離れていくのが嫌で、それを反映したように、蜜壁は彼の剛直へ貪欲《どんよく》に絡みつき奥へと導く。

イーリャがあまりの悦に涙をこぼせば、シアンはついばむように拭ってくれた。

頬に赤みが差し欲を孕んだシアンは、無意識だろう唇を濡らした涙を味わうように舌で舐める。

その仕草のあまりの妖艶《ようえん》さに、繋がった部分が甘く締まる。

同時にかすかなもどかしさを覚えた。

なんだろう、と快楽に侵された頭の中で、イーリャは考える。

全身を愛《め》でられ、どろどろに甘やかされて、奥の奥まで貫かれて揺さぶられて。今までで一番、彼を感じているのは間違いない。

「んぁッん……」

「君の肌は、柔らかいね。痕がすぐに付く」

楽しげにイーリャを翻弄《ほんろう》するシアンは、首筋に、鎖骨《さこつ》に、胸にと、どんどん赤い口づけを残していく。胎内を暴れる物とは裏腹に、優しい仕草に満たされる心地がする。

でも寂しい、足りない。

イーリャはその唇が、口内が、どれだけ熱いか知っている。舌がとても優しく甘やかで、横暴に自分を征服するかを覚えている。

絡め合って、息を分け合えばどんなに気持ち良いかも知っているのに、シアンは顔にも、体にも落としてくれても唇には一切触れてこない。

別にかまわないじゃないか。彼はとても気持ちよさそうで、イーリャも気持ちよくて、沢山《たくさん》満たされているんだから。唇くらい、あわせ、なくったって。

だってイーリャは娼婦だ。姐《ねえ》さん達の気持ちを手伝うふりをしていたけれど、自分は娼婦のキスは気分が悪くなると客に言われてから断っていたくらいだ。

あの日が特別で、シアンは本当はしたくなかったのかも、しれなくて。

だが、考えたとたん、ぐずぐずに溶けてしまっているイーリャの瞳からは勝手に涙が溢れた。

オーバーフローしているからって、こんなめんどくさい女はどうなのだ。

シアンは幼い子供のように泣きじゃくり始めたイーリャに、すぐに気づき覗き込んでくれた。

だが腰はゆるゆるといやらしく動いたままだ。その淫《みだ》らで緩やかな動きから断続的にもたらされる悦楽が、言葉を取り繕《つくろ》う思考を奪う。

ああ、だめだ、いま、聞かれたら。

「イーリャ？　どうしたんだい、辛《つら》い？」

「…んで……」

「ん？」

「なんで…っきす、してくれないのぉ……っ」

イーリャは、ぽかんとするシアンの顔を両手で引き寄せるなり、噛みつくように口づけた。

彼が崩れ落ちて押しつぶされてもかまわなかったが、シアンはすぐにイーリャの顔の脇に肘《ひじ》をつき、体勢を保《たも》つ。

その隙に、イーリャはシアンの湿った唇を柔く食《は》んだ。

突き放されない事にほっとし、イーリャが無心に唇の感触を味わえば、シアンの物を咥え込んだ秘部が締まり甘えるように絡みつく。

そうだ、この唇も含めて、シアンという男を全て感じたかったのだ。

もっと奥まで交わりたくて、イーリャは舌で彼の唇をなぞる。

シアンの唇が開いたと思ったとたん、イーリャの舌を奪うように絡めてきた。

やっと欲しいものが与えられてイーリャは歓喜《かんき》したが、すぐに口内を暴れ回る舌に翻弄される。

「んふっ、は、ふぅ……んぁ……っ！」

たちまち息が上がってしまい、甘美ながらも苦しさにイーリャは反射的に離れようとする。

だがその前にシアンはイーリャの頭に腕を回し、一分の隙間も許さないとばかりに抱き寄せられた。シアンはねっとりと舌根まで絡めたかと思えば、イーリャの歯列《しれつ》をなぞり、吸い上げる。

イーリャがびくびくと震える頃になってようやく離れたシアンは、なぜか嬉しそうに顔を赤らめながらも、申し訳なさそうに答えた。

「ごめん、君が絆されてくれるって言葉が、俺の気持ちを黙認《もくにん》してくれるって意味だと思っていた。だからまだここには、触れるべきじゃないと考えてたんだ」

シアンは言いつつ、イーリャの口の端から零れた唾液《だえき》を拭い、唇を優しくなぞってくる。

自分の迂遠《うえん》な答えが原因だとおぼろげに理解したイーリャは、シアンの首に頬を擦り付けた。

「さっき、好きって言ったぁ……！」

「ああ、そうだったよね。ごめん。――好きだよ……愛してる。これから沢山するから、許して」

うっとりと、イーリャの頬を撫でたシアンは覆い被さるように口づける。

さらに休んでいた抽挿まで再開されて、イーリャの頭の中はぐちゃぐちゃになった。

「あんっふぁ……ぁふぅんっ……ぁ、ふぁ……っ！」

「……ッ。ああ、でも、声が聴けないのはちょっと、残念、かな……」

どろどろに崩れて、甘やかされて、繋がっている部分が熱くて、溶けてしまいそうだ。

唇を重ね合い、吐息を分け合って、舌を絡めればなぞり返す。

混ざりあった唾液をシアンが喉を鳴らして飲み込むのに、イーリャはぞくぞくとした。

溶けていけなくとも、沢山絡めば良い。感じれば良い。求めれば答えてくれるのだ。

シアンに抱き上げられて、自分の重みで深いところにまで行くと、意識が飛んでしまいそうだった。湿った肌が吸い付くのも、彼が動くたびに胸の先がこすれるのも、甘やかに愛おしげに見つめられるのも。彼の太い楔《くさび》に最奥《さいおう》を容赦なくえぐられるのも、全てがたまらなく満たされる。

「あぁっつ!!　また、きちゃ、きちゃぅっ……ぁっ！」

「名前、呼んでッ……イーリャッ」

余裕をなくした声音が、忙《せわ》しない荒い息と共にこぼされる。だれの、声だっけ。

そうだ、イーリャのとびきり愛しい人。

「しあんさっ……、シアンッ……あぁあッッ！」

「イーリャッッ……！」

炎を宿した青い瞳がイーリャを射抜《いぬ》き、ひときわ強く抱きしめられる。

深い深い絶頂と共に、最奥でシアンが果てるのを感じて。

ああ、今が一番しあわせだと。落ちていく意識の中で、イーリャは微笑んだのだった。

＊

すう、とシアンの意識が浮上し、すぐに鮮明になる。

軍人として染みついた習慣だ。そのためすぐに昨日のこと、そして昨夜の記憶も蘇った。

とっさに腕を伸ばし隣を探る。すぐに、温かく柔らかい存在が手に当たった。指でたどり視線を向ければ、傍らには褐色の髪をベッドに広げて眠る娘、イーリャが居る。

そのことに、シアンはどっと安堵をした。

オーバーフローを引き起こしかけ、オーガスに送り込まれたイーリャを抱いてしまった翌日、彼女はいなかったから。あの時は、手を伸ばすべきでない人だと考えていたにもかかわらず、喪失感を覚えた己の矛盾《むじゅん》に自嘲《じちょう》したものだ。

諦《あきら》めるつもりで諸々《もろもろ》の手はずを進めていたのに、結局シアンは手を伸ばしている。

「ジェームズの言う通りになってしまったな」

己の部下の言葉を思い出し、シアンは恥ずかしいような、すがすがしいような気持ちでひっそりと笑った。

そもそも、イーリャは勘違いをしていたが、シアンが彼女を知ったのは、自分がエルピス駐屯地に配属されて間もなくの頃まで遡《さかのぼ》る。

騎士としてめざましい活躍をしていたシアンだったが、オーバーフローだけはやっかいだった。昂ぶれば欲があるのは感じられる。ただ彼女達娼婦の仕事だと理解していても、自分の相手を願う事にどうしても抵抗がわく。

罪悪感を薄れさせようと丁寧に接すれば、言い寄られてしまい困り果てていたのだ。

静かに音に耳を傾けていればやり過ごせるとわかってからは、オーガスに願い、よほどのことがない限り断っても良くなった。それからは駐屯地や、近くの街で明るく騒ぐ町の音に浸るのが時間ができたときの過ごし方になった。

目立つらしい顔立ちはフードを目深に被って隠せば、案外誰も気づかない。

だから、新しい赴任地では周辺を散策し、そんな音を聞ける場所を探すのが習慣になっていた。

そして、エルピスに赴任し、何度目かの町中散策の時だ。

たまたま通りかかった酒場の中から、リュートが響いてきて勝手に足が止まった。

久々の音楽に少し聴いていこうかと、店に入ったとたん、その声が耳に飛び込んできたのだ。

少し低く、掠れた甘さを含んだ声で紡がれるのは、シアンもよく知る別れの歌だったはずだ。

けれど哀愁が漂うそれに、シアンは心臓を鷲摑《わしづか》みにされたような心地で立ち尽くす。

客達は聴き慣れてしまっているのか、思い思いに仲間達と語り合っていた。

こんなに、良い声なのに。誰も聴いていない。自分はこんなに心を奪われているのに。

歌い手が知りたくて、無《む》我《が》夢中《むちゅう》で姿を探す。

それが、花蜜館の、「寝ない娼婦」イーリャ・スコットとの出会いだった。


ひと聴《き》き惚《ぼ》れだと気づいたのはいつだったか。恐らく、オーガスに作戦終わりのたびに通う酒場について詰問《きつもん》されてからだ。

彼女に出会って以降は、ことあるごとに花蜜館へ聴きに行っていた。隠蔽《いんぺい》の魔術を使ってまでだ。

シアンは自分がかなり地位が高い自覚はあった。花蜜館は本来将校が利用しない娼館だ。そのままで行った結果、場を混乱させて、一回でも彼女の歌を聴き逃したくなかった。

とはいえ、それで充分だと、思っていたのだ。

イーリャの歌は変幻自在だった。明るく、朗らかだったと思えば、深く哀愁を帯びる。だがどの歌にも芯の強さと、彼女自身の柔らかい優しさが感じられた。それはシアンが守りたい、平穏のぬくもりだった。自分が戦場に立つ理由そのものだったのだから。

……それも、シアンがオーバーフローを引き起こし、オーガスに送り込まれたイーリャを抱くまでだったが。

正面から話してみた彼女は、シアンが守りたい平和の世界に居る娘だった。

だが、魔術士の性欲処理という危険な役回りを回されたにもかかわらず、見事にやり遂げるプロ意識には感服した。

階級の高いシアンに対して、はじめこそ腰が引けていたのに、会うたびに素《す》の言葉遣いが混じり、だんだんと打ち解《と》けてくれたのが嬉しくて。歌の感想を語れば、恥ずかしげに頬を染めてぶっきらぼうになるのがかわいかった。

声に気構《きがま》えがなくなって、奏でられる歌がどんどん艶やかになってゆくのがたまらなかった。

なにより魔術士の自分を、当たり前のように、まっすぐ見てくれる。

金の瞳がシアンに向けられるたびにどれだけ嬉しかったか、彼女にはきっとわからないだろう。

自分の心がこんなに熱く、目の前が鮮やかになったのは、彼女がいたからだ。

だから、彼女が得られるはずだった幸せを手に入れられるようにしようと考えたのだ。

案の定、シアンの友人で、研究者であるサビオは、イーリャの歌に興味を持ってくれた。サビオは研究にしか興味がない風を装いながらも、シアンを気にかけるくらいお人好《ひとよ》しだ。

彼女の技術を目の当たりにすれば、大事に扱ってくれる。

そうすれば、研究協力者としてイーリャは娼婦から脱せるはずだ。

それでもう、おしまいにして、遠くから見守ろうと、考えていたのに。

シアンはイーリャに会っている間も、会わなくなってからもずっと、ディプロの工作員を処分するために暗闘《あんとう》していた。

得意なのは氷の魔術だが、器用なシアンは他の魔術も使える。小回りが利き、一人で殲滅《せんめつ》できるシアンはかなり重宝されるのだ。

彼女のためにという意欲も、彼女を忘れるためにという自棄もあったため任務は順調に進んだ。

ただ、それに付き合わせた部下にすらわかるほど、シアンはひどい顔をしていたらしい。

自分の副官であるジェームズに、わずかでも休むよう進言されてしまった。

「アスベルク少佐、このままでは捕縛《ほばく》まで持ちません。捕縛作戦の要《かなめ》はあなたです。十全に体調を整えていただかなくては」

シアンよりも年上のこの副官は、軍人らしい厳《いか》めしさのある男だが、部下にも上司である自分にも細やかな配慮ができる。彼がいるからシアンの部隊は円滑に回っていると言っても過言ではない。

そのため、普段から彼の進言をシアンは聞くようにしていたが、今回ばかりは難しい。

シアンはやんわりとした表情で躱《かわ》そうとしたが、ジェームズは続けた。

「最近、少佐は想い人に会われていないようですが、大丈夫ですか。この状況では会いに行くのも難しいでしょうが」

まさかそこまで気づかれているとは思わず、動揺したシアンはペンを落とす。

ジェームズは律儀に頭を下げた。

「申し訳ありません、立ち入るのもどうかとは考えたのです。ただ最近の少佐殿が、あまりにも良い表情をされていたものですから。……一度、街でお話しされていた、お嬢さんですよね」

そこまで、知られているのならば、白を切るのも無様《ぶざま》だ。シアンは不承不承《ふしょうぶしょう》認めたが、まだ胸の内で苦くくすぶるそれを抑える。

「彼女とは、別れたんだ。軍人を恋人にするのは耐えられないと言われたから」

そもそもが始まってすらいない関係だったが、この説明で良いだろう。

だが、意外にもジェームズは軽く驚くと、念を押すように聞いてきた。

「魔術士だから、ではなく？　彼女自身も、あなたに想いがあるという解釈で構いませんか」

「そう、だと思うが」

普段なら深く踏み込んでこない部分に、ジェームズが踏み込んできた事にシアンは驚く。

しかしながら、ほろ苦く笑ってみせた。

「だとしても、俺は彼女を怖がらせる前に離れられて良かったよ。だからこれでおしまいだ」

「出過ぎた事を申しました。ただ、自分も元娼婦の妻を迎えた身としましては、少なからず覚えがある状況でしたので」

シアンは、手に取りかけたペンを再び落とす。長年ついてくれている年上副官のプライベートを初めて聞いて、どう反応すべきか迷った。しかしそれすら織《お》り込み済み、とでもいうように、ジェームズは落ち着いた態度だ。ただ、オーガスに似た労るような表情をしていた。

「少佐殿はもう少し、相手を想いやる前に、ご自分の気持ちに素直になられたほうがよろしいかと。先達から申しますと、どれだけ押さえつけようと、ままならぬ想いはございますので。爆発する前に昇華《しょうか》するのが吉です」

「……ちなみに君は、どうなったんだい」

思わずシアンが聞いてしまうと、ジェームズは莞爾《かんじ》として笑う。

「それは、あなたが素直になられましたらお話ししましょう」

シアンは彼にうまく答える事はできなかった。

ディプロの内通者の件は、急速に進展していった。トラゴーから目星を付けた者達を、確実に尻《しっ》尾《ぽ》を摑むため、順々にあぶり出し、包囲網を狭めてゆく。

間違いなく、最速で事を進めていっただろう。オーガスにすら苦笑された。

だが、それですら遅かった。それは、暴いた潜伏地で一気に内通者を摘発《てきはつ》し尋問《じんもん》にかけたとき、命乞《いのちご》いをした工作員の一人が吐いたスワルツ周辺を魔物に襲わせる計画で理解する。

スワルツは、止めるわけにはいかなかった彼女が移った地だ。

気がつけばシアンはその工作員を締め上げていた。

「それはいつだ」

「ヒッ……きょ、うだ！」

シアンは即刻魔術杖《づえ》にまたがり、全力で駆けた。

絶望と恐れで目の前が真っ暗になりかけるのを必死に堪え、震える心を叱咤《しった》して魔術を繰る。

体が熱いのに凍えるように冷たい。

初めて、彼女が怯えていた恐怖を思い知った。ずっと自分は、置いてゆく側だったのだ。

こんなことになるのなら、彼女を閉じ込めておけば良かった。しかしそれでは彼女の輝きが失《う》せてしまう。あのままが好きだったのだ。たまらなく愛していたのだ。後悔ばかりが頭をよぎる。

押さえつけようとしても、想いは次から次へ溢れ出してくる。

もう、とっくに、彼女が居なければ生きていけなくなっていた。

シアンは唇を噛んで、痛むほど鳴る胸を服の上から握る。

ずっと薄いと思っていた感情は、ただ、凍り付いて奥底に眠っていただけだった。

激情は、熱く苦しいものだった。後悔は、切り裂くような痛みをともなうものだった。

ああ、痛い。怖い。彼女を不幸にしたくない。けれど……失いたくない。手放したくない。

イーリャの空間全てを震わせる歌声が耳に飛び込んできた時の安堵と、彼女が引き倒された時の焼け付く怒りは、一生忘れられないだろう。

ただ、彼女にあまり血をみせたくないと考えて、だがこの姿を見せて恐がられたら、むき出しになった心は死ぬと怯えた。

それでも、かまわないと覚悟を決めて、彼女の涙にそれが脆《もろ》く崩《くず》れ去り。

シアンの無様な懇願《こんがん》を彼女が受け入れてくれた瞬間、体中を焦がすような歓喜が溢れた。
彼女が自分の側に居てくれるのなら、自分は幸福だ。命が続く限り彼女のためにありたい。
それが、自分を人にしてくれた、イーリャのためにできることだ。

シアンは改めて、隣で眠るイーリャをゆっくりと眺めた。

カーテンから忍び込んでくる朝日で、彼女の褐色の髪が艶やかに照り返している。

ひとすじ、ふたすじと髪を掬《すく》って避けると、無防備で健《すこ》やかな寝顔があらわになった。いっそあどけなく思えるほどだが、首筋や胸にはシアンが付けた痕が花びらのように散っている。

オーバーフローを起こしていた前回の記憶はおぼろげだが、今回はきちんと覚えている。

シアンの手の中で甘やかに乱れた姿も、艶を帯びた声も。シアンの背に回された腕も。唇が腫《は》れるまで交わした口づけの甘さも。己を離すまいと絡みつき締めつける、蜜壁の極上の感触も。

ずくり、と性懲《しょうこ》りもなく己の下半身が兆《きざ》すのを覚えたが、シアンはさすがに振り払った。

昨夜とて、イーリャのオーバーフローは途中で治まっていたが、シアンが止まれず余分に付き合わせた。昨日はいつもよりは魔術を使っていたが、自己処理で治まる程度である。

恐らく、オーバーフロー状態だった彼女の声に混じった魔力がそうさせた節《ふし》もある。が、大半はようやく想いを交わせた悦びと、彼女のあまりの愛らしさに萎《な》える気配がなかったせいだ。

十代の子供じゃあるまいしと思ったし、自分は欲が薄いと思っていたのに、イーリャ相手だと歯止めをかけるのがひどく難しい。

しかし、彼女は戦場に巻き込まれただけでなく、オーバーフロー後である。

充分な休息が必要なのだ。自分の欲望を押し付けるつもりはない。

ただそれでも離れがたく、シアンは悩んだ末、シーツで包んだイーリャをそっと抱き込んだ。

今は腕に居る、許された柔らかさとぬくもりを味わう。

彼女が起きたら、あの金の瞳を見せてくれるだろうか。

イーリャは自己評価が低いのか、時折卑下《ひげ》するが、見上げてくれる金の瞳は、シアンにとっては侵しがたいほど美しいものなのだ。

何より、シアンの名を呼んでくれる声が、シアンを人間だと肯定してくれる。

「また、呼んでくれるかな。いや、その前におはようと言おう」

おはよう、と言えるのが、こんなに楽しみなことだとは思わなかった。

シアンは、そっとイーリャの頬に手を滑らせ、指先で唇を撫でた。

彼女がいるのなら、自分はもうしあわせだから。

「イーリャ。愛しているよ」

己の唇を落とすと、彼女の瞼が震える。

ゆっくりとまつげが持ち上げられるのに、シアンは顔がほころぶのを感じながら、その時を待ったのだった。

第五章

あなたと望むバラード

イーリャが明るさで目覚めると、銀髪青眼《ぎんぱつせいがん》の美貌《びぼう》が飛び込んできた。

向かい合う形でイーリャを抱き込んでいたシアンは、朝の気怠《けだる》げな雰囲気を醸《かも》し出しながらも、銀色の髪は朝日に透けて神々しささえ帯びている。しかも、目が合ったとたん、氷のような青の瞳《ひとみ》を蕩《とろ》けさせて微笑《ほほえ》んだのだ。

ひえ、と悲鳴をこぼさなかったのが奇跡のようだ。心臓に悪い。

「イーリャ、おはよう」

抱き込まれているだけでなく、蜜《みつ》のような甘さが滴《したた》る声音《こわね》で呼ばれ、するりとシーツ越しに背を撫《な》でられたイーリャはかすかに戦慄《おのの》く。

幸か不幸か昨夜のことは体も心も覚えている。目がくらむほど気持ちよくて、溶けていってしまえたらと思うほど幸福だった。

こちらを見つめるシアンのほころんだ笑みは、元の顔立ちの良さはもとより、髪が乱れているせいか滴るような色香《いろか》を放っている。まともに見られず、イーリャの頬《ほお》は勝手に朱《しゅ》に染まった。

まさか自分が、生娘《きむすめ》のような反応をする事になるとは。

思わずシーツを引き上げて顔を隠してしまうが、黙り込むのもなんだか悔しい。

イーリャは口元を隠しつつ、そろりと青の瞳を見上げた。

「おは、……よう、です」

少し掠《かす》れた喉《のど》でぼそぼそと答えると、シアンは嬉《うれ》しそうに表情をほころばせる。

愛《いと》おしさが溢《あふ》れ出しているような表情の美しさに、イーリャは赤面《せきめん》するばかりだ。

だが、シアンはそのまま嬉しそうにイーリャの額に唇を落とすのだ。かわいらしい音を立てる口づけは、もう甘いとしか言いようがない。

そのむずがゆさにたまらなくなり、イーリャは胸に手をついて距離を取った。

「そ、そんな恋人みたいに甘いことしなくったって」

「恋人、だよね？」

「……そう、だった、わね」

シアンに寂しそうに言われてしまった結果、イーリャは腕を緩《ゆる》めるしかない。

そうだ、なにせイーリャは事に及んでいる間、なにを口走ったかも全部覚えているのだ。

オーバーフロー怖い。二度と上限を超えて魔力を使うものかと決意するが、その間もシアンはなにが楽しいのか、イーリャの頬を撫で項《うなじ》やこめかみに口づけを落としてくる。

シーツを隔て、足こそ絡めてこないものの、ひどく距離が近く、柔らかく愛おしむ仕草に、ひどく落ち着かない心地で途方に暮れた。

そう、イーリャは恋人になった彼に対し、どう接して良いかわからなかったのだ。

これが客ならば、しなだれかかって甘えるくらい簡単にできるのだが。

シアンに、この美しくさらに言えば愛している男に、普段と同じように振る舞うのは無理だ。

恥ずかしさと照れがこみ上げてきたイーリャは、窓の方を向いた。

カーテン越しではあるが、日はかなり高くなっているようだ。事情は誰《だれ》かが知らせてくれていると信じたいが、さすがに娼館《しょうかん》へ顔をだして自分でも説明しなければいけないだろう。町には仕事で来ているのだから、身支度《みじたく》を調えて動き出さなければ。

本音はこの好意が溢れかえっているシアンから距離を取って、自分を取り戻す時間が欲しい。

彼の無自覚の攻勢《こうせい》に音を上げたイーリャは、彼の唇に手を挟んだ。

「さ、先にお風呂《ふろ》、借りるわ、ね？」

イーリャはぱちくりと瞬《まばた》くシアンの腕から抜け出し、ベッドから立ち上がろうとした。

しかし、床に足を下ろしたとたん、かくん、と腰が抜けて床にへたり込んだ。まともに立ち上がれないという醜態に、イーリャの顔がさらに赤く染まる。

シアンがすぐに傍《かたわ》らに来て支えてくれるが、これはさらに恥ずかしい。

「大丈夫かい？　昨夜は無理をさせたから、まだ休んでいても良いんだよ」

羞恥《しゅうち》にもだえていたイーリャだったが、そこで彼が下穿《したば》きを穿いていることと、自身が身に巻いたシーツが清潔なものだと気づいた。

思えば、大事な部分にもさほど「ある」感触が薄い。事後処理はしてくれたのだと今更わかり、ますます恥じ入るしかない。

しかしイーリャはなんとか首を横に振って振り払い、言葉を紡《つむ》いだ。

「い、良いの。だってあたしが欲しいって言ったもの。ただ、いろんなことを放り投げたから、さすがに動かないと……」

そう、本当はオーバーフローは途中で治まっている感覚がしたのに、シアンが萎《な》えないのを良いことに強請《ねだ》った覚えがあった。言うなれば自業自得《じごうじとく》である。ついでに言うと娼婦《しょうふ》である自分がヤリすぎて動けません、というのはいたたまれない。

疲労を無視してイーリャはもう一度立ち上がろうとしたが、シアンに体を掬《すく》われた。

「そちらに関しては大丈夫だ。そもそも、君はオーバーフローから抜け出したばかりなんだし、一日は経過観察だよ。お風呂くらいなら入れてあげられるから。その後はご飯にしよう」

「えっシアンさん？」

「大丈夫、手は出さないから。後のことは任せてって言っただろう？」

ただひたすら上機嫌のシアンに、そのままイーリャは悠々と浴室へ連れて行かれた。

シアンは将校とは思えないほどかいがいしく、イーリャの世話をしてくれた。

風呂に入った時には二戦目に突入するかと思ったが、本当に湯を使わせてもらっただけだったし、手際も良く、イーリャはあまりの気持ち良さに再び眠ってしまった程だ。

「どうして、そんなに世話に慣れてるの」

「新兵時代は訓練で気絶した仲間の世話もよくしたからね。君の倍は体格の良い男に比べたら、君の世話は軽いし、とても楽しいよ」

食事すら部屋に運び込まれたのだが、シアンが自らさじを使い、イーリャに食べさせようとするのはさすがにやめさせた。

娼館に通われていた頃《ころ》から、イーリャに対して何かをしたがると思っていたが、あれでもかなり抑えていたのだと理解したものである。

途中、シアン本人は度々退出していたものの、医者に魔力回路を診《み》て貰《もら》うのもシアンの部屋でだった。確かにオーバーフロー後だったため、医者に問題ないと太鼓判《たいこばん》を押されてほっとした。けれど、自分で向かうのが筋だと思うのだが。

一体この好待遇《こうたいぐう》はなんなのだと、結局一日、シアンの部屋で過ごしてしまったイーリャは戦々恐々としていた。

が、それは翌日にまともに動けるようになり、シアンに願って連れて行って貰った自分の職場になるはずの娼館へ行ってわかった。

「あなたが『癒《い》やしの歌姫』ね！　軍人さんから聞いているわ。ありがとう」

「え、え？」

戸惑《とまど》うイーリャの手を取った娼館の女は、羨望《せんぼう》と感謝の色を宿《やど》して続けた。

「歌うだけで、魔物の集団暴走を鎮めただけでなく、兵士達を一人も死なせずに帰らせる奇跡を起こしたんでしょう？」

「いえ、あたしはただ生き残りたくて」

「そんな謙遜《けんそん》しなくて良いわ！　あそこに私の前の店でのお客も居たのよ。彼らが口々に言っていたわ。『あんな沁《し》みるような歌声は初めて聞いた』って。しばらく将校の宿舎に滞在すると連絡があったけど、うちのことも気にかけてくれるなんて嬉しいわ」

女が語る事が信じられずイーリャが呆然《ぼうぜん》としているうちに、シアンが話を進めてしまう。

娼館に届けられていた荷物を受け取り、再び将校用の宿舎に舞い戻ることになったイーリャは、視線を合わせようとしないシアンを見上げた。

「どういうことなの」

銀氷《ぎんひょう》の騎士の表情を取り繕《つくろ》っていたシアンは、イーリャの圧に眉尻《まゆじり》を下げた。

「……今回の君の働きは、『歌うことで魔物を宥《なだ》められる娘』として、同行者の人々を通じて噂《うわさ》が爆発的に広がっている。もうこのスワルツで、君の存在を知らない者はいない」

「そんな大げさな。あたしは、ただ歌っただけなのに」

「歌が魔物を宥めるだなんて、今までなかったことなんだよ。オーバーフローを抑えられるだけじゃない効力は、魔物の生息地がある国ならどこでも欲しがる。今までが幸運だっただけなんだ」

重々しいシアンの声音《こわね》に、イーリャが息を呑《の》む番だった。

「君はこれから、否応《いやおう》なく注目を浴びると思う。それだけ、君の技術はとても有用なんだ。今はゲルトナーとの講和《こうわ》条約締結《ていけつ》間近だが、ゲルトナーも……他の国も君を知れば探りに来るだろう。だから、君の安全を確保しやすいようにさせて貰ったんだ」

存外《ぞんがい》深刻な理由を語られて、イーリャはごくりと唾《つば》を飲む。まさかという想《おも》いは、シアンの真剣な表情で消え去っていた。

だがしかし、少し頬を朱《しゅ》に染めた彼は眉を寄せつつ続けた。

「……ただ、これも建前《たてまえ》で。恐らく、君はすぐに王都に呼ばれることになる。それまでの事だったとしても、娼館に戻した結果、君が他の男に抱かれるかもしれない可能性を無くしたい」

堂々と職権乱用《しょっけんらんよう》だと語るシアンに、イーリャも顔を赤らめてしまったのは、仕方ないだろう。

「俺も魔の森が安定するまで、スワルツに滞在することになった。君の歌についても、これからについてもゆっくり話し合おう。俺が君を守るから、安心して充分休息を取って欲しい」

真摯《しんし》に願われたイーリャは、言葉が胸に詰まった。

シアンのさりげない言葉で、彼が自分とのこれからを考えているのに気がついたからだ。

イーリャは、シアンに絆《ほだ》されてしまっていて、もうどうしようもなく彼に心を明け渡してしまっている。けれど想いを通じ合わせても、彼が自分から去って行くまでの関係だと考えていた。

ようやく、オーガスの言葉の意味が腑《ふ》に落ちた気がした。

『あいつが君に想いを打ち明けたのなら、それは君が思っている以上に重みのある言葉なんだ』

イーリャは一度、シアンの告白を拒否した。にもかかわらずシアンはもう一度言葉をくれただけでなく、まるごと引き受けようとしている。

どれだけの覚悟で、シアンは想いを打ち明けたのだろう。イーリャなんて、ただ自分が耐えられないから、という自分本位な理由で拒否をしたのに、どこまで優しさをくれるのか。

浮ついていた気持ちが少しだけ落ち着いたイーリャは、ゆっくりと考え始める。

自分はきっと、足を引っ張るに決まっている。だってシアン・アスベルクは、騎士であり、国の英雄なのだ。でも、たぶん、彼はイーリャをもう手放さない。そんな気がした。

ただの娼婦でしかない自分が、どうしたら彼の負担にならないでいられるだろう。

「シアンさんが、守ってくれるから。安心して、ですか？」

イーリャが聞くと、シアンは当たり前のように微笑んだ。

「ああ。今も、この先も、君が幸せで居られるようにしたいから」

イーリャはこみ上げてくる感情をぐっと飲み込んだ。

本当にこの男は、イーリャが欲しい言葉をくれる。

「シアンさん、ずるい」

スカートをくしゃりと握り、赤らんだ顔で上目遣《づか》いに見上げる。

狼狽《うろた》えるシアンに、だがイーリャは少しだけモヤモヤとした気持ちも感じた。

守られるだけというのは、性には合わない。お姫様のような可愛《かわい》げなんかないのだ。

まだ、彼と共に居るために何が必要かわからないけれど。今、彼に役に立つことはできる。

「ねえ、あなたが必要って事は、やっぱり魔物が沢山《たくさん》湧《わ》いてるってこと？」

「その通りでは、ある。ゲルトナーを刺激しないためにも、現状の人員で対応することになった」

「魔物相手なら、歌うわよ」

イーリャが提案すると、シアンはぎょっとした顔で見下ろしてくる。

「だが、それは」

「あのね、あんな広範囲に半日近く歌い続けさえしなければ、全然問題ないの。あたしがどれだけ酒場で毎晩歌ってたと思ってるの？」

腰に手を当てて、イーリャは躊躇《ちゅうちょ》するシアンを見上げ艶然《えんぜん》と笑ってみせた。

「それに、危なければシアンさんが守ってくれるでしょ。あたしは娼館の立ち上げに呼ばれたけど、別にやる仕事があるのなら、将校の宿舎に居続ける理由にならない？」

この状態が、不自然な事くらいはわかっていた。シアンには押し通すだけの力があるのだろうが、それで彼の評価が下がるのは、イーリャが許せない。

幸運なことに、唯一の特技が活《い》かせるのだ、発揮するに越したことはなかった。

シアンは逡巡《しゅんじゅん》したあと、絞り出すように言った。

「君を、戦場に連れて行きたくはない。けれど、迅速《じんそく》に片付けたいんだ。……お願い、したい」

「ご用命とあれば、いくらでも」

しょうがないなあと思いつつ、イーリャは笑って一礼してみせた。


そうして、イーリャはシアンの率いる部隊に交ざって、魔物の討伐《とうばつ》に出ることになった。

次の日には、算段が付けられて、部隊の面々と引き合わされたのだから、シアンがかなり優秀な人なのだと改めて理解したものだ。

「歌姫殿、はじめまして。私はアスベルク少佐の副官をしております、ジェームズ・クーパー大尉《たいい》です。お目にかかれて光栄です」

丁寧《ていねい》に挨拶《あいさつ》をしてくれたジェームズは、軍人らしく体格の良い厳《いか》めしさのある男だった。

しかし、こちらを見る目は、穏やかな温かみがある。まるで歓迎するような様子に、イーリャは戸惑った。自分はシアンを誑《たぶら》かしている女のはずなのだが。

しかしそんな事を真っ正面から問う訳にはいかず、イーリャはぎこちないながら会釈《えしゃく》する。

「はじめまして。ただ、歌姫はやめてくださいな。あたしはイーリャ・スコットです」

「わかりました。ではスコット殿。どうぞよろしくお願い致します」

その願う声に、なにか別の意味を含んでいるような重みを感じたが、イーリャが深く追及する前に彼は去ってしまった。

ただ、少しむずがゆそうな顔をしていたシアンに、こっそりと語られた。

「ここに居る者は、俺と君の関係を知っているし、好意的な者ばかりだから安心して欲しい。……と、いうより、俺が君を助けたことが広まっていて、君が俺の恋人だと理解されていて、だな」

「まあ、あれだけ派手にやれば……」

イーリャはまたまた赤面するしかなかった。

「うん、だから、君は安心して歌って欲しい」

シアンの言葉通り、同行した部隊の面々は驚くほど好意的で、討伐は順調に進めていけた。

遭遇した魔物がイーリャが一曲歌うだけで、おとなしくなるような個体ばかりだったのもある。

故郷にいた頃と同じように歌ったが、意外にもイーリャの胸に感傷はあまりよぎらなかった。

娼館の時よりもずっと充実していて、やっぱり歌うのが好きなのだな、と実感したものだ。

けれど、同時に自分の立ち位置が思ったよりも複雑になっているのだと、感謝を述べてくる軍人達の数でゆっくりと理解した。

極限状態で触れたものに、強烈な崇敬《すうけい》を覚えるのは、イーリャにはなんとなくわかる。

魔物がそれだけ恐ろしいものだと骨身にしみている彼らにとって、イーリャの歌は、救いのように響いたのかもしれない。

ずっと自分の故郷では当たり前だった歌に対し、向けられるのは釈然としないが、彼らの熱を帯びた感謝は本物だ。

「君の歌には力があるんだよ」

討伐の最終日に戸惑うイーリャへ、シアンはそう語った。

「本当にそう、みたいね」

何度も繰り返された言葉が、ようやく腑に落ちた。

シアンの部屋でイーリャがぼんやりと考えていると、彼が続ける。

「それでだね、ゲルトナーとノーニアの講和条約が無事結ばれるそうだ。そして、君に対して、王立研究所から招聘《しょうへい》要請が来ている」

「おうりつ、けんきゅうじょ？」

それは、イーリャですら知っている、ノーニアで一番権威《けんい》のある研究所の名称ではなかったか。

シアンが差し出してきた手紙を改めて見れば、そこには生まれて初めて見た仰々《ぎょうぎょう》しい文章の羅列があり、めまいがする。

さらに恐ろしいのは、手紙と一緒に入っていた便《びん》せんだ。それにはかなり癖のある字で「約束は果たせ」という文面と共に「王立研究所副所長サビオ・ヴラーチ」の署名がしてある。

あの横柄《おうへい》な片眼鏡《かためがね》の青年は、最も優秀な魔術士の集まる王立研究所の研究員どころか、その副所長だったのだ。

驚きが許容範囲を超えたイーリャが呆然としていると、シアンが案じるように眉を寄せていた。

「大丈夫、かい？」

「ええ、大丈夫。人は見かけによらないってことを実感しているだけだから」

「嫌、なら断ってくれても良いんだが。これはオーガスさ……タウンゼン中将《ちゅうじょう》も関知しているし、信頼できる場所だからできれば受けて欲しいんだ」

「タウンゼン様が知っているんだったら、大丈夫でしょう。つまりあたしは、王都に行くことになるのね。シアンさんは、どうするの」

「俺も王都へ帰ることになっている。それで、なんだが。君が良ければ俺の家に来ないか」

「あなたのうち？」

なんとか動揺《どうよう》を収めようとしていたイーリャは、シアンの言葉に再度驚くことになる。

「普段は兵舎に寝泊まりしているんだが、実家から出るときに押し付けられた家があるんだ。今家に居るのは、維持するための使用人だけだから、君にも気楽だと思うんだが」

「そういえば、あなた貴族様だったわね。しかも、騎士は自分で爵位《しゃくい》もある……んだったかしら？」

「俺自身は騎士になった時に貰った男爵位だよ。本来は騎士爵だったはずなんだが、功績に見合わせるために……ってね。だけど領地もないから、自分の稼《かせ》ぎで暮らしている」

それにしたって、村でもごく庶民的《しょみんてき》な生活しかしていなかったイーリャには途方《とほう》もない話だ。

だがしかし、もうこの程度で怯《ひる》まないと決めたのである。

「あなた、実家には帰らなくて良いの？」

ひとまずその話はおいておいて、イーリャが訊《たず》ねると、シアンは少し表情を曇らせた。

「今は家族とは疎遠《そえん》なんだ。いや、仲が悪いわけじゃない。ただ、俺が軍人になることを反対されていたから、なって以降は距離を置いている」

困ったような表情をするシアンに、イーリャは眉を寄せる。

「家族のこと、嫌いなの？」

「いや、そういうわけでもないんだが。今でも、俺の事を気にかけてくれるくらいには、いい人達だよ。この前は手紙で、兄嫁の子供が無事生まれたと知らせては、くれたから」

ぎこちないながらも青の目元を緩めるシアンに、イーリャは呆《あき》れて詰め寄った。

「やっぱり仲が良いんじゃない！　なら、あたしの心配をする前に、家族に無事を報告してやりに行きなさい」

「君は、いいのかい」

そのように聞いてくるのは予想外だったが、決まっている。イーリャはあえて怒るように眉尻を上げた。

「あたしに親が居ないから、自分も家族と疎遠にする、とか言うなら怒るわよ」

「そんな事はない。ただ、君の傷はまだ深い。家族、というものに複雑な想いがあるだろう」

「思うところがないとは言わないわよ。でもそれで気を遣《つか》われるのはもっと嫌。仲が良いんならなおさら、家族は生きているうちに大事にした方が良いわ」

「っ……」

こう言えば、彼はむげにできないことをイーリャは知っていた。

案の定、息を呑んだシアンがすぐに謝罪を口にしかけたが、その唇に人差し指を当ててやる。

「でも、あなたの所にはお世話になる。だって安心できる人の家のほうがいくらか落ち着くもの」

王立研究所の手紙には、必要なら宿舎も用意すると書いてあったが、イーリャにはなんのツテもない、未知の場所に行くのだ。頼れるものなら頼りたいというのも、正直な気持ちである。

「あたしは、許される限り、あなたの側《そば》にいるわ。でもあたしを理由にして、諦《あきら》めるのは止《よ》して」

「……ありがとう」

イーリャの人差し指に面食《めんく》らっていたシアンだったが、葛藤《かっとう》しながらも頷《うなず》いていた。

ひとまず、承諾《しょうだく》を引き出して満足したが、まだ少し足りないだろう。

だから、イーリャはシアンの胴《どう》に思わせぶりに腕を回す。

すると、青い瞳が熱を帯び、イーリャの腰を引き寄せてきた。

「キス、しても？」

確認をしてくる癖は直らないが、シアンが求めてくれるのは嬉しい。

返事の代わりに、イーリャは少し背伸びして彼の唇に己《おのれ》のそれを合わせる。

共に討伐に出なかった日も、彼が別件で忙しい日も、シアンは必ずイーリャに会いに来てくれる。

来ても良いと許可を出したのはイーリャだったが、欠かさず訪れる彼にキスをして抱きしめられれば、彼の想いの深さを理解する。

けれど、言葉の端々《はしばし》で、シアンが居る世界を垣間見《かいまみ》るたびに、ひしひしと感じていた。

身分が違う、立場が違う。シアンには家族を大事にするよう言ったが、貴族である彼の家族は、きっと娼婦であるイーリャを受け入れはしないだろう。

自分は、いいのだ。そうなることを覚悟しているから。元からシアンの側にいること以上を求めていない。

ただ優しい彼を苦しめてしまわないといい。苦しんでも、シアンはきっと、イーリャを手放さない。そんな彼の傷になりたくない。

イーリャは娼婦の仕事だってそれなりに誇りを持ってやってきた。けれど、それがシアンをおとしめてしまうかもしれないのが、悔しい。なにより娼婦では、シアンに守られるだけで、シアンの側にいることすら難しいのだ。

イーリャは徐々に深くなってゆく口づけに応《こた》えていたが、シアンはなにか気配を感じたのか、わずかに唇を離し覗《のぞ》き込んでくる。

「イーリャ？」

集中出来ていないのが、ばれてしまった決まり悪さを覚えながらも、物足りなさを覚えて、シアンの下半身をするりと撫でてみる。

彼は今も涼しい顔をしているため少々賭《か》けではあったが、そこはかすかに兆《きざ》していた。

「ねえ、シアンさん。もうちょっと、深く感じたいのだけど」

「……喜んで」

シアンが意図を持ってイーリャに触れてくる手に、たちまち己の熱が上がってくるのを感じつつ、ごまかせた事にほっとする。

難しいのは、わかっている。でも、イーリャだってもう、シアンの側に居ることをあきらめられないのだ。せめて、堂々と彼の隣に居られる方法はないのだろうか。

そうしてイーリャは、ゲルトナーとノーニアの講和条約が結ばれたとたん、王都に行くことになった。

*

様々な事を覚悟して乗り込んだノーニアの王都ウェルデンだったのだが、初《しょ》っぱなから肩すかしの連続だった。

シアンが家、と称していた彼の持ち家はどう見ても屋敷だったし、使用人頭として紹介された中年女性はイーリャを見たとたん喜びの涙をこぼしたのだ。

「まあ、まあまあ、シアン坊ちゃまが、女性を！」

「事前に手紙で伝えていただろう……」

「それでも、様々な女性を丁重にお返しし、一切浮いた噂を許さなかった坊ちゃまが、ようやく愛する人をお迎えしたというのがめでたいのでございます。ああもちろんこのクレア、抜かりなくご用意しておりますとも！」

　クレアはシアンにまくし立てた勢いのまま、所在なくしているイーリャに向く。

「お初にお目に掛かります。私はクレアとお呼びくださいね。今はこの家の管理を主に任されておりますが、アスベルク伯爵《はくしゃく》家に古くからお仕《つか》えしておりました。シアン坊ちゃまのおしめを替えたこともありますよ」

「クレア！」

　顔を赤らめたシアンが強く呼んでも、クレアはころころと笑う。その瞳に、イーリャへの侮蔑《ぶべつ》は混じっていない。

「イーリャ・スコットです。お世話になります」

　どうすべきかわからないまま、イーリャがひとまず会釈をすると、クレアは親しみの籠《こ》もった笑みを浮かべた。

「はい。スコット様の事情は、あらかじめシアン坊ちゃまからお伺いしております。戦役からの無事の帰還、心よりお喜び致しますよ」

「いえ、あたしは後方ですから」

「いいえ、その若い身で、軍人様を支えていたんですから。やはりこの言葉が正しいと、私は考えますよ。さあ、長旅でお疲れでしょう。まずはおやすみくださいましね。その後ゆっくり他の者も紹介させていただきます」

多少は冷えた目を向けられるかと思ったにもかかわらず、明らかに歓迎されている。

イーリャはなんだかくらくらするような気分で、思わずシアンを見上げてしまう。すると彼は安心させるように青の目を細めた。

「ここは君を守る場所だから。クレアと共に居心地よく過ごしてくれたらと思う」

「ええ、そのための私でございますからね！　ようこそ、そして……おかえりなさいませ」

笑いじわを作って、迎え入れるように手を広げるクレアに、イーリャは無性に泣きたくなった。

今まで花蜜館《はなみつかん》が、イーリャの帰る場所だった。あそこには沢山の同僚がいて、仲の良い友人もいて、居心地も良かった。でもこんな風に、日常を感じさせる場所でもなかったのだ。

屋敷内は、イーリャがかつて住んでいた家よりもずっと広く、殺風景《さっぷうけい》だった。けれど、壁紙は目に優しい風合いで統一されており、調度品《ちょうどひん》にはレースや花が飾られていて、ぬくもりを感じさせる。居心地良く過ごせるよう、心配りがされているのはすぐにわかった。

「こぢんまりとはしているけれど、君の部屋はちゃんとあるから。気に入らなければ、好きに弄《いじ》ってくれてかまわないよ」

「これがいい」

じんわりと熱くなる胸を持て余していたイーリャは、シアンの提案をとっさに拒否してしまいはっとする。

クレアとシアンが目を丸くしているのに、慌てて取り繕った。

「いえ、その。クレアさんが用意してくれたもの、ですよね。こういうの久々で、ちょっと驚いていただけなんです。変な顔をしていたのならごめんなさい」

　なんだか説明するのすら決まり悪くて、ぼそぼそとした声になったが、クレアはすぐに嬉しそうにした。

「あんまりにもシアン坊ちゃんが気を遣わないものですから、私の趣味で取りそろえてしまいましたけれど、気に入られたのでしたらほっといたします。ああ、そうそう！　ベリータルトを焼いていますの。スコット様はお好き？」

「イーリャで良いです。はい、甘い物は好きです」

　ぎこちないながらも、イーリャが答えるとクレアはにっこりと笑った。

「それはようございました！　では坊ちゃま、イーリャ様。片付けがお済みになりましたら、お茶にしましょうね」

「クレアのベリータルトはおいしいんだ」

　そうして、彼らと食べたベリータルトは、ひどく甘くて優しい味がした。


　数日後、イーリャが慣れない首元まであるドレスで連れてこられたのは、くだんの王立研究所だ。シアンが付き添ってくれたために、するするとその立派な門戸を通れた。

　そして、イーリャは王立研究所の真っ白な制服に身を包むサビオと対面したのだが、すぐにぽかんとする事になる。

　サビオがシアンを見るなり、はっきりと顔をしかめて詰め寄ったからだ。

「いきなり連絡してきたかと思えば、こんな垂涎《すいぜん》案件ぶら下げて僕を釣ってくるなんて、ほんとさすがわかってるね。そもそも久々に会いに来たのが女連れっていうのが腹立たしい」

「す、すまない」

ひたすら恐縮するシアンに対し、サビオは鼻を鳴らす。そのやりとりは、明らかに親しい関係なのを感じさせた。

「あの、ヴラーチ様お久しぶりです。約束通り来ましたよ。それで、その……お知り合いだったんです？」

イーリャが、シアンと交互に見つつ遠慮がちに声をかける。少々気まずそうな顔をしたシアンがどう説明しようかとためらうそぶりを見せた隙《すき》に、サビオがさらりと語った。

「シアンとは十年以上の付き合いになる友人だよ。ああ、勘違いしないでよ、僕は友人に頼まれたからって興味もない研究をするほど暇じゃない。君にはここまで来たからにはとことんまで僕に付き合ってもらうからね」

「は、はあ。それはもちろんそのつもりですけど」

先回りされたイーリャは釈然《しゃくぜん》としないものを覚えつつも、ほんの少し安堵《あんど》してひとまず引き下がる。しかし、代わりにシアンはサビオにおろおろと願っていた。

「サビオ、あまり彼女には無理をさせないで欲しい。喉の調子は繊細だからね。あといつもの勢いで何時間も付き合わせるなども無しだぞ」

「学生時代にお前を僕の実験に付き合わせたの、まだ根に持ってるの？　心配しなくてもお前の記録は全部読んだ。声楽《せいがく》に関しても基礎的な知識は仕入れたよ。相手は生体《せいたい》なんだ、無意味な負荷《ふか》をかけて壊すようなまねはしない」

「この技術と歌は、彼女の大事な故郷のものだ。配慮は」

「お前いつからそんなめんどくさい性格になったの？　わかっているし、彼女とは誓約書《せいやくしょ》もかわす。ほらこれが全文なんだから読めよ！」

誓約書らしい紙を押し付けられたシアンは、じっくりと目を通していたが、まだ不安げな顔をしている。

「うん、確かに大丈夫そうだけれど。ほかの所員は……」

「だあもううっとうしい！　お前がいると話が進められない！　お前だって軍部に仕事が残ってるんだろう!?　とっとと行ってこいよ！」

「い、イーリャ！　困ったことがあれば言うんだよ」

そうしてシアンが叩《たた》き出されるまで、イーリャは終始ぽかんとしているばかりだ。

こちらを振り向いたサビオは予想していたのだろう、深くため息をついた後、どかりとソファに座った。

「その顔、まったく何にも聞いてなかった顔だね。しょうがない。今日は誓約書とこれからの研究手順について説明するだけの予定だったたし、質問も受け付けるよ。長い付き合いになるんだ、相互理解は良好な関係を築くための必要経費だからな」

「ええと、シアンさんの渡した記録、というのはなんです？」

ようやくイーリャが問いかけると、サビオはやっぱりかと、テーブルの上に積み上げられた分厚《ぶあつ》い紙束を押しやってくる。

「君が酒場で歌っている間にシアンが取っていた記録の事だよ。その様子だと、僕に君の事を紹介したのがあいつだったってのも知らないね？」

「え、ちょっと、待ってください。どういうことです？」

狼狽えたイーリャに対し、サビオは肩をすくめてみせた。

「君、シアンの気持ちがくっそ重いのすら気づいてないとは言わないよね？　魔力回路の暴走を鎮《しず》める方法なんてシアンが一番欲しいだろうに、君が魔術士の暗闘《あんとう》に巻き込まれるのが嫌だからって隠し通してたんだよ。君の歌の効力に関して、これだけ詳細なレポートを書いておきながらさ。そんで君の故郷を残したいって想いを知ったとたん、全部根回しをした上で、僕に頼んでくるんだもの。はーまんまと乗せられる僕も僕だと思うけどね！」

とりあえず読んでみろ、と示されたイーリャは、言われるがまま手に取る。

それはイーリャの歌唱で起きる魔力回路の影響を記したものだった。難しい言い回しに苦労したが、記録が付けられた結果、歌の作用は実用に足る可能性が高いと結論づけられている。

だが、イーリャがシアンと過ごしたのはほんの数ヶ月だ。その数にしては紙の束は異様に厚い。

呆然としていると、別の書類を片付けていたらしいサビオがあっさりと付け足す。

「その記録は一年以上前からはじまってるよ。つまり、あいつは君と言葉を交わす前からそりゃあ執念深く追っかけしてたんだよ。気味悪い……とは、思わないみたいだね」

サビオの言葉で、真っ赤になっているだろう顔をイーリャは自覚する。

だってレポートらしい簡素さの中に、歌に……イーリャに対するにじみ出るような賞賛といたわりがあるのだ。

もう、イーリャはシアンに対しての感覚が壊れているのだろう。

それほど前から、会いに来てくれていたのがこそばゆくて、照れくさくて。これだけ自分のファンで居てくれたのが、舞い上がるほど嬉しい。

ただの娼婦で、少し歌えるだけのイーリャを、真っ先に見いだしてくれたのはシアンなのだ。

そのおかげで、イーリャの記憶にしかなかったはずの故郷ですら、こうして興味をもって貰えるまでになった。

故郷は、もうなくならない。この国で歌として根付いてゆく。

こんな、幸せなことはない。

イーリャの背にずっとあった重みが、軽くなっていくのを感じた。

「魔術に関する研究所は多々あるけど、王立研究所ほど好待遇の場所はないはずだ。なにせ所長は魔術士の権利を守る鬼だし、実力の上でも有数だもの。さらに言えば、副所長である僕に手を出そうなんて馬鹿はいない。考える限り最高の後ろ盾《だて》だよ。完全とはいかないまでも、君の安全は保障されるし、研究の成果次第では、生涯暮らせる支援金も出るだろう。詳しくはその誓約書を見て。たとえシアンがどうなろうと、君は守られる」

存外《ぞんがい》、きちんと説明してくれるサビオの言葉に、イーリャは我に返った。

守られる。そうだ。こんな所でもイーリャは守られている。

本当にシアンは、律儀《りちぎ》な人である。彼は自分の立場をしっかりと把握して、イーリャをわずかにでも損ねないように立ち回っているのだ。

真綿《まわた》に包まれるように、大事にされているのを感じた。けれど……

「シアンさんってほんとうに……」

「なんにも、しゃべらないだろう」

イーリャが飲み下そうとした言葉が、サビオから聞こえた。

驚いて顔を上げると、いつの間にか頬杖《ほおづえ》をついてこちらを見ていたサビオが、呆れを宿している。

だがしかし、その呆れの矛先《ほこさき》はイーリャではない。

「あいつさ、僕には劣るけど頭がいいわけ。ついでに妙なところでお人好《ひとよ》しで、小器用《こぎよう》なもんだから、よかれと思ってぽんぽん勝手に決めていくんだよ。僕がいくら研究畑に来いって言っても守る方が役立つからって、騎士の道を選んだんだ。誘った僕には一切告げずにね！　確かに戦況が悪化しないおかげで？　僕達研究職がかり出されなかったから救いにはなったけど腹立つ！」

「わかります。そもそも、これ自体あたしに言ってくれたってよかったのに」

「どうせ恩着《おんき》せがましいとか思ったんだよ。後から聞く方がむかつくのにさ。全部の手間をひっかぶってヨレヨレになっても、相手が幸せだったらそれでいいって思ってるんだ」

イーリャはふてくされるサビオに、力一杯頷いた。

シアンとて忙しいのだ。イーリャがクレアと穏やかに過ごしていた間、シアンは家から出勤して夜遅くに帰って来る生活をしている。騎士として様々な仕事があるのだろうと、予想するのは簡単だ。なのにこうしてイーリャを守るための布石を打ってくれているのだ。全《すべ》て自分の責任だと考えて。本来なら、自分が背負うべきものを、シアンが片付けている。

しかしこのことを追及したところで、シアンは照れくさそうにはにかむだけなのだろう。

目に浮かぶようなのに、どこかでそうではないのだという気持ちも湧き上がるのだ。

「どうする？　べつに、あいつが好きでやっているんだから、そのままにしてればきっと良いように行くよ」

サビオの声を聞きながら、イーリャは重すぎる紙の束を手に少しの間瞑目《めいもく》する。

どうする、べきか。……——いいや。自分がどうありたいか、だ。

もう、事なかれなんて言っていられない。

イーリャは瞼《まぶた》を上げると、サビオを見据《みす》えた。

「ヴラーチ様、あたしはあなたの庇護《ひご》下に入る。という事ですか」

「僕の、というよりは王立研究所の、だね。君が研究に全面的に協力してくれるのであれば、それに見合うだけの保護はする。娼婦から特例研究員になれるし、望めば戦場から切り離されて安全な場所に居られるよ」

「なる、ほど」

イーリャは紙束を置くと、誓約書をもう一度丹念《たんねん》に見直す。

「なにか不満そうだね？　怖《お》じ気《け》づいた？」

サビオの剣呑《けんのん》な声音にイーリャはかぶりを振る。

「不満はありませんし、協力するのも間違いないです。ただ、ちょっとだけ。返事を待ってもらうことはできますか」

「……ふうん？　これだけの好条件を、すぐには受け入れない。と。僕の時間をかけるだけの価値があるのか、君の待つ理由次第だね」

サビオの言葉は辛辣《しんらつ》だったが、その声は打って変わってひどく愉快そうだった。


サビオの打ち合わせが終わる頃、迎えに来たのはシアンではなかった。

イーリャは頭がしびれるような疲れを覚えながら、金髪青眼の偉丈夫《いじょうふ》オーガスを見上げる。

正直、あまり驚きはなかった。手段を持っていなかったため訪ねていけなかったが、いつかは会わねばならない人だと考えていた。

この人もまた、イーリャを今の環境に押し上げた一人なのだから。

満足そうにメモ書きを眺めていたサビオが、むっとした顔で立ち上がる。

「オーガスさん！　ここは特に繊細な場所なんだから、まさか転移してきてないだろうね！」

「転移は施設の外だからな、さほど魔力は乱してないだろう。というわけで、諸々《もろもろ》の手続きは終わったか？」

怒りをあらわにするサビオを適当にいなそうとするオーガスだったが、サビオは打って変わり優《ゆう》越感《えっかん》に浸《ひた》った顔で答えた。

「実は正式な契約はまだなんだよね。イーリャが時間をくれ、って言ったから」

「……なに」

眉を上げたオーガスに見られたイーリャは、その顔に覗く鋭さに少し背筋が震えた。けれど、努めて平静を装う。

オーガスはしばしイーリャを見つめていたが、ひとまずは置くことにしたようだ。

「ともかく、シアンは諸事情あって別の場所で待っているんだ。ついて来てくれるな」

「ええ、もちろん」

イーリャは、オーガスに促《うなが》されるまま、研究所を後にした。

王立研究所は端の方とはいえ、王宮内にある。まさか元は他国者の自分が城に入る事になるとは思わなかったと、よくよく手入れされている庭園と道を眺める。

と、オーガスが話しかけてきた。

「契約をしなかった、というのはどういうことだ。研究に協力はしないと？」

「いいえ、研究には協力しますよ。だけどそのための立場については、あたしがしたい事ができるかどうか、確認した後にして欲しいとお願いしたんです」

イーリャが平静を保ちながら答えると、オーガスはそれ以上は追及してこなかった。

代わりに人気《ひとけ》のない場まで来たところで、とうとう切り出してくる。

「イーリャ・スコット。力を持った気分はどうだ？」

痛烈な皮肉にも聞こえる言葉だったが、声は淡々としていて色は感じられない。

こちらを見下ろすオーガスの眼差《まなざ》しは、冴《さ》え冴《ざ》えとしている。

その瞳の色に、シアンとオーガスの共通点を見つけた。瞳の青が冷えた色を宿しながらも、感情の熱を帯びやすいことだ。

かすかに震えそうになるのを感じながらも、イーリャはオーガスの言葉に思考を巡らせる。

「よくわかりませんよ。扱いが、変わったのはさすがに実感はありますが」

「それだけではないさ。君はサビオの求めに応じれば、王立研究所の協力者として、多額の手当と住居が提供され手厚く保護される。ましてや、スワルツでの活躍は、あの前線にいた者達は全員が知っている。軍部の中には『癒やしの歌姫』として信奉者《しんぽうしゃ》が生まれているほどだ」

オーガスは淡々とイーリャが感じていた変化を、明確に言葉にしていく。

「もう、君は一介《いっかい》の娼婦に戻ることはない。君が望み、うまく立ち回りさえすれば貴族のような暮らしも、浴びるような名声も得られるぞ」

まるで誘惑するように問いかけてくるオーガスに、だからシアンではなく彼が迎えに来たのかとなんとなく理解した。

彼は恐らく、大きすぎる権力を持って「変わった」人間をいくらでも知っているのだろう。

この一ヶ月にも満たない時間で、イーリャの周囲は劇的に変わった。

王宮に入るときだって、衛兵《えいへい》達に不審な目を向けられることもなく、王立研究所での事務員からも、まるで高貴な人を相手にするように扱われた。

もう、酔った男相手に乱暴にされる覚悟を決めたり、嫌な客に身を預けたりする必要もない。

それは素直に、嬉しい。

だが、そういうことじゃないのだと、イーリャはわかっている。

オーガスは、常にシアンのことを、ひいては国益のことを考えて行動している。

彼は環境が激変したイーリャが変わらないか、というのを確かめているのだ。

今、嬉しそうな顔や、惹《ひ》かれるようなそぶりを見せれば、オーガスは恐らくイーリャを警戒対象と見るだろう。そうして、いつかシアンを困らせるようになった時には、容赦《ようしゃ》なく切り捨てる。知《ち》将《しょう》と称される所以《ゆえん》を遺憾《いかん》なく発揮して、だ。

前提条件を知っていたからこそ、彼の表情に潜む値踏みの色に気づけた。

娼婦時代の経験も案外役に立つものだ。

イーリャは冷たい汗を掻《か》く手を握り込みつつ、呼吸を整える。

こんな人と真っ正面からやり合うようになるなんて、本当に世界が変わってしまった。

でも、これからは、ここが自分の生きる場所なのだ。

そうして、イーリャは金幻《きんげん》の騎士を見上げた。

「あたしの歌に、それだけの価値が付けられた、って事ですよね」

「……ああ。その通りだ」

「それって、軍のお偉いさんの、タウンゼン様も、です？」

イーリャが会話を繋《つな》げるのが意外だったのか、オーガスの眼差しが変わる。

「まあ、そうだが。検証が済んで、効果が実証されれば、君と同じだけ歌える人間は一刻も早くそろえたい。戦争が終わっても、魔物の脅威《きょうい》は恒常的《こうじょうてき》にあるからな」

それが聞きたかったのだ。軍部の中でも有数の権力を持つ、タウンゼン中将のお墨付《すみつ》きが。

片眉を上げて続きを促すオーガスに、イーリャは肩をすくめてみせた。

「あたし、事なかれ主義だったんですよ。自分だけを守らなきゃ、生きていけないくらい弱かったから。自分の身の丈が、酒場の賑《にぎ》やかしぐらいなのは知っています。でも、そんなあたしが、どうしても譲《ゆず》りたくないものができてしまったんです」

そう、あの銀の髪と湖面のような青の瞳の、美しくて恐ろしくて、それでもかわいい青年を。

だから、イーリャはふわりとスカートを揺《ゆ》らして、オーガスに向き直る。

そしてとびっきりの営業笑顔を浮かべて、一世一代《いっせいいちだい》の大勝負に出た。

「ねえ、タウンゼン様。あたしのこと、一番高く買ってくださいません？」

イーリャが語り終えると、オーガスはぽかんと目を見開いて、しばらく無言だった。

だが突如として笑い出した。堪《こら》えきれずにこぼれて止まらなくなったという雰囲気《ふんいき》だ。

なんとか弱みをみせずに言い抜けたと思った矢先の爆笑に、イーリャは面食らって呆然とする。

こちとら人生をかけた勝負だというのに、笑い飛ばされるようなものだっただろうか。

しかし、目尻に涙までにじませたオーガスは、シアンと同じだが、まったく違う青の瞳に親しみのこもった色を見せた。

「ああ、君は面白いな！　逃げ出さずに、むしろ飛び込んでくることを選ぶとは！　そんじょそこらの将校よりもずっと度胸がある。シアンがべた惚《ぼ》れじゃなければ口説《くど》くところだ」

「それは光栄《こうえい》ですけど、半年くらい遅かったですね」

冗談でもなんてことを言い出すのだ、とイーリャはぎょっとしつつ言い返す。だがオーガスはますます楽しげにするばかりだ。

「ああ、わかった。完敗だ。全て君の好《い》いようにしよう。こんな予想を超えたことをされれば乗るしかない！」

自分の提案が受け入れられたことにイーリャは呆然として、すぐに安堵でへたり込みそうになる。だが、これで第一関門は突破だ。あとはシアンに語るだけ。

今、彼はどこに居るだろうかと想いをはせたとき、とん、と肩に手を置かれた。

何度も学んでいたイーリャは、ひどく嫌な予感がする。

見上げるとオーガスが、たいそうであくどい表情をしていた。

「さあ、こうしてはいられないな。今とても、シアンに会いたいだろう？」

「ええと、まあ。そうなんですけれど……そういえば、タウンゼン様。どちらに向かわれていたんです？」

「いやなに、俺も君をどうするか迷っていたものでね。シアンに先んじて君の意志を確認したかったんだ。いやあやってよかったと思ったぞ」

それはつまり、シアンに対してほぼ無断ということではあるまいか。

顔を引きつらせたイーリャは一歩、後ずさろうとしたが、その前に世界がぐらりと変わる。

転移を使われたと気づくなり、反射的に目を閉じられてしまうほど慣れた己が恐ろしい。

空気の揺れるような転移が治まり、イーリャが目を開くと、そこは庭園内のようだった。

花々が咲き始めており、細部まで整えられた芝生や生《い》け垣《がき》は、素人《しろうと》のイーリャでさえ息を呑むほど美しい。その中心に配置されている白亜の東屋《あずまや》にまで植物の蔦《つた》が絡められ、その優美《ゆうび》さはきっといつまでも眺められるだろう。

けれど、なにより目が吸い寄せられるのは、その中でたたずむシアンだった。

彼の身を包んでいるのは、白地に金糸《きんし》できらびやかな刺繍《ししゅう》を施された上着とズボンだ。イーリャが見慣れた軍服とは異なるが、細部の類似した雰囲気から式典などで着るような正装だと直感する。

金色の飾緒《しょくしょ》と勲章《くんしょう》に彩られた上着は、シアンの銀の髪をより一層栄えさせる。軍靴《ぐんか》に至るまで白一色であり、体に沿うように作られたそれは、彼の姿勢の良さをよりはっきりと意識させた。

腰に華麗な装飾を施された剣を佩《は》く彼が、東屋にたたずむ姿は、近寄りがたいほどの美しさを感じさせた。

その横顔は冷徹《れいてつ》で冷酷《れいこく》で、一切感情など揺らぐとは思えない。氷のように冷たい表情だ。

伏し目がちな眼差しが、ふっと上げられる。

整えられた銀髪がかすかに揺れ、青の瞳がイーリャを捉えたとたん、花が綻《ほころ》ぶように色づく。

まるで冬の雪が春に溶け出すようなその変化は、毎回見蕩《みと》れるほど美しいと思う。

シアンはすぐに傍らにたたずむオーガスに気づくと、焦った調子で小走りに駆け寄ってきた。

「オーガスさん、急に居なくならないでくださいよ、王宮内での転移は緊急時を除いて許可されていないでしょう！　ほんとうにイーリャを連れてきて……」

「なあに、未来の娘と先に話しておこうと思ってな。いやあ有意義だったぞ。俺も本腰入れて、お前の話に乗る気になった」

「はい!?」

聞き捨てならないことを語られて、イーリャはぎょっとオーガスを見上げたが、それはシアンも同じのようだ。

青い目を見開いて、あまり見ないような荒々しい動作でオーガスに詰め寄る。

「な、なんで娘なんですか!?　俺が頼んだのは身元保証人で……」

「それでは少し弱いだろう。もうすでに複数の派閥《はばつ》が動き始めているんだ。同じ身分ではないだけで、どれほど残虐《ざんぎゃく》になれるかお前も知らないわけじゃないだろう。ならばいっそのこと取り込んでしまえば良い。この娘には充分その覚悟がある。遠ざけるだけが守るすべではないぞ」

低い声音で語るオーガスに、シアンはぐ、と口を噤《つぐ》む。

イーリャはその反応で、また彼らが己の知らぬところで守るために動いていたことを察した。

確かに、権力者の思惑《おもわく》が関わる部分では、役に立たないだろう。だが、故郷から離れ一人になってから、イーリャは自分の事は自分で責任を持っていたのだ。

なにも知らされず、ただ守られているだけは大変居心地が悪い。

だからイーリャは、じっと睨《にら》み合う男二人に対し、割って入った。

「後で、なにしてたか問題ない範囲で教えて欲しいんですけど。あたしが正式にタウンゼン様の指《し》揮下《きか》に入る件は役に立ちます？」

驚愕《きょうがく》したのはシアンだった。青の瞳を零《こぼ》れんばかりに見開き、イーリャに詰め寄る……ことはないものの激しい勢いで詰問してくる。

「なぜ君が!?　もう戦争は終わるんだよ！」

「なぜって、あたしの歌はお偉いさんに目を付けられてるんでしょ？　正直よくわからないけれど、閉じ込められたり勝手に居場所を決められたりするのはまっぴらごめんなの。だから先に、気心知れてるタウンゼン様の所を選んだのよ。ほどほどに使い道を見いだしてくれそうだし」

言いつつちらりとオーガスを見れば、彼もにやついた顔で頷いた。

「ああ、彼女の技術は軍部に居てこそ役に立つ。条件付きで高く買わせて貰った。そもそも『シアンが出動する際は必ず後方支援に加える』なんてのは俺にとっても願ってもないからな」

「……は」

シアンが愕然《がくぜん》とした顔でイーリャを見る。目でどういうことだと訴えられたため、イーリャは胸の下で腕を組んでみせた。

「娼婦を使いたくないあなたを十全に運用するために、あたしを使いませんかって提案したの。研究が進めばもっと効果的に作用させられたり、他の人もできるようになったりするかもしれないけど、すぐには無理だし。歌で宥められなくても、最終手段が使えるしね」

「良くも悪くも彼女の身分はまだ従軍《じゅうぐん》娼婦だからな。主にシアンは、スコット嬢を従軍娼婦でなくすために彼女にも内密に、ついでに睡眠時間やら何やら削って色々やっていたわけだが」

オーガスの揶揄《からか》う視線に、シアンは眉を寄せて言い返そうとするが、イーリャが据《す》わった目で睨むとたじろいだ。

「やっぱり無理してたのね。全部あたしを守るため？」

「それは、その……俺は、君に沢山負担をかけてしまうだろうから、せめて君の立場だけでも安全にしておかなきゃと思って」

「あなたがあたしを大事にしてくれようとしてるのは、よくわかる。でも肝心の当事者のあたしがのけ者ってのはまったく嬉しくないわ」

シアンが言葉をなくす中で、イーリャは今まで感じていた想いを吐露《とろ》した。

「悪いものを見せないようにってしてくれるのが、あなたの優しさなんだと思う。でもそんな風に心を張り詰めさせるのなら、相談して欲しいわ。だって、あたしが背負《せお》うべきものでしょう？」

「……すまなかった」

悄然《しょうぜん》とするシアンに対し、オーガスが先ほどイーリャが語った提案を具体的に補足してゆく。

「スコット嬢を特例として高級娼婦に引き上げて、お前の専属に付ける。例がないわけじゃないからな。そうすればこの俺と、銀氷の騎士自らの庇護下だ。研究員では他の部隊に強制参加させられる可能性が残るが、これなら彼女を守りやすくなる」

「それに魔物相手なら有用性？　ってやつを証明し続けられるし、兵士達の負担も軽くなるはずだって。常に歌の実証実験ができるから、ヴラーチ様も喜んでたわ」

この構想を話したときのサビオの上機嫌さをイーリャが思い出していると、シアンは納得した様子だったが、それでも狼狽えていた。

「意図はわかったけれど、でも、なんで……君は日常にいたいのだろう？　クレアから楽しそうに家事をしていると聞いて、やはり、戦場に居るべきじゃないと感じたんだ。だから、なるべく軍部からは切り離そうと思って、いたんだが……」

　イーリャはまた一つ、シアンに惚れ直してしまうのを感じた。とはいえ、まったくもってよく見ているところと、見ていないところの差が激しすぎるのではないか。

「あのねえ、あたしが従軍娼婦じゃなくなったら、あなたが他の娼婦を抱く可能性が残るんですけど？」

「あっ……」

　ようやく、イーリャがかつて語ったことを思い出したのだろう。

　確かに研究所で、サビオはとても良い条件を出してくれた。しかし研究員になれば、シアンが戦場に出るのを見送る事になる。それがイーリャは嫌だったのだ。

　真綿に包むように安全な場所を作ってくれたシアンには、ちょっぴり申し訳ないとは思う。

　平和に普通の暮らしを甘受したい気持ちもある。

　けれど、それよりも、シアンに置いて行かれる方がずっと嫌だった。

　だからイーリャは呆然とするシアンの胸に、指を突きつけてやった。

「つまり、仕事とはいえ、あたしはあなた以外に抱かれる気はないし、あなたを他の娼婦《おんな》に任せるつもりもないってこと。……そう。待つのが嫌なら、一緒に行けば良いのよ」

自分の声に、歌に、意思を押し通せるだけの価値があるとわかった時から考えていた事だった。

戦場は恐ろしい。けれどこれならば、不安になる必要もないし、シアンには言わないが、彼が死んだとしても真っ先に後を追える。だって、故郷は歌として残るのだから、イーリャは生にしがみつかなくったって良い。

シアンがもたらしてくれたその価値で、悩みから解放されたのだ。

びっくりするシアンに、イーリャはしてやったりと笑ってみせる。

「あたしは守られるだけのお姫様になんてなれないの。目移りなんて許さないから。あたしを口説き落としたのはあなたなんだから、死ぬまで愛されるくらい覚悟しといてよ」

ああ、やっと言えた。イーリャは晴れやかな気分でシアンを見上げる。

するとはちり、はちりと瞬いた彼は次の瞬間、かぁと頬を染めた。

まるで少女が恥じらうように狼狽えて、耐えきれないとばかりに口を覆《おお》い、よろめく。

彼は肌が白いため、耳元まで真っ赤に染まっているのがよくわかる。

覆われた顔の隙間からでも、それが歓喜なのはすぐに理解した。

明らかに照れている反応がイーリャには予想外だったが、たいそう可愛らしくはある。

イーリャがちょっと面白くなって覗き込んでいると、オーガスがにやつきながら、同じように身をかがめて彼を見る。

「先越されたなぁ。シアン」

「……煩《うるさ》い」

かろうじて返したシアンの言葉は、普段の彼からは考えられないほどぞんざいだった。改めて、この二人が近親者なのがよく感じられる。

身内といえばと、思い出したイーリャはオーガスを振り返る。

「そういえば、『未来の娘』ってどういう意味です？　あたしからの取り引きは、シアンさんの専属にして貰うまで、でしたけど」

「そりゃあ、シアンに頼まれたほうが関わっていてな。君の立場はひどく危《あや》うい。平民のままで居させれば、権力者達に付け入らせる隙になる。ならば、いっそのこと君を俺の養女にしてしまえば、肩書き上は子爵《ししやく》の娘だ。中将である俺に手を出せる図太《ずぶと》い輩《やから》は限られるさ」

「なるほど。身分ってやつはそれだけで力になりますものね」

そのために成人女性であるイーリャを養女にする、というのはいささか突飛ではあるが、筋は通っている。軍の階級が身近だったが、ともすれば低い者は高い者に一方的に搾取《さくしゆ》されるほど厳然《げんぜん》たるものだ。

だから、彼らはただの従軍娼婦であるイーリャを守るために囲い込もうとしたのだし、イーリャもオーガスに売り込んで、自分の立場を固めようとした。

イーリャは納得をしていたが、しかしオーガスは愉快でたまらないという顔のままだ。

「まあ、一番の理由は貴族社会で生きていくための武器は、多いに越したことはないって事さ。君なら活かせるだろう。シアンが頼んだ身元保証人じゃあ、最低限しか満たしていないからな」

「？　身元保証人って」

「それは……」

「――オーガスさん。そこからは俺が話すから。身元保証人として見届けて欲しい」

オーガスが語りかけたのを遮《さえぎ》ったシアンは、ようやく己の顔から手をはずした。

イーリャを見つめる顔は、若干赤みが残っているものの、いつになく真摯で、どこか緊張を帯びているように感じられる。

思わずイーリャが背筋を伸ばすと、シアンは流れるような動作でイーリャの前に膝《ひざ》をついた。

どくり、と心臓が高鳴る。

今更、彼が繰り返すその単語が、イーリャの頭に染みこんできた。

「ねえ、身元保証人って、どういうこと？　高級娼婦になれば、あたしはシアンさんの側にいられるから別に……」

「オーガスさんに君の身元保証人を頼んだのは俺だ。できるならば、君のままでいて欲しかったけれど、守るためにどうしても必要だったから。……ただ、これは俺のわがままだと思って欲しい」

シアンは、密《ひそ》やかに続けるのだ。

「君を、妻にしたい」

今度はイーリャが目を見開く番だった。

それだけ、衝撃だったのだ。

「あの、本気？」

反射的にイーリャは問いかける。それくらい、結婚の二文字はイーリャの中にないものだったの

だ。だってそうだろう、シアンは貴族で、騎士なのである。

それを、他国者で、孤児で、娼婦のイーリャに？

なのにシアンは少し眉を寄せると、語気《ごき》を強めた。

「本気じゃなければ、保証人も頼まないし、正装もしてこない」

「えっ登城《とじょう》のためじゃなかったの」

「……プロポーズは、ロマンチックにと部下に助言されたんだ。俺の正装で堕《お》ちないのはおかしいとか言っていたけれど」

その部下とやらは大変余計だが的確な助言だったと、イーリャは今もうるさいほど鳴っている心臓を感じながら思う。

それに、だから、華やかなドレスを用意し、やたら気合いの入った化粧と髪結いを施されたのだと理解した。クレアは知っていたのだろう。

「で、でもシアンさん、あたしなんかと結婚なんてしたら、家族とますます疎遠にならない？」

爵位ある士官と従軍娼婦の結婚には、男爵位以上の身元保証人が必要だ。規則が厳しいのは、貴族の間ではそれだけ受け入れられないものだからではないのか。

「俺よりよっぽど、君の方が考えてくれているね」

イーリャが詰問すると、シアンは跪《ひざまず》いたまま、少しまぶしげに目を細めた。

「俺は三男だから元から自由にできるし、ちゃんと会いに行って、家族には話を通したよ。特に母には、娘として可愛がるから早く会わせろとせっつかれてる。そこだけは、苦労はかけない」

シアンの手回しの良さに、イーリャは一瞬声を失った。

彼が家族の元に帰った上で、事前に話していたのがまず驚きだった。なによりちゃんとイーリャを妻として迎えようとしている事がうまく理解出来ずに、疑問がぐるぐると回る。

「なんで、そこまでしてくれるんです」

「俺は、君に家族をつくってやりたかったんだ。君が失ったものには代えられないけれど、それでもこれから作っていけるだろう？」

自分は夢を見ているのかとすら思ったけれど、何度瞬きをしてもシアンはイーリャの前で膝をついて見上げている。

頬を染めたシアンは、こほんと咳払《せきばら》いをした。

「その。君に、先を越されてしまったのだけど、君を一人にしないという絶対の証《あか》しを作りたい。俺は、君がいれば幸せだから。君を幸せにできるようにする。だからその……」

言いつつシアンは、イーリャの手を取ると、懐から指輪を取り出す。

一見地味だが、精緻《せいち》な意匠《いしょう》が彫られている中に、美しい青の貴石が密やかに主張するものだ。

そして、イーリャの薬指に冷たく、けれど確かな感触が通された。

息を呑んでいると、銀の青年はまだ赤らんだ顔で、けれど切望の眼差しで見つめる。

「……よろしく、お願いします」

イーリャは呆然と、シアンを見下ろした。

ようやく、先ほどの己の言葉が求婚めいていたと気づく。

そうじゃなかったのだ。あれはあくまでイーリャの決意で、彼が騎士で貴族であるからには、ままならないこともあると、耐えるつもりでもあった。ずっと内縁でいる覚悟すら決めていたのだ。

でも、まさか、こんな。

うそだ、と息を止める。けれど指輪が体温に馴染《なじ》む感覚が、現実だと語っていた。

ぼとり、とイーリャの瞳から大粒の涙が落ちた。

「あたし、だって、あなたがいれば、しあわせですよ……」

自分が居れば幸せだと、言い切ってくれる人が現れるなんて思ってもみなかった。

どうして彼はいつも、イーリャが欲しい言葉をくれるのだ。

イーリャは狼狽えた様子で立ち上がるシアンの胸に飛び込む。

ちゃんと受け止めてくれたシアンは、ほうと安堵の息をつくと、喜びがにじむような笑みをこぼしてイーリャの整えられた髪をそっと撫でた。

「なら、お互い様だったんだね」

「そう、ですよ。だから。放さないで……っ」

「ああ、愛している。ずっと大事にするから」

ころんと、イーリャの手に渡されたのは、イーリャのそれよりも一回り大きい指輪だ。イーリャのそれと同じ意匠で、石は金に見えるような落ち着いた黄色だった。

シアンの左手が差し出される。

「俺にも嵌《は》めて」

イーリャはしゃくり上げながらもそれを受け取り、シアンの指に通した。

傍らで見守っていたオーガスがふ、と柔らかく笑う。

「これにて誓いは結ばれり。汝《なんじ》らに幸多からんことを」

祝福の言葉には、なんとなく笑ってしまう。

故郷がなくなって一人になって、未来なんてないと思っていた。

ただ漫然と消えてしまうのが嫌で、泥水を啜《すす》ってひたすら生きていた。

それでも、幸せなんてあきらめていた。いつだって楽になりたいと思った。

なのに、シアンに出会ったせいで、見つけられて、本音を引き出されて、受け入れられて。求められて。

きっと、これからも大変なことはあるだろう。

けれどイーリャは、この銀色の人に、溺《おぼ》れるような幸福を注がれてしまっている。

もうずっと幸せなのに。これ以上どうなれと言うのだ。

イーリャは、するりとシアンの首に腕を絡める。

少し驚いた顔をした彼は、でもすぐに察して顔を寄せてくれた。

だからイーリャは、ふれあう寸前、吐息をかすめるようにささやいた。

「愛しているわ」

そうしてイーリャは、虚《きょ》を衝《つ》かれた彼の唇に、とびきり幸せな口づけをした。

第六章 二人で至るコンチェルト

オリビア・ハリソンは、震える手をぎゅっと握りしめていた。

今居る場所は、エルピスの花蜜館《はなみつかん》ではなく、王都にあるとある療養所だった。

軍の管理するそこに、本来ならオリビアはまったく縁もゆかりもない。

なぜこのような場に居るかと言えば――……

そこまで考えたところで、自分の手がそっと握られるのを感じた。

細い手は、隣に立つ褐色《かっしょく》の髪に時折金にきらめく薄茶色の瞳《ひとみ》をしたイーリャ・スコットだ。

彼女がスワルツで起きた魔物の集団暴走を鎮《しず》めて、多くの人を救い、その功績で王都へと招聘《しょうへい》されたのは、風の噂《うわさ》で聞いていた。自分のために鎮魂の歌を歌ってくれたイーリャが、正当に評価される場所へ行けたのは喜ばしい反面、遠い存在になってしまったと寂しくなったものだ。

彼女と仲が良かったマリアベルは、もう二度と会えないかもしれないと一層消沈《しょうちん》していた。

そんな彼女から手紙が届いて、花蜜館の面々で驚いたのは記憶に新しい。

エレン宛のそれは、イーリャが研究所で歌の研究に携わることになったこと。そして、あの銀《ぎん》氷《ひょう》の騎士と婚約をしたと記されていた。オリビアはエレンが密《ひそ》かに涙ぐんでいたのを知っている。

マリアベルも手紙を貰《もら》っていて、「イーリャがおうちに遊びに来て良いって！」と一転はしゃいでいた。

だがオリビアが何より驚いたのは、イーリャがオリビア個人に手紙を宛ててきたことだ。

書いてあった内容は、衝撃のものだった。

そもそもなぜ、イーリャが知っているのか。何かの間違いではないのか。

『あたしでしたら、案内できます。よろしければ王都までいらっしゃってください』

彼女の手紙の文面をなぞり何度も悩み込んでいたはずなのに、気がつけばエレンに休暇申請をして、殆《ほとん》ど身一つで、彼女の住む屋敷を訪ねていたのだ。

イーリャは簡素な旅行用のドレス姿のオリビアを見るなり、この療養所へと連れてきてくれた。

軍にまつわる場所は、滞在している軍人の親類でもないオリビアが入るのは難しいはず。

だが同行してくれた銀氷の騎士を見るなり、どこもあっという間に通してくれた。

「じゃあシアンさん、ちょっと離れていて」

「ああ、終わったら呼んで欲しい」

本当に、通行手形《てがた》としての役割を果たしに来ただけらしい彼が、素直に離れていくのも、いつものオリビアなら恐縮する。だが、今はまったく気にできないほど緊張していた。

その理由をわかっているイーリャが、オリビアのこわばりをほぐすように指を絡めてくれる。

「オリビアさん。あの人はあんまり、良い姿とは言えないわ」

固い声音《こわね》に、オリビアはかえって自分の決意を思い出した。そうだ。イーリャは余すところなく書き送ってくれたのだ。読んだ上で、ここに来ることを選んだのは、自分だ。

オリビアは娼婦《しょうふ》の子として生まれ、自分も娼婦として生きた。マシなほうといわれる従軍《じゅうぐん》娼婦になり、後輩にも慕われて充分良い人生だった。いつか恋をするにしても、娼婦をやめて自分の過去を知らない人とだと考えていたのに。それを変えられてしまうなんて、思ってもみなかった。

だから、この扉を開けなければならない。

オリビアは案じるイーリャに対し、ぎこちなく笑ってみせた。

「大丈夫よ。わかっていて来たのは、私なんだから」

頷《うなず》いたイーリャは、こつこつと扉を叩《たた》く。

聞こえた了承の声に、心臓がどくりと大きく高鳴った。

そして、オリビアは扉を開く。窓から吹き抜ける風に、頬《ほお》を撫《な》でられた。

中はこぢんまりとした個室で、生活に必要な最低限の調度《ちょうど》品《ひん》が整っているようだ。

清潔そうなカーテンがはためき、窓が見える位置に配置されたベッドがある。

そこに上体を起こして座る人が居た。

かつては居るだけで場が華やぐような、舞台役者のほうが似合いそうな青年だった。

本人も華やかなことが好きで、女性に囲まれるのが生きがいだと堂々とこぼしていた。

だが、彼を甘やかに見せていた顔立ちは今は鋭く痩《こ》け、ストロベリーブロンドも短くなっている。

さらに、チョコレート色の瞳は片方が眼帯で覆《おお》われていた。

その片方だけ残った目を大きく見開いて、こちらを見つめている青年に。

間違いないと、オリビアは息を呑《の》んだ。

「クスト……」

死んだ、と聞かされていた己《おのれ》の恋人が居た。

あまりの動揺によろめきながらクストに近づいて行くと、彼も狼狽《うろた》えた様子で立ち上がろうとする。だがしかし、右足をついたとたん、がくりとその場に崩《くず》れ落ちた。

「っ大丈夫!?」

オリビアが支えようとすると、クストに手で制される。

彼は自嘲《じちょう》しながら語った。

「目だけじゃなく、右足もやられていて、もう前みたいに歩くのも難しいと言われてるんだ。こんな無様《ぶざま》なところを君に見られたくなかったから、連絡を取らなかったのに……」

クストが恨《うら》めしげに見るのは、イーリャである。だが彼女は涼しい顔で肩をすくめるだけだ。

「あたしだって、オリビアさんを余計に悲しませるのは嫌でしたもん。だからあなたが昏睡《こんすい》から目覚めてからにしたでしょ」

そんな危険な状態だったことも、オリビアは手紙で知らされた。

軍事的な理由があって、彼の死が偽装されたことも、イーリャがそれを知ったのも全《すべ》て後だったと謝罪された。しかし一介《いっかい》の娼婦であるオリビアでは、クスト本人から連絡を取られなければ、生きていたことなんて、一生わからなかっただろう。

死んだはずの恋が、戻ってきてしまった。

だからもう、娼婦だということすらかなぐり捨てて、オリビアはクストにすがりついた。

「格好を付けるのも大概にして！　そんなのどうだっていいっ！　生きて、生きていてくれたのならそれで、いいの……」

枯れたと思っていた涙が、次から次へと溢《あふ》れてくる。涙なんて、コントロール出来るものだとあの日までは考えていたのに、どうしようもなく涙腺《るいせん》が弱くなってしまった。

「オリビア、君が、泣いてるのか」

クストが、驚いたように片目を見開くのを、オリビアはきっと睨《にら》み上げる。

「泣いたわよっ。ずっと、待ってたのに来なくて……っ耐え、られると思ったのに」

今まで見送った客の時は、一晩しんみりするだけで忘れていたのに。

クストだけは、どうしても無理だったのだ。

「だけど、俺はもう、軍人じゃ居られない。こんな体じゃ君に迷惑ばかりかけるだろう？」

クストの厭世的《えんせいてき》な言葉に耐えきれず、オリビアはどん、と、彼の胸を叩いた。

「ばかぁ……！　それくらいで諦《あきら》められるなら、惚《ほ》れさせせないでよ……っ！」

華やかなクストの恋愛遊戯に乗ったのは、オリビアだった。

駆け引きに慣れない若い子を、誑《たぶら》かされては敵《かな》わないと考えたからだ。

なのに、小さな優しさや、無邪気な少年のような一面や、仕事に関しては己に厳格なまでに厳しいことを知っていくうちに、本気になってしまったのだ。

元々クストが自分に一目惚れして口説いていたと聞かされても、信じられなかったのに受け入れてしまっていた。

「あなたの、目の代わりでも、足の代わりでもするから。一緒に居させて……」

オリビアがしゃくり上げながら、力なく、胸を叩く。

その手を取られた瞬間、きつく抱き寄せられた。

「君は、俺が思っていたより、強い人じゃなかったんだな。それは俺も同じらしい」

こぼした涙をクストの唇で拭《ぬぐ》われるが、オリビアの涙は止まらない。

ああ、でも。この腕の中に居る限りはもう、泣いていたって良いのだ。

オリビアはクストの片目からこぼれる涙に、口づけたのだった。

＊

滞在期間を終えて、一旦《いったん》花蜜館に戻るオリビアをイーリャは見送った。

シアンの求婚を受け入れて数ヶ月。気にかかっていたことを解消できて、ようやく胸のつかえが取れた気分だった。

「良かった。ずっと気になっていたから」

「すまない、彼の安全のためにも、隠されていたものだから」

隣に居るシアンに謝罪されたイーリャは、気にしていないと肩をすくめてみせた。

「いいのよ。むしろあなたが何でも明かしている方が、心配になるもの」

軍人には抱えるものが多いことくらい、わかっているのだ。イーリャはまだ、スワルツの不自然な魔物の増殖の理由について知らない。恐らく、一生知らないだろう。

それに、イーリャは過去のことよりも、今で手一杯なのだから。

「さあて、胸のつかえが取れたところで、行きましょうか」

ようやく着慣れてきた若草色《わかくさいろ》のデイドレスの裾《すそ》を揺らしつつ、己に気合いを入れていると、シアンは眉尻《まゆじり》を下げた。

「その、イーリャ。母とは大丈夫だろうか」

あまりに心配そうなシアンに、なんともいえない半笑いを返すしかない。

「えーとお義母《かあ》様はよくしてくださるわ。あたしが貴族の習慣を教えてくださいって言ったら、こうして週に二度も機会を設けてくれたし。まああの勢いはちょっと……驚くけれど」

最後に少々自分の本音を漏らすと、シアンはますます申し訳なさそうな顔になる。

「母がとてもすまない」

「いいのよ！　むしろあたしを邪険《じやけん》に扱わない上に、快《こころよ》く受け入れてくれたんだから、ありがたいわ。ただ、あんな風に大歓迎されるようなことをした覚えがないから、困惑が先に立つのよ」

イーリャは頬を掻《か》いて持て余す気持ちをごまかした。

貴族の妻になるのなら、平民とは大違いなことくらいよくわかっていた。

シアンには別にかまわないと語られたが、イーリャが大いにかまうのである。

そのため、イーリャは彼の実家であるアスベルク伯爵《はくしやく》邸に挨拶《あいさつ》へ行った際に、彼の母であるグレイス・アスベルクに教えを請《こ》うたのだ。気に入られるとは微塵《みじん》も考えていなかったが、自分に見せられる誠意はできる限り示していこうと考えた結果である。

もちろん、シアンの隣に立つためには、どんなことでも耐えようと考えていたのだが。


馬車でたどり着いたのは、アスベルク邸のタウンハウスである。

確かに、このタウンハウスとは思えない広い屋敷を考えれば、シアンの屋敷は「家」と称すのは仕方ないことだったろうと納得したものだ。

イーリャがシアンと共に案内された一室に入ったとたん、待ち構えていた貴婦人に迫られた。

「シアンっイーリャちゃんっいらっしゃい。会いたかったわあ！」

シアンの母であるグレイスは好意を全開にして、シアンとイーリャに順々に抱擁《ほうよう》をしていく。

シアンは苦笑をしつつ、慣れたもので受け止めていたが、イーリャはまだぎこちなく腕を背中に回すだけで精一杯だ。それでも、グレイスは嬉《うれ》しそうに茶色の目を細めた。

シアンによく似た銀髪をした彼女は、とうに成人した子供三人の母親とは思えないほど匂《にお》い立つような美しさがある女性だ。しかし、好意の表し方がとても率直だった。

これが貴族の普通なのかとイーリャは本気で悩んだが、シアンに即座に否定されたため、ほっとしたものである。ただ、この表し方のおかげで、イーリャは困惑すると同時に彼女の好意の裏を考えず、比較的素直に受け入れられもしていた。

「こんにちは。お義母様。本日もよろしくお願いいたします」

彼女が離れたところで、イーリャが教えられた通りスカートの裾を引いて会釈《えしゃく》をすると、グレイスはにっこりと笑みを深める。

「イーリャちゃんはとっても教えがいがあるし、屋敷に女の子が増えると華やぐわね。ねえ、やっぱりうちに引っ越してこない？」

「あたしのことを可愛《かわい》がってくださるのは、ありがたいのですけど。ええと」

「イーリャはクレアとあの家が気に入っているんだよ。ここにはアスル兄上と奥方もいるんだし、互いに気詰まりにさせたくない」

「ううん、残念だわ。あっでもあとで赤ちゃんの顔も見に行きましょうね。メリルちゃんも会いたがっていたから、今日のレッスンは、お茶会での談笑の仕方から始めましょう」

　グレイスの話がそれたことでほっとしつつ、イーリャは頷いた。

　イーリャはこうして、週に二度ほどアスベルク伯爵家を訪ね、グレイスに貴族の夫人がたしなむべきことを学んでいた。

　二度というのは、イーリャがサビオの研究に付き合い、さらに軍で部隊との連携を取る訓練に出る必要がある中で捻出《ねんしゅつ》できたのがそれだったのだ。

　挨拶の仕方やカップの持ち方、食事の仕方、外に出た際の上流階級とのすれ違い方。自分の立場から目上の人の呼び方まで。礼儀作法《れいぎさほう》などという言葉ではひとくくりにはできないほど、覚えるべきことはめまいがするほど多い。

　イーリャは貴族のお嬢様は、蝶《ちょう》よ花よと育てられているものだと考えていた。しかし、これだけのことを身に付けた上で、しとやかに振る舞っているのだからあっぱれだと思わず見直してしまったほどである。

なによりグレイスの立ち振る舞いは素人《しろうと》のイーリャから見ても優美《ゆうび》で美しく、手本にしたいと自然と感じられた。だから、花蜜館に居たときとは違うめまぐるしい忙しさの中でも、イーリャはグレイスと過ごす時間が嫌いではなかった。

グレイスは礼儀作法を教えるだけでなく、実践だと称して彼女の友人とのお茶会に連れて行ってくれた。軍人の妻を中心とする集まりで、様々な貴婦人を知ったものだ。

だが、そうして彼女の領域にイーリャをどんどん引き入れてくれることが不思議なのだった。


イーリャの腕に、布に包まれた赤ん坊がゆっくりと渡される。

「大丈夫ですよ。怖がらなくても、この子の首はもう据《す》わってますから」

「ほ、本当に大丈夫、ですか」

兄嫁であるメリルがおっとりと語ってくれるが、イーリャはそれどころではない。グレイスの計らいで、イーリャは本当に赤ん坊を抱かせてもらっていた。

メリルの手がそっと離れ、イーリャの腕にずっしりと重みが掛かる。だがとても温かい。

他人の腕に移動したというのに、赤子はぐずることもなく、健《すこ》やかに眠っていた。

なにもかもが小さいのに、ちゃんと人の形をしている。その事実に、言葉を失っていると、傍《かたわ》らでグレイスがニコニコと笑っていた。

どうにも助けてくれそうにない。イーリャの手つきがおぼつかないのはよくわかるだろうに、メリルもまた取り返そうとはしない。

これも訓練の一つだと理解しているが、この赤ん坊は大事な跡取りなのに、本当に自分が抱いていて良いのか。室内に控えるメイドに預けたほうが良いのではないか。

それに……と、メリルを見上げると、貴婦人らしい嫋《たお》やかな微笑《びしょう》を浮かべて小首をかしげる。

「どうかしまして？」

「あいえ、その……何でもありません」

イーリャは様々な戸惑《とまど》いを隠しながらも、メリル達と談笑をする間その重みをあやした。

おしめを替える、とメリルが子をつれて去って行った後、休憩《きゅうけい》に入る。

次のレッスンが始まる前に、イーリャは思い切ってグレイスに訊《たず》ねてみた。

「お義母様、どうしてこんなに受け入れてくださるんです？　シアンさんのため、ですか？」

グレイスはイーリャの出自《しゅつじ》も、前職も知っている。事前にシアンが話したからだ。

イーリャは「癒やしの歌姫」としてすでに噂になっているし、シアンの婚約者になったこともあっという間に広まったのもある。

それでも、アスベルク家の彼女達が、ここまで良くしてくれる理由がわからなかった。

グレイスは、きょとんと目を丸くすると、困ったように微笑《ほほえ》んだ。

「なるべく伝わるように振る舞っていたつもりだけれど、不安にさせちゃったかしら？」

「ええと、その、良くしてくださるのはすごく伝わっています」

イーリャが慌てて言い添えると、グレイスはほっとした様子になる。

「まあ良かったわ。小さな頃《ころ》のシアンも、魔力がありすぎることで引け目を感じていたの。わかりやすいぐらい示してやらないと『気を遣《つか》ってる』って解釈しちゃうくらいね。だから、わたくしはこうなったのだけれど」

さらりと過去のシアンを語られて、イーリャは思わず耳を澄ませてしまう。

それがわかったのか、グレイスはくすりと笑みをこぼしつつ続けた。

「シアンのためといえばそうよ。でも、イーリャさんを気に入らない理由がないのよ？　だってあんなに人と関わるのを避けていたあの子が、自分から『手放したくない人』って紹介してくれたのよ。しかもこの家に帰ってくるようにすらなったの！　それがどんなに嬉しいかわかってくださる？」

「あの、それは」

イーリャがたじろいでいると、グレイスに手を取られる。

「あの子が穏やかに笑えるようになったのは、あなたが居るからよ。それだけでも充分なのに、シアンのことをちゃんと考えてくれる素敵な子だったんですもの。これ以上ないほど良いお嫁さんだわ。この家の者はみな多かれ少なかれ、あなたに感謝しているのよ」

イーリャが驚いて見回すと、部屋の隅に控えていた使用人達もかすかに微笑んで会釈する。

ようやく飲み込めたイーリャは、こみ上げる安堵《あんど》と嬉しさに顔が赤くなっていくのを感じた。

「あり、がとうございます。できる限り頑張ります」

「良いのよ。あなたには沢山《たくさん》すべきことがあるのだし、結婚するまでに最低限のことが身に付けられれば充分と思っているから。ただ……あの羽虫《はむし》はちょっと追い払いたいわねえ」

微笑んだグレイスの、意外なほど毒のある言葉に、イーリャははっとする。

彼女が羽虫と称したものに心当たりがあったからだ。

「まだあるんですか。シアンさんへの釣書《つりがき》」

「ええあるのよ。わたくしがあなたのことを気にくわないだろうって、自分の娘を宛《あて》がおうとするお馬鹿さん達が。むしろわたくしがイーリャちゃんに、シアンのことを頼みますって言わなきゃいけないのに」

グレイスに頬ずりされそうな勢いでぎゅっと抱きしめられたイーリャは、彼女の甘い香りを感じながらも呆《あき》れかえっていた。

イーリャとシアンの婚約は正式に周知されていた。自身で子爵位《ししゃくい》を持つオーガスの養女となり、家格《かかく》が釣り合った状態でシアンと婚姻を結んだため、手続きも表向きは問題なく受理されている。

しかし、イーリャが従軍娼婦であること。なにより今回の戦役で英雄視されるシアンとの縁戚《えんせき》関係を望む貴族達は諦めず、婚姻を結んだ後も密かな接触が増えていたのだ。

グレイスの元にくる釣書をはじめ、イーリャの元には、差出人不明の脅迫状《きょうはくじょう》が届いた。研究所帰りにイーリャを直接脅《おど》しに来た者もいる。

「あたしに来る分には別に良いんですよ。でも、シアンさんが王宮で偶然令嬢を介抱することが増えたって言ってましたから、どうにかしたいんですけどね」

「まあ、イーリャちゃんだって被害に遭《あ》っているのだったら見過ごせないわよ！」

グレイスが憤然《ふんぜん》としてくれるのが、ちょっぴりくすぐったい。

くすりと笑ったイーリャだったが、本当に気にしてはいなかった。彼女達の悪意なんて些細《ささい》なことだ。外出するときはシアンから離れないし、軍の施設に居るときはたいていシアンの部下が付き添ってくれた。多少の嫌みは花蜜館でもその前の娼館でも日常《にちじょう》茶《さ》飯《はん》事《じ》だったから、時折王宮付近で遭遇する彼女達の悪意はかわいらしいものである。

それに、イーリャが上流階級として認められるほどの振る舞いをしていないのも本当だ。結果、彼女達のテリトリーをぶしつけに侵《おか》しているのはこちらである。

ただ、シアンにちょっかいを出されるのは、我慢ならない。

深刻なのはシアンの被害だった。強引に訪問を取り付ける者が後を絶たず、中には軍部内に手引きする者がいるのか、勤務中のシアンに対し接近する令嬢まで現れる始末だ。シアンははっきりとは言わないが、かなりの負担を強いられているのは明白だ。

ならば、そろそろ討《う》って出るべき頃合いだろう。

そう考えながらイーリャが見ると、グレイスも同じ結論に達したらしい。

「ええ、あなたの特訓の成果も、一瞬だませるくらいにはなったわ」

「お義母様の公平な目は、あたし好きですよ」

率直で、お世辞より前に思ったことを口にしてくれるから、彼女の言葉は心地よい。そんなところがシアンと似ているな、とイーリャは思った。

「まあ嬉しい。それにね。あなたには歌っていう、一番の武器があるのだもの。歌唱指導もしていただいているのでしょう?」

「はい、王立研究所で、普通の歌唱との違いを見るために、アデーラ劇団のソリストの人に来ていただいて、声楽の手ほどきもして貰ってます」

「まあ、アデーラ劇団のソリストといえば、今人気の歌手じゃない。教えるのもうまいとは聞いていたけれど……ふふ、道理でイーリャちゃんの声の伸びが良くなったはずだわ」

　にんまりとしたグレイスは、心底楽しげに続けた。

「釣書を持ってくる方々にね、そろそろお返事をしなきゃいけないし、なにか集まりをしようと思っているのよ。あなたも身内の集まりから次の段階に進んでも良いと考えているし。ね、どーんとやってみるのはどうかしら?」

「いいですね!　あたし、驚かせるの大好きですよ!」

「じゃあ、パーティの采配《さいはい》の仕方もお勉強しましょうか」

　グレイスはイーリャを褒《ほ》めながらも甘やかさない。そういうところも好ましいと思う。

　イーリャは彼女といたずらっぽく笑い合いながら、今日の講義に身を引き締めたのだった。


「はーつかれたー……」

　今日もグレイスにたっぷりと可愛がられた上に知識を詰め込まれた。

　イーリャは、帰宅の馬車の席に沈み込みかけるのを、慌てて姿勢を戻そうとする。

しかし、肩が引き寄せられた。寄りかかったのは、隣に座っているシアンの肩だ。見上げると、シアンの青い瞳と目が合った。

「俺しかいないのだし、少し休んでもいいんじゃないかな」

「シアンさんありがと。迎えに来てくれたこともね」

気恥ずかしさを覚えながらも、イーリャはシアンの肩に頭を預ける。

整えられた褐色の髪を、崩さないように撫でてくれる手が気持ち良い。

彼の着込む軍服に、自分の化粧が移るのも忘れてすり寄った。

「シアンさんも仕事があるんだし、迎えに来なくったって良いのよ？」

「俺はいつもの業務だけだから特に疲れることもないよ。君を迎えに行くのも俺がやりたいからしているし。……君の方が大変だろう？」

大変じゃないと言ったところで、バレバレだろう。

シアンに案じるように見下ろされて、イーリャは苦笑いを浮かべた。

「まあ、うん。そうね。まったく縁のなかったことをしているんだから。でもあなたの隣に居ることを認めさせるためのものだから、やりがいがあるわ」

この重みが、イーリャは欲しかったのだ。愛されるだけじゃ足りない。自分の足で堂々と胸を張ってシアンの隣に立ちたい。そうじゃなければ、イーリャはいつかきっとつぶれてしまう。

だから、今は理想的な状況なのだ。

全身を覆う気怠《けだる》さを感じながらも、イーリャの気持ちは明るい。

「あっそうだシアンさん。近々お義母様とシアンさんに粉をかけてる人達を集めて、音楽会を開くことになったの」

「それは、君が歌うってことかい？」

驚くシアンが不安に感じているのだと思ったイーリャは、安心させるために笑ってみせる。

「大丈夫よ。まさか酒場の歌を歌うつもりはないわ。お義母様とたっぷり策を練り上げて、ぐうの音も出ないほど、一網《いちもう》打尽《だじん》にするから」

イーリャは、ぼんやりとこれからすべきことを考える。

「帰ったら、ヴラーチさんに頼まれてた資料をまとめて、歌の練習をして……ああ、でもお義母様に宿題を出されたから色々準備しな、きゃ……」

「イーリャ？」

シアンが呼びかける声に応えようとしたが、どうしても口が重くて応えられない。

馬車の揺れが心地よくて、シアンの体温が気持ちいい。

もう少し味わいたい、と考えても眠気にあらがえなかった。

「お疲れさまだよ。大丈夫、おやすみ」

どこか、残念そうな響きだな、と感じたけれど。

そのまま、馬車の揺れに身を任せるように、イーリャの意識は滑り落ちていった。

＊

こんな上品な観衆《かんしゅう》の前で、歌劇の一曲を歌うことになるとは、人生よくわからないものだ。

アスベルク邸の応接間で、イーリャは頭の隅で考えながらも、どこか哀愁《あいしゅう》を帯びた旋律《せんりつ》を奏でるピアノに合わせ、朗々と恋の歌を奏でた。

愛《いと》しい者を守るため、心を凍らせようとする乙女の悲痛な心の内をか細い高音で儚《はかな》く歌い、彼女の頑《かたく》なな決意ごと愛そうとする男の熱情を力強く表現する。

声には一音のブレもなく、乙女の凍り付きそうなほど冷たかった声音が、徐々に甘さを帯びてゆく様をイーリャは伸びやかに歌い上げた。

乙女が愛しい人に愛を告げ、最後の一音が終わる。

だが、応接間に集まった観客達は、静まりかえっていた。

ピアノの傍らに立っていたイーリャは、歌い終えてかすかに弾《はず》む息を整えつつ、観衆に会釈をしてみせる。上体を保ったまま膝《ひざ》だけを折る、グレイスに教授されたそれは、楚々《そそ》とした淑女《しゅくじょ》そのものの仕草だった。イーリャの青のドレスにされた刺繍《ししゅう》が、午後の光に艶《つや》を帯びた。

それを皮切りに、グレイスの友人達から惜しみない賞賛の拍手が送られる。

「素晴らしいソプラノだったわ、こんなに感動したのは久々よ！」

「本当に素敵だったわっ！　劇場でぜひ公演を聴きたいくらい」

「しかも、『暁《あかつき》の乙女のためのアリア』は、乙女の高音域と応じる男性の低音域が交互に来る難曲よ。ただの小手先《こてさき》で歌えるものではないわ」

最後の言葉は、明らかにイーリャが歌う前に、放たれた嫌みに対しての意趣《いしゅ》返しだろう。

それを語っていた令嬢は歌が終わったあとも呆然《ほうぜん》としていたが、かっと顔を赤らめてうつむいた。

あわよくばシアンの母であるグレイスとお近づきになろうと参加していた夫人や令嬢達も、何も語れずに黙り込んでいる。

音楽会が始まる前まで彼女達は、イーリャの来歴から、シアンの威光《いこう》を笠に着ていること。軍部でもつきまとって迷惑で婚約者としてふさわしくないと、しとやかでありながらとげのある言葉で罵《ののし》っていた。よくもまあそこまで上品に悪意を言い換えられる語彙《ごい》力があるものだと、怒りよりも先に感心してしまったほどだ。

そもそも魔物を退けられる歌を歌えるだけで、本来の歌唱力なんてたいしたことがないだろうと鼻で笑われたことは心底どうでも良い。

ただ、どこともわからない地方の歌をありがたがるなんて、気が知れないという言葉は聞き捨てならなかった。

イーリャの故郷を馬鹿にしたこと、何よりそれを必要とした軍人を貶《おとし》める言葉だったのだ。

だから、グレイスと改めて相談し、故郷の歌と歌劇の曲を披露《ひろう》した。

魔力回路が過剰に動いていない時でも、多少は気を静められる作用がある。

そこで、隙《すき》を作った上で彼女達でもわかる有名な歌劇曲を歌った。現在教師についてくれているソリストから太鼓判《たいこばん》を押されている曲だ。

どうやら充分な衝撃は与えられたらしい、とイーリャは淑女の微笑みを浮かべたまま、内心拳《こぶし》を握る。

好き勝手に話していた彼女達だったが、動揺を抑えようとティーカップを持った手が震えているのは序《じょ》の口だった。まだ呆然としているもの、うっかり拍手に加わってしまい気まずそうに手を下ろすものと様々だった。

そもそもイーリャの令嬢らしい立ち振る舞いに、好奇心で集まった婦人達は味方に引き込めた上、歌を聴いてうっとりとしている。なにより、グレイスが表立ってイーリャを可愛がっている姿に、納得している者が多数である。

完全に形勢は逆転しており、シアンを狙《ねら》い、イーリャを排除しようとしていた令嬢と婦人達は気まずそうにしていた。

この場に招待されたのは特にしつこかった面々である。どこかではっきりさせておかなければならないため徹底的にやったが、彼女達を針のむしろにするつもりもない。

グレイスもその点はわきまえていて、鷹揚《おうよう》な微笑みで彼女達に話しかけた。

「ね、イーリャさんの歌は、息子のお気に入りな理由がわかりましたでしょう？　彼女は王立研究所での研究に協力をしなくてはならないから、すぐには難しいけれど……。わたくし、今からイーリャさんの花嫁衣装を見るのが楽しみなのよ」

婦人達に驚きのざわめきが広がる。王立研究所の協力者、というのは未《いま》だに知らない者も多いらしい。眉唾《まゆつば》だったイーリャの歌の信憑性《しんぴょうせい》を感じられたのだろう。

「ま、まあ。ミスイーリャはノーニアのためになることをなさっているのね。ご立派だわ」

敵対していた婦人の一人が口にする。嫌みにしようとしたらしいが、先までの勢いはない。

イーリャは穏やかに笑みを深めて応じた。

「わたしの歌が益《えき》になるのでしたら、いくらでも協力いたします。シアン様もそれを望んでいらっしゃるので」

「ね、イーリャさん。もう一曲歌ってくださらない？」

婦人の一人からのリクエストもあり、了承したイーリャは伴奏《ばんそう》者に対し曲の相談をしに動く。

鈴を転がすような声が侮蔑《ぶべつ》を紡《つむ》いだ。

「そのように取り繕《つくろ》ってまでわたくし達の世界に馴染《なじ》もうなんて、見苦しい」

しん、とさざ波のように静寂が広がる。その言葉を発したのは、美しい令嬢だった。

可憐《かれん》な花が細やかに刺繍された薄紫のドレスに身を包み、化粧なんて必要なさそうな真っ白な肌をしていて、桜色の唇まで慎《つつ》ましい。亜麻色《あまいろ》の髪は艶やかに手入れをされており、濡《ぬ》れた瞳は庇護《ひご》欲《よく》を誘う。どこもかしこも華奢《きゃしゃ》で、清楚《せいそ》という言葉をそのまま形にしたような娘だ。

生まれながらに淑女教育が身に染みついているのだろう、ただ座っているだけなのに優美である。イーリャがいくら頑張ったとしても、こうはいかないだろう。マリアベルのような愛嬌《あいきょう》はないが、かえって近寄りがたさが男心をくすぐりそうだ。とイーリャは頭の中を覗《のぞ》かれれば、卒倒されるだろう分析をしつつ彼女の名前を思い出す。

彼女シャロン・ハンフリーは、イーリャが現れるまで、シアンの婚約者として最有力候補とされていた令嬢だった。

ハンフリー伯爵家の娘として、社交界にデビューして以降、彼女を望む紳士達の声があったという優良物件らしい。

並べば見栄《みば》えがする美男美女のカップルとなるだろうな、とイーリャも感じる。

ただ、今彼女は手に持った扇子を指先が白くなるほど握りしめ、きっとこちらを睨み上げている。清楚さもかなぐり捨てて、悔しさと侮蔑をあらわにしていた。

「どうせ、アスベルク様を体で引き止めていらっしゃるのでしょう？　わたくし達にははしたなすぎてできないことですもの。せいぜい、飽きられないようになさることね」

イーリャは目を丸くする。

とっさに言葉が出ないでいると、敵対している婦人達からも似たような声が上がった。

娼婦が社交界に混じるなんてあり得ず、イーリャの存在など断じて認めないという内容だ。頭に血が上っているせいか、他の婦人達が眉を顰《ひそ》めていることすら気づいていない。

驚くイーリャに、シャロンは勝ち誇った笑みを浮かべると、スカートの裾を払い立ち上がる。

「アスベルク夫人もどうぞお考え直しくださいませ。このような場所にはもう居られませんので、失礼いたします」

優美に足を引いて挨拶をしたシャロンと母親は、退出していこうとする。

だが、彼女達は応接間の入り口に立った青年、シアンを前にぽかんと立ち尽くした。

黒を基調とした軍服を美々しく着こなした彼は、怜悧《れいり》さを帯びた青の瞳をシャロン達に向ける。

しかしそれだけで、一筋も表情を変えず会釈をすると、するりと脇《わき》を抜けて中に入ってきた。

来客の応対としては正しく、婚約者候補と評判が高かった令嬢に対しては簡素な態度だ。

それは、彼の意志を知らしめるには充分だった。

屈辱で顔を紅潮《こうちょう》させるシャロン達をよそに、室内に踏み入ったシアンは中を見渡す。

全員が突然の彼の登場に驚く中、シアンは室内の空気を感じたのかわずかに眉を上げた。

「すまない、歓談の邪魔をしただろうか」

真っ先に動けたのは、彼が来た理由を薄々悟《さと》ったイーリャだった。

ふわふわとするスカートがぶつからないよう、席の間を縫ってシアンに近づいてゆく。

「大丈夫、少し意見の相違《そうい》があっただけなの。シアン様はどうしてここにいらしたの？」

つい、いつもの調子で話しかけてしまいそうになるのを堪《こら》えつつ問いかける。

すると、シアンの怜悧で硬質な美貌《びぼう》がかすかに緩んだ。

イーリャにしてみれば、この程度の変化は当たり前だ。しかし、表情が見えていた令嬢達から息を呑む音が聞こえた。顔を赤らめる者、自分の見たものが信じられないと目を見開く者と、うっとりと見惚《みほ》れる者と様々だ。

けれど自身が周囲に与えた影響に鈍感なシアンは、ただイーリャに答えた。

「君が歌うと聞いて、早めに仕事を片付けて来てみたのだが……。終わってしまっただろうか」

やっぱり。と、イーリャはかすかに笑ってしまった。

公衆の面前である、というのを彼もわかっているのだろう。表情は引き締まっていたが、少しうかがうような様子はいつもと変わらない。

「軍であれだけ聴いていて？　本当に歌が好きね」

「君の歌だから好きなんだ」

他意はないとわかっていたが、あまりにも率直な愛の言葉に、周囲の夫人達が卒倒せんばかりの様相になっている。

なにせ、あの銀氷の騎士が、表情を変えただけでなく、かすかに笑みをこぼしているのだ。

その唯一を向けられているのは、間違いなくイーリャである。

誰《だれ》にでもわかる、間に入りようがない雰囲気だった。

イーリャは仕方ないな、とシアンに対して笑ってみせると、未だ出入り口で立ち尽くすシャロン達に目を向ける。

「シャロン様の忠告は痛み入りましたわ。わたしは、シアン様が健やかに過ごしていただけるように精進《しょうじん》いたしますね」

「っ！」

これ以上の追い打ちはするべきではない。はなから勝負が決まっていたのだから。

足早に去って行くシャロン達を見送ったイーリャは、不思議そうな顔をするシアンを見上げた。

「ちょうど良かったわ。今アンコールに応えるところだったの」

「そうか、よかった」

「シアン、こちらにおいでなさい。席を作りましたよ。皆様、そろそろお開きの時間でしたし、お引き止めするのも申し訳ないから、自由解散にさせてくださいな」

イーリャを罵っていた者達は、グレイスの最後の慈悲《じひ》を理解し、我先にと立ち去っていく。

それで一気に空気は弛緩《しかん》し、室内は銀氷の騎士を見られたという興奮に塗り替えられてゆく。

シアンが座るのは最前席だ。そのことに苦笑しつつピアノの演奏に合わせ歌い始める。

グレイスは若干案じるような表情を向けていたが、イーリャの声は先ほどと変わらす伸びやかに空間を満たしていく。

きっと心配されていたのだろうが、イーリャはシャロンの発言を毛ほども気にしていなかった。よく貴族のご令嬢があそこまで直接的に語ったな、とむしろ感心していたし、そこまで言葉を選べないほど追い詰められていたのだろう。あそこまで失態を演じてしまったからには、イーリャには二度と近づけないどころか、しばらく引きこもるしかないはず。

ただ、イーリャは彼女の言葉で、ふと気づいたのだ。

シアンとまともにヤッたのはいつだったか、と。

*

「イーリャーッ！」

馬車の停留所になっている広場で、イーリャを見つけるなり、ぱあっと表情を輝かせて駆け寄ってきたのはマリアベルだ。

彼女はエルピスの駐屯地《ちゅうとんち》が落ち着いたのを見計らい、休暇をもぎ取って王都へ来たのである。

マリアベルは服装こそ地味な旅行用のワンピースで、化粧も殆どしていない。しかし桃色の髪をふわふわと舞い散らせて、喜びを全開にする彼女はたいそう愛らしく、人の目を引いていた。

イーリャはひとまずマリアベルを抱き留め、彼女の興奮が収まるまで宥《なだ》めてやる。

「うわああ、イーリャがすっごくお嬢様って感じになってる！　素敵！」

「マリー、久しぶり。まあ沢山お嬢様の練習してるからね。ほら、どこ行きたいの。今日は一日付き合えるから」

「ほんと？　嬉しいっ！　……ふああ、使用人さん！　馬車！　お世話になります！」

天真爛漫《てんしんらんまん》にイーリャが連れてきた御者《ぎょしゃ》に対しても頭を下げるマリアベルの変わらぬ態度に、イーリャは少しほっとしつつ、彼女を促《うなが》した。


そのまま王都中を馬車で観光し、外で食事をして息抜きをしたイーリャは、家でマリアベルが語ってくれるエルピスの近況に耳を傾ける。

「それでね、オリビアさんは王都で酒場を開くんだって。恋人さんが料理屋さんの小せがれだし、足のリハビリがうまくいけば歩くことはできそうだからって。エレンさんは新しい売りを何にしようかなって考え中だよ。ただ、従軍娼婦が遠くないうちになくなるかもしれないから、身の振り方は考えとけって言われた」

そう語ったマリアベルは眉をハの字にしていた。だが、クレアの焼いたオレンジのタルトをかじったとたん、一気に蕩《とろ》けた顔をする。

「うううおいしー！」

マリアベルを見守るイーリャは、エレンの考えが手に取るようにわかった。

イーリャの歌の効力を肌身で感じていたのは、エレンだろう。ならば、イーリャが全面的に王立研究所に協力をすれば、技術が実用化されるのも時間の問題だ。そうすれば、娼婦達の需要はすぐにはなくならないにしても、徐々に縮小されていく。もちろん一般人向けの娼婦はあるだろうが、よほどうまくやらねば格が下がるだろう。

若いマリアベルは、急に仕事をなくすことになるかもしれない。

ならば、今のうちに娼婦以外の道に目を向けさせ、困らないようにという配慮なのだ。

出世頭を手放せば、売り上げや存続に響くだろうに、娼婦達の将来まで考えてくれる。エレンのそういうところが、イーリャは好きだった。

エレンが、舞台に立たせて歌わせてくれたから、今があるように。

「わたし、気持ちいいし、愛されてるーって気持ちになれるから、男の人に抱かれるの好きなんだけどなあ。娼婦のまんまで良いのに。なんでそういうこと言うんだろうね？」

「でもまあ、気持ちよさはともかく、愛されたいんなら別の方法も沢山あるもの。こだわらなくてもいいんじゃない？」

不思議そうにするマリアベルに、イーリャがそう言ってやると、瞳をぱちぱちと瞬《まばた》いた。

初めて知った、という顔だ。

「えっほかに方法があるの？」

「あるわよ。例えば今あたしが師事してるオペラのソリストは、舞台に上がるとチケットが完売するほど人気なのよ。これも一つの愛される形ってやつじゃない？　歌がうまくなきゃいけないから、あなたじゃちょっと厳しいけど……」

「ぶたい」

「マリーは目を引くもの。人を楽しませるのも大好きでしょ。そういうのもありなんじゃない？」

「へええそっかぁ……」

イーリャの言葉が耳に入っているのか、入っていないのか。マリアベルはオレンジのタルトをフォークで突っついていたが、はっとしてイーリャを覗き込んでくる。

「それよりも、騎士様とのことよ！　ねっさっき聞いたらもごもごしてたけどなにかあったの！」

彼女には隠すようなものでもない。イーリャは、良い機会ではあるしとおとなしく語った。

「そういえば、数ヶ月彼としてないな、と思って」

「えっ。あの騎士様とシてないの!?」

このあけすけなノリ、久々だとなんだか感慨深い気持ちになりながら、イーリャは頷く。

すると、マリアベルは信じられないという顔をする。

「こんなにイーリャ色っぽくてかわいくなってるのにっ。騎士様いったいどうしちゃったの！」

「まあ、貴族様って、婚前交渉とかあんまりしちゃいけないらしいから、気を遣われてる可能性もあるのだけど。今更だしね」

貴族の令嬢は貞淑《ていしゅく》さが尊《とうと》ばれ、夫に身を任せるときまで処女であることが求められる。

しかし、イーリャはシアン専属の従軍娼婦だ。討伐に出た際には、オーバーフローまではいかないまでも、魔力が過剰に生産されやすい状態になる。だから、積極的に性交したってかまわない。

だが、今までにも魔物の討伐があろうと、シアンは平然とした顔で終えて、イーリャにそのようなそぶりは見せないのだ。

ごくり、と唾を飲み込んだマリアベルは、真剣な表情で質問してくる。

「寝室は」

「別よ。さすがにまだ夫婦じゃないのに一緒はだめだろうって」

「おうちに帰っては来る？」

「もちろん。むしろ帰る時間はあたしの方が遅い時が多いくらいよ。研究やら仕事やらで」

「じゃ、じゃあじゃあ。キスとかハグは！」

「行ってきますとおやすみなさいは絶対。結構抱きしめてもくれるわ。ただそれ以上がない」

不安にならなかったのは、細やかな態度でシアンがイーリャを愛していることを実感させてくれたからだ。けれど、あの音楽会で思い至ったイーリャも間が抜けている。

最後に行為に及んだのは、恐らく淑女教育が始まる前だ。そこからすでに数ヶ月。

まさか、と思ってここ数日シアンの様子を観察していたが、一切そのような気配がなかった。

だが、気づいた以上、イーリャはそのままにするつもりはないのだ。

マリアベルが、本題だと言わんばかりに身を乗り出してくる。

「ねえ、イーリャは騎士様としたい？」

「当たり前でしょ」

あの熱が感じられないのはひどく寂しい。

穏やかな愛情も好ましいが、濃密に交わる刹那《せつな》も味わいたいのだ。

イーリャが間髪《かんはつ》入れずに答えると、マリアベルは心底ほっとした様子になった。

「やっぱり体も愛されたいもんね！　でもなんで騎士様イーリャに手を出さないのかなぁ」

「もしかしたら、オーバーフローの時以外は性欲がそうでもないって可能性もある」

「そういえば、お客さんにもいたね。普段はあんまり来ない人」

ふむふむとマリアベルは納得した後、にんまりとした笑顔になる。

「じゃあ、イーリャがその気にさせてあげればいいね！　だって方法はいっぱい知ってるし。なんて言ったってわたし達、それが仕事だもの！」

そこまで言ったマリアベルは、しかしはっとして不安そうにイーリャをうかがう。

「あっ、イーリャは元だったよね。わたしがこんな風に言うのいや？」

「――ううん。そんなことはないわ」

イーリャはゆっくりと、噛《か》みしめるように答えた。

確かに娼婦で居た頃が最高だった、とは称《しょう》せない。だが、それでもエレンに導かれ、マリアベルと語り、オリビアに助けられ、そして……シアンに出会った。

娼婦であったこともまた、イーリャの一部なのだ。

「良い友達を持てて良かったわ。と思うもの」

「えへへ、わたしもイーリャが大好きだよ」

照れくさくなりながらも口にすると、マリアベルはとびっきり愛らしい笑顔になった。


イーリャの家に泊まったマリアベルは、オリビアに会いに行くと意気揚々《いきようよう》と去って行った。

「じゃあ、イーリャ、がんばってね！」

マリアベルの激励に鼓舞されたイーリャは、そろりと隣に立つシアンを見上げる。

同じように見送っていたシアンは、イーリャの視線に気がつくと目を和《なご》ませた。

「君の友人は、見ていて気持ちが良いね」

「ん、まあね。……今回はあたしのわがまま聞いてくれてありがと」

「とんでもない。君も、彼女ももっとゆっくりしてくれて良かったのだが」

シアンがしみじみと穏やかに語ってくれる。

イーリャの友人を大事にしてくれるのは嬉しいが、今は少し不満である。マリアベルが居るということは、二人きりになれないわけなのだし。

「ところでがんばって、というのはどういう意味なんだろうね？」

ただ、不思議そうにするシアンに対し、イーリャはぎくりとしかける。マリアベルと猥談《わいだん》で大盛り上がりしたのは知られていないだろうが、少々気まずい。

こういう部分で羞恥《しゅうち》を覚えるようになったのも、イーリャは変わったなと思う。それでも淑女というにはほど遠いし、やっぱり自分の気持ちに正直でありたいのだ。

「ま、良いでしょ。ねえシアンさん今日と明日の仕事は？」

イーリャはひとまず答えを濁《にご》して聞いてみると、シアンはいぶかしむ様子もなく答えてくれた。

「どちらも通常業務だよ。明日は半休を貰っている。君は、ようやく落ち着いたのだよね」

「まあね、あのお茶会以降は嫌がらせもほぼなくなったから、お義母様の講習も緩やかになったもの。ヴラーチさんへの情報提供も、今まとめている分を提出すれば一段落つくわ。明後日《あさって》にマリーを見送るまではお休み」

本当に、ここまでめまぐるしかった。イーリャは感慨深い気分に浸りながらも、シアンの答えに密かにほくそ笑む。

しかし、シアンの表情は逆に暗くなり、苦しげに眉を寄せた。

「俺が原因で君に心ない言葉を投げつけていたのだろう。すまない」

「シアンさん、勘違いしちゃだめだわ。悪いのは全面的に向こう側。そしてあれはあたしとお義母様が買った喧嘩《けんか》なのよ」

あの日の真相を知ったシアンは、かなり気に病んでいた。イーリャは特に語るつもりはなかったのだが、グレイスは笑顔で招待客リストを片手に敵対した者達を教え込んでいた。

きっかけがシアンであるのは動かしようがない。

だが、とイーリャは微笑んでやった。

「でもね、偶然とはいえシアンさんの功績でもあるのよ。最高のタイミングで来てくれたから、一番理想的に追い払えたわ」

なにせ、中立派と敵対派の夫人達にシアンとイーリャの実態を見せつけられたのだ。

イーリャとグレイスだけでは明確な決裂のみで、嫌がらせを諦めさせるにはもうしばらく時間がかかったことだろう。

「だから、あのときは来てくれてありがと。……ほら、そろそろ行かないと間に合わないわよ」

「なら、良かった。ただ頑張った君を労《いたわ》らせて欲しいな。今は休んでいて欲しい」

そう言って屈《かが》んできたシアンが何をするかを察したイーリャは、目をつぶって顔を上向ける。

だが、柔らかい感触を覚えたのは頬である。

ひらりと手を振って出勤していった彼の背を見つめたイーリャは、固く決意をしたのだ。


その日の夜、いつものようにシアンは自室へと引っ込んでいった。

このあっさりとした別れも、気づいてしまえばたいそう寂しい。

浴室を使い身繕《づくろ》いを整えたイーリャは、己に気合いを入れると、シアンの部屋の扉を開ける。

普段ならノックをするが、今回は不意打ちである。

ベッドの脇に立っていたシアンは、浴室から上がったばかりらしかった。

下半身は部屋着らしいズボンを穿《は》いていたが、上半身には何も着ていない。彼の白い肌と見事に引き締まった腹筋と、意外に厚みのある胸筋があらわになっている。

いつもさらさらと流れている銀髪もどこかしっとりとまとまっていて、イーリャは内心拳を握った。これはたいそう襲いがいがある。

そう、イーリャは、シアンを夜這《よば》いしに来たのだ。

シアンは突然、部屋に入ってきたイーリャに驚きを浮かべる。

「どうしたん、だい。イーリャぁ!?」

その問いかけの声は、イーリャが着ていたローブを滑り落とすなり裏返る。

イーリャが身に付けているのは、薄手のシュミーズ一枚だった。

実用ではなく夜のお供としての一品だ。青みがかった白に、所々濃い青のリボンで装飾されているが、色彩は清楚にもかかわらず、布は肌が見えるほど薄く、局部がかろうじてフリルで隠れている程度である。そして、イーリャはこれ以外なにも身に付けていない。

愛らしくありながらも、ひどく卑猥《ひわい》な一品だった。

これはマリアベルがお土産《みやげ》として置いていったものだ。センスが良い上、布地もイーリャが日常的に着ているものと何ら遜色《そんしょく》がない。一生懸命選んでくれたのだとわかったし、なによりこの斜め上さ加減が本当に彼女らしくて笑ってしまった。

しかも、かなり効果的な様子である。イーリャは自身の胸の膨《ふく》らみがフリルを押し上げている様から、丈の短いスカートから丸見えの足も、シアンが凝視していくのを感じた。

だがはっと我に返ったシアンが問いかけてくる。

「きゅ、急にどうしたの、かな」

「シアンさん、今日の朝、言ったよね。あたしを労ってくれるって」

「確かに言ったが……」

言質《げんち》はとった。イーリャは軽やかにシアンと距離を詰めると、素肌《すはだ》に体を寄せて微笑した。

「ねえ、溜《た》まってません？」

「えっ!?」

驚くシアンの顔を引き寄せて、イーリャは口づけた。

ついばんだあと、かすかに開く彼の唇の隙間に、自分の舌を滑り込ませる。舌の根からねっとりと舐《な》め上げるようにして、存分に味わう。胸の柔らかさがわかるように思いきり押し付け、これからの交わりを彷彿《ほうふつ》とさせるように濃密に絡めた。はじめは硬直していたシアンだったが、すぐにイーリャの舌を味わうようになぞり応えるように交わらせ、イーリャを甘く疼《うず》かせた。

だが、これだけではないのだ。

イーリャはお互いが熱いと息をこぼすようになった頃に口づけを解《と》くと、首に腕を回し囁《ささや》いた。

「最近ご無沙汰《ぶさた》だったでしょ、ベッド行きましょ？」

「待ってくれ、イーリャ」

ベッドへと導こうとするイーリャをシアンがなぜか抱き留め、案じるように覗き込んでくる。

「……もし、あの婦人達の悪意を真に受けたのなら、必要ない。俺は君自身を大事にしたいから」

囁かれたのは、心底イーリャをやさしく大切にする言葉だった。

そういう風にもとれる行動だったかと気づいたが、今のイーリャには大変に不満だった。じれったいと言ってもよく、甘く睨み上げる。

「あなたが愛してくれるのは態度でわかるけど、あたしはシアンさんに全部愛されたいの」

「全部、かい」

「だって最後にしたのシアンさんに求婚された頃だから、もう数ヶ月も前よ。あなたはオーバーフロー以外の時は平気なのかもしれないけど。……あたしは寂しいわ」

言葉を口にして、ようやくイーリャは自分が寂しかったのだと気がついた。

キスとハグだけじゃ足りない、もっと深く繋《つな》がりたい。我を忘れるほど、シアンを感じたいし、シアンにも自分を感じて欲しい。女だって欲はあるのだ。

涙の膜《まく》が張りかけて、イーリャはあまりにも決まりが悪く顔を背《そむ》ける。が、焦った様子のシアンに熱くなった頬に手を添えられた。

「イーリャ、誤解させたのならすまない。だが俺の言い訳を聞いてくれないか」

「なに、よ」

若干涙声で応じると、シアンは覚悟を決めたようにイーリャの片手を取るなり、自身の下肢《かし》へと導く。

投げやりな気持ちだったイーリャは息を呑んだ。

触らされたシアンのそこは、布越しでもはっきりわかるほど固く張り詰めて昂《たか》ぶっていた。あんなに声は平静に思えたにもかかわらず、体の昂ぶりと一致していない。

思わず、下とシアンの顔を見比べていると、さすがに気まずそうに頬を染めたシアンが切々と訴えてきた。

「君はこの数ヶ月、ずっと忙しかっただろう？　しなければならないことが沢山あって、移動中ですら休息に使っていたくらいだ。俺が誘うことで、少しでも負担になりたくなかった」

　イーリャは、ようやく自分の浅はかさに気づき、消え入りたくなった。

　シアンが今まで誘ってこなかったのは、イーリャの体調を気遣ってくれていただけだったのだ。自分がシアンとしていないと気づいたのはつい最近で、ただ不満と欲に駆られてだったのに。なんて身勝手だったのだろうと自己嫌悪に襲われたイーリャは、彼を見ていられず、シアンの胸に頭を付けた。

「ほんとうに、ごめんなさい」

「だって君の方が大変だったんだ、俺の我慢程度なんてことない。だがかえって君を不安にさせてしまったのだろう？　そうじゃなければ、俺だって抱きたかった」

　低い声音に彼の情欲を感じ、イーリャはぞくりと背筋が震えた。

　いつの間にか下がってきたシアンの手が、イーリャの体を意図的にたどり出す。吐息を漏らしながら見上げれば、淫靡《いんび》な熱を帯びた青の瞳があった。

「したくない、なんてとんでもない。君が俺で気持ち良くなる姿を見たいし、喘《あえ》いでよがってもだえる姿を楽しみたい。俺を深く飲み込ませて揺さぶってすがりつかせたいし、この中にぶちまけて、君を染めてしまいたい」

　シアンの固くなった昂ぶりが、イーリャの下腹部に押し付けられる。

それが奥の奥にまで届くことを知っている胎《はら》が、きゅんと疼くのを感じた。

いつもはしない、直截的《ちょくせつてき》な言葉が彼にも余裕がないことを知らせた。

求められることを感じられる、愛されていると理解できる。

熱い吐息を漏らしたイーリャは、微笑んだ。

「もう、我慢しなくて良いのよ。だってあたしも同じなんだから」

あなたに抱かれたい。

イーリャの言葉は、食らい付くようなシアンの口づけに消えた。


ふれあうだけで満足していたのが嘘《うそ》のように、舌を絡めついばみ、吸い上げて、深く交わるような口づけを繰り返す。

オーバーフローなんてなくても、互いに求める気持ちだけでこれだけ昂ぶることができるのだ。

離れるのが惜しいとばかりに、シアンはキスを続けたままベッドに座り込む。

そのまま、イーリャを横たえようとするが、イーリャは待ったをかけた。

「シアンさんは、そのままでいて」

熱っぽい吐息をこぼしながら戸惑うシアンの視線を感じながら、イーリャは足の間に陣取るとズボンに手をかけた。

「い、イーリャ！」

シアンが狼狽《うろた》えるのがわかったが、かまわずイーリャはズボンのボタンを外していく。

「あたしのために我慢してくれたぶん、いっぱい気持ちよくしてあげる」

だって我慢させたのはイーリャなのだ。ならば、その分だけ奉仕してやりたかった。

なによりも、イーリャが気持ちよさそうにするシアンを見たい。

ボタンを外したとたん、銀色の下生えからそそり立った雄茎《おはせ》が飛び出してくる。

もう張り詰めているのは、イーリャに欲情してくれた証《あか》しだと思えばひどく愛おしい。

「っ……」

こちらを食い入るように見つめるシアンに、にっこり笑う。

そして、剛直《ごうちょく》に手を添えると、見せつけるように先端を咥《くわ》えた。

鋭く息を呑む音が響く中、手でしごきながらも、イーリャはそのまま膨らんだ亀頭《きとう》に舌を這わせ、裏側を中心に幹全体をねっとりと舐め上げる。根元に付いた玉袋もやさしくもみほぐしてやれば、シアンの雄茎はあっという間に太く育っていった。

イーリャを離そうと頭に添えられたシアンの手に、力が入らなくなるのを感じて、イーリャは胸がきゅんとなる。今まで、こういった性技を披露することがなかった。けれど、自分の技術がシアンを喜ばせていると思うと、嬉しさがこみ上げてくるのだから不思議だ。

「……ぅッ……」

浮き上がった血管を手でなぞるようになで上げると、見事な腹筋が引きつり、シアンの我慢できなかった様子のうめき声が響く。

ちらりと見上げれば、シアンが堪えるように唇を引き結び、快楽に目を潤《うる》ませている。

こちらを見下ろした彼がギラギラとした欲望をあらわにしているのに、イーリャは触れてもいない自分のそこが火照《ほて》るのを感じた。

掠《かす》れた声に混じる吐息が熱を帯び、だんだんシアンの腰が揺れていく。

「まって、くれ、イーリャぁっ」

息がどんどん忙《せわ》しなくなっていくのに合わせて、徐々に扱く手を早め刺激を強めてゆく。

そして先端の穴を舌でくすぐったとたん、シアンがイーリャの頭に添えていた手に力がこもる。

予感したイーリャは、さらに喉《のど》の奥へと導こうとしたが、逆に引きはがされた。

「……っ」

シアンの欲望がはじけ、先端から放出された白濁《はくだく》が、イーリャの胸から顔を汚していく。

口で受け止める気だったイーリャは青臭い独特の匂いに包まれて、呆然とした。しかしもっと慌てていたのはシアンだった。

「ごめん、かけてしまうつもりはなくてっ。まずいものを味わう必要はないとそれだけで……じゃなくてすぐに拭《ふ》くからっ」

焦った様子でベッドのシーツで拭ってくれるシアンがおかしくて、イーリャはなんだか笑ってしまう。されるがままになりながらも、甘く問いかけてみる。

「あら、気持ちよくなかった？」

「……こんなに早く出すつもりもなかったくらいだよ」

「抜いてなかったわけじゃなかったでしょうに」

「君に触れられるのとはまったく別だよ」

顔を赤らめたシアンは今度こそ、イーリャをベッドに横たえる。

もう少し奉仕してやりたかったのだが、シアンの獣のように飢えた雄弁《ゆうべん》な眼差しに見下ろされるとそうも言えなかった。イーリャの背筋が、ぞくぞくと期待に震える。

「え、んっふ……」

下着の上から胸を揉《も》み込まれ、イーリャはその心地よさに震えた。

「君のこれがすごく綺麗《きれい》で、そそられて……もったいないとは思うのだけど」

口惜《くちお》しそうに語るシアンによって、しゅるりと胸のリボンが解《ほど》かれ、イーリャは生まれたままの姿になる。イーリャは体をたどるように唇が落とされる感触に、うっとりと浸った。

しかしその唇が、だんだんきわどいところまで下りてきていることに気づく。

かすかに上体を起こしたイーリャは、少し半眼になったシアンと目が合い、珍しくいたずらっぽく笑われた。

「良くして貰った分、今度は君の番、だよね」

「シアンさん、ちょっと、怒って……ひゃぁっ！」

不穏な気配を感じたが、抵抗する前にシアンがイーリャの熱く濡れそぼった股間《こかん》に口づけた。

すでに膨らんでいた花芽《はなめ》に舌を這わされ、イーリャは背中をしならせ感じ入る。

さらにシアンは、手でその火照った花びらとその入り口を同時に愛《め》で始めたのだ。

くつろげられた入り口からは、蜜液がしとどに溢れて臀部《でんぶ》を伝ってゆく。

はしたないほどに溢れさせているのを見たシアンは、感心したように声を掠れさせる。

「もうこんなに、ほころんで……俺にしてくれている間に期待をしてくれていたのかい」

「んっ、ぁそう、よ。こんな、淫乱《いんらん》は、いや……？」

ほんの少しにじんだ不安を抑え込んで、イーリャは戯《たわむ》れを装って聞く。

だが返事のように、シアンの骨張った指先を押し込まれる感覚にもだえた。

「まさか、俺だけにだろう？　……最高だ」

その通りだ。こんな風になるのは、シアンだけ。

ふっと花芯《かしん》に吐息がかかり、敏感なそこを舐め上げられ、イーリャは甘い悲鳴を上げた。

すでにほころび始めていた隘路《あいろ》には指を差し入れられ、じゅぶじゅぶと音が立つほど抜き差しをされる。こんなことをさせてしまうのは気が引けるのに、イーリャを高めるためにされるそれがたまらなく気持ち良い。

「あっ、シアン、さ……んんっ！」

「ん、舐めても、あとから溢れてくるね」

「や、そこで、しゃべ……ら、ないでぇ！　ひぁんっ！」

奥に差し入れられた指に、へそ側のざらりとした部分を擦《こす》られれば、はじけるような快楽が体を走る。咥え込まされた指を、きゅうきゅうと締め付けてしまう。

イーリャが乱れれば乱れるほど、シアンは楽しげにしていた。

奥深くまで入れた指を小刻みに揺らし、弱いところを的確にかき回すように出し入れされる。

久々なこともあり、あっという間に我慢できなくなってゆく。

思わずはしたなく秘部を自らシアンの頭に押し付けてしまうことすら、彼は嬉しそうだった。

喉奥で笑うと、舌先でぐるりと入り口をたどられ、その指とも違う刺激に体をしならせた。

「ひぅ、んっぁ……っ」

快楽が弾《はじ》けていき、イーリャはシアンにされるがまま嬌声を上げるしかない。

本当に、こんな風になるのはシアンだけなのだ。

イーリャの足がシーツを掻いた。高まる快楽が限界が近くなった時、興奮に腫《は》れ上がった花芽をちゅう、と吸い上げられた。

「あっぁぁ……――――っッ!!」

その刺激で、イーリャは高みに上り詰めた。背中を反らし、奥へ差し入れた指をぎゅうぎゅうと締め付ける。しかし指がうごめき、イーリャの良いところをさらにこすり上げた。

高みに上り詰めたはずの体が再び快楽を拾い、膨れあがって波となって襲い掛かってくる。

「ひゃぁあ、まって、イった、いったからぁっっ！」

体をくねらせて身もだえるイーリャだったが、あまりの悦《えつ》に逃げようとする腰をシアンに摑《つか》まれ、だめ押しのように花芯を甘噛みされた。

頭が真っ白に染まる。

「〜〜〜っっ……!!」

イーリャは声もなく絶頂の海に飲み込まれた。

上り詰めた余韻から戻ってきたイーリャは、はふはふと息を繰り返しながら、案じるように覗き込んで来るシアンを恨めしく睨む。

「……まって、っていったのに」

「ごめん、あんまりにも乱れてくれるのが可愛くて。嫌だったのならもうやらないから」

嬉しそうにほころんだシアンの表情と声音に、う、とイーリャのほんの少しだけあった恨みが弱ってしまう。元々睨んでいても、本気の強さを込められていないのはわかっている。

くやしいけれど、とてもとても悔しいけれど。すごく気持ちよかった。

シアンの口元が濡れているのは、間違いなくイーリャがこぼした蜜のせいだ。

だからイーリャはふいと、顔をそらしながらもこう言うしかない。

「……いや、じゃなかったもの」

気持ちよすぎて、戻ってこられなそうに思えただけで。

その小さな声をきちんと拾ったシアンは、蕩けるような笑みをこぼしてイーリャを抱きしめる。

決まり悪さを覚えるイーリャだったが、彼の重みを全身に感じたことで、その先を期待した。

甘く疼く花びらと蜜口の奥が中に迎え入れた時の愉悦を思い出し、再び潤《うるお》うの感じる。

イーリャが思わずすり寄ると、胸の先がシアンの胸にこすれて甘く震える。

シアンもイーリャの期待に気づいたらしく、情欲を滾《たぎ》らせながら、最後に残っていた下穿きを脱ぎ捨てた。

「脚、開いて」

短く願われるまま、イーリャは胸を高鳴らせながら迎え入れるように大きく開く。イーリャの足の間に入ってきたシアンの、猛々《たけだけ》しく脈打つそれがまざまざと見えた。

シアンはイーリャの片足を担ぐと、ひくつく花園へ雄茎をあてがった。

「んっは、ぁ……」

よくよくほぐされていたが久々に迎え入れるせいか、イーリャは押し開かれる息苦しさに眉を寄せる。

だがしかしそれを上回るシアンの熱さと、満たされる感覚にイーリャの頭は白く染まった。

イーリャの蜜壁が中に迎え入れた雄茎へ甘く絡みつき、早く奥へと迎え入れようとうねる。シアンが苦しげに息を乱すのに、イーリャはそれだけで甘くしびれるような陶酔《とうすい》を得た。

この熱さを、どうして忘れていられたのかと思う。

「あ、ふぁ……」

「はい、った……」

じれったいほど時間をかけて、互いの下生えがふれあうほど深く繋がった。

受け入れた質量に感じ入ったイーリャだったが、妙に新鮮で不思議に思えた。

思わず笑っていると、髪を撫でていたシアンに問いかけの目を向けられたため、答えた。

「なんだか、こんな風にゆっくりと繋がる方が珍しいなと思ったらおかしくて」

「ああ、お互いに何かしらあったからね」

そう、はじめはシアンがオーバーフローを引き起こしており、次はイーリャがそうだった。

その後も、互いに忙しくて時を惜しむような繋がりばかりだった気がする。もちろんそれも気持ちよかったけれど。

「こういう風に、あなたを全部感じるのも好きだわ」

「俺も、君をこうして腕に納めていられるのは嬉しいよ」

「まだ、オーバーフローの時のこと気にしてるの」

シアンがイーリャの手を握りすり寄ってくるのに、イーリャはまた笑ってしまう。

仕事だから、などともう考えなくて良いのだ。

視線を合わせたイーリャとシアンは、自然と顔を寄せて口づける。ついばむような唇のふれあいから、徐々に濃厚に舌を絡め合う淫靡《いんび》なものに。

イーリャの中が、物欲しげに呑み込んだ熱へと絡みつくのを感じたのか、シアンが問いかける眼差しを向けてくる。青の瞳が欲望に滾り、今にもこちらを食らいつくさんとする衝動を抑えているのを悟った。

だから、イーリャは、甘えるように腰を揺すった。

「ね、動いて？」

イーリャの了承を得たシアンは、たちまち自らの腰を引いた。

一瞬の喪失感《そうしつかん》の後、ずん、と奥まで貫かれ、シアンの形をまざまざと感じたイーリャは仰《の》け反《ぞ》る。

その律動は、イーリャの良いところを的確にえぐってゆき、イーリャは熱い衝動に飲み込まれ、蕩けきった声を上げた。

「あっ、ふっ、そこぉ……、きもちぃ……、あっぁ！」

激しい抽挿《ちゅうそう》は最奥を貫き、イーリャはあっという間に上り詰め、視界は真っ白に染まる。達した瞬間、胎に収まる猛った怒張《どちょう》を締め付けたが、シアンは収縮する媚肉《びにく》をこじ開けるように深く穿《うが》った。

「っ……〜〜〜‼」

イーリャは、さらなる快楽に晒《さら》される。

いつもなら待ってくれる場面に、どうしたのか。かすかに考えたイーリャは、額に薄汗をにじませる、シアンの欲望に染まった雄の表情にどきりとした。

「ごめん、久々で、抑えが利かないッ……」

謝罪しながらも、抽挿は激しくなるばかりで、腰が打ち付けられるたびに、結合部からぐじゅぐじゅと卑猥な音が響く。

イーリャは驚きながらも、それだけ求めてくれる悦《よろこ》びに震える。

「そんな、こと、いいかぁあ、っあ……っ！」

だから首にすがり、彼の雄を積極的に締め付けて誘ったとたん、シアンが唸《うな》り声を上げて、イーリャの腰を掴み、より深く穿ち出した。

シアンのそれは己の快楽を追求する動きにもかかわらず、イーリャの弱いところを擦り上げて行くのだ。あまりの快楽に身もだえるイーリャの首に噛みつくような口づけを落とされ、痕《あと》を残されて、その感触にすら軽く達する。

それでも、イーリャの全てを暴《あば》きたてようとする剛直の動きは収まらない。

過ぎた快楽に、反射的にベッドのシーツにすがりつき逃げようとするが、それすら阻まれ、息もできないほど強く抱きしめられた。互いの汗でしっとりとした肌が重なり合い、馴染んでいくのにイーリャは溶け合うような陶酔を覚える。

「イーリャッ……！」

呻《うめ》くように呼ばれて、イーリャはぎゅう、と彼のそれを締め付ける。

シアンは限界まで張り詰めた切っ先を、イーリャの最奥に押し付けて弾けさせた。

飛沫《しぶき》を胎で受け止めたイーリャは、びゅくびゅくと震える欲望にまた上り詰める。

「んあ、あぁ……っ！」

イーリャの蜜壁が貪欲に収縮するのを感じて、シアンは心地よさげに熱い吐息を吐く。

強い波から下りてきたイーリャは、乱れた息を吐きながらもおや、と気づいた。

うっとりと青の瞳を蕩けさせてイーリャにすり寄るシアンのものが、多少質量は減ったものの、萎《な》えた様子がないことに。

「シアンさん？」

イーリャが思わず呼びかけた理由がわかったのだろう。シアンは少し恥じ入った様子で目元を赤く染めた。

「自分でも、本当に、どうかと思うんだが……」

「なんだ、性欲がないわけじゃなかったのね」

「薄い方、とは思っていたんだ。けれど、どうも君相手だと欲深くなるみたいでね」

シアンは言いながらも多少は満たされたのか、腰を引くとイーリャの傍らに横たわった。

ずるりと引き抜かれる感触に、イーリャは、ん、と息を詰めながらもほっとする。

「安心した。これからは、あたしが誘っても大丈夫ね？」

「それは、もちろん喜んで。だよ」

彼の真に迫った声音にイーリャはくすくすと笑いながら、その腕に体を預ける。

娼婦時代はヤることをやったらそれでおしまいで、ピロートークなんてただの営業サービスだったのに。シアンに寄り添うだけで、こんなに幸せな気持ちになれる。

「まだ全然、言葉が足りないみたいだったな」

しみじみとつぶやいたシアンには、イーリャも同意するしかない。

「そもそも、あまり深く話せていなかったものね。さっきの言葉だけど、もちろん、あなたもちゃんと誘ってね」

「……ああ。そうする」

シアンの了解を得られたところで、イーリャは髪や頬を滑っていく彼の手にうっとりと浸った。

だが、ふと先ほどまで受け入れていた己の下腹を撫でてみる。

その仕草は、イーリャにとってはなんとなくのものだった。しかしイーリャの細い指が余韻をなぞるようにたどってゆく様に、シアンはごくりと唾を飲み込む。

「ねえ」

「ッなんだい」

「ええと、ね。今すぐ、には難しいけれど。子供って産んでも、いいもの。かしら」

イーリャの地位は安定していない。シアンとはまだ婚約状態だし、討伐任務に参加して、歌の力を証明し続けなければならないのだ。

けれど、兄嫁であるメリルに抱かせて貰った赤子の重みは、ひどく尊いものに感じられた。

生きることに必死だったイーリャが、そのぬくもりを手にできたら良いと、考える日が来るとは思わなかったけれど。

「あっ、もちろん今は避妊《ひにん》薬は飲んでるわよ。あれを使うと月のものが軽くなるし、難しいのなら産まなくったっていいの。でも、ね。シアンさんの気持ちを先に確認しとこうと……っ！」

急に気恥ずかしくなって早口になったイーリャの額に、ちゅ、と口づけられる。そのまま、こめかみに、頬にと次々にキスの雨が降ってきて、イーリャは戸惑った。

「や、なに」

「あんまりにも君が愛おしくて。つい」

銀氷の騎士という称号が嘘のようにシアンは蕩けた眼差しで見つめ、イーリャを抱きしめる。

「君との子供、俺も欲しいよ。家族が増えるのも嬉しい」

「……うん」

胸の奥からこみ上げてくる喜びに、イーリャは涙ぐみかけるのを堪えてシアンの肩に顔を埋《うず》める。

その背をシアンがゆっくりと撫でてくれた。

そう、家族が増えるのだ。シアンと結ばれて、共に生きていけるだけで充分すぎると思っていたのに、イーリャはどんどん欲深くなっていく。

けれど、そんなイーリャをシアンは受け入れて、喜んでくれるのだ。

「もし、産めて。子供が、音楽が好きだったら。歌を教えてあげたいわ」

「俺に似て、音痴《おんち》じゃないと良いね」

「でも、音痴でもシアンさんはあたしの歌、楽しんでくれるでしょ」

「そりゃあね。じゃあ俺は、音楽の楽しみ方を教えようか」

魔術士の子供はできにくい。お互いにわかっていたが不思議と明るい気持ちだった。

「ああそうだ、やっぱり舞台で歌う君はいいな、と音楽会で改めて思ったよ」

シアンが思い出したように語るのに、イーリャは再び笑ってしまう。

でも、確かに戦場で歌うのとはまた違う、格別な気持ちになった。

「音楽会は良かったけど、あたしにはお上品すぎるかもしれないわ。酒場でわいわいしていた頃が懐かしくなっちゃう」

「なら、もし君が酒場の舞台で歌うときは、ちゃんと教えて欲しいな。最前席を取るから」

「あら、銀氷の騎士様がいいの？」

「もう君の夫だからね。隠れなくても良いだろう？　そもそも君の一番のファンなんだ。君の歌は一つも聞き逃したくない」

からかったつもりだったのに、やり込められたのはイーリャの方だった。

どれだけ、彼に惚れ直せば良いのだろう。イーリャは照れ混じりにシアンの胸板を叩く。

そんな起きるかもわからない、他愛のない未来の話ができるのが幸せだった。

くすり、くすりと笑い合いながら、穏やかな時を過ごすが、イーリャは己の下腹部に触るものも忘れていなかった。その熱く昂ぶるそれは、シアンのものである。

ひょいと見上げると、シアンは気恥ずかしげに目元を染めて神妙《しんみょう》にしていた。

「……愚息《ぐそく》がすまない」

「つふふ、良いわよ」

まだ足りない気分だったのはイーリャも一緒だ。

身を起こしたイーリャは、シアンの胴に陣取った。

軽く驚くシアンに、イーリャは初めての時と同様、艶然《えんぜん》と微笑みかけてみせる。

「今のあたし達にちょうど良いのは、やっぱりこれよ」

「……そうだね」

対してシアンは初めての時とは違い、嬉しそうに身を起こすと、確かに熱を帯びさせながらイーリャの頬に手を伸ばす。

そして、その合い言葉を口にした。

「「とりあえず、ヤりましょう」」

計らずとも声がそろい、笑い合った二人は、甘やかな愛を交わした。

終章 ❄ いつかのフィナーレ

ノーニア国で、魔術士の鎮静《ちんせい》法が「従軍娼婦《じゅうぐんしょうふ》」から「癒歌奏者《ゆかそうしゃ》」に代わったのは、初代「歌姫」であるイーリャ・アスベルクの功績なくしては語れない。

かの歌姫は、北方よりノーニアへ現れると、そのたぐいまれなる歌声で、魔物の集団暴走を収めてみせた。

その歌の力は冷酷無慈悲《れいこくむじひ》と恐れられた「銀氷《ぎんひょう》の騎士」でさえ虜《とりこ》にし、妻にと乞《こ》われたほど。

互いを比翼《ひよく》のように想《おも》い合い、ひとたび魔物が現れれば共に向かい平定《へいてい》した。

銀氷の騎士は、歌姫の前でだけは表情を和《やわ》らげたという。

多くの兵士達を鼓舞し慰《なぐさ》め、心の支えとなった歌姫だが、時折、身分を明かさず、酒場の舞台で戯《ざ》れ歌を披露《ひろう》することがあったという。

その最前席には、必ず夫である騎士がいたらしい。

――――――――《ノーニア英雄余談》より

あとがき

はじめまして、道端《みちばた》家杜《やもり》と申します。このたびは、『とりあえず、ヤりましょう』をお手にとって頂き、まことにありがとうございました。

さばるどろ先生のシアンさんめちゃくちゃ美人でしたね！！！！！！

先に心の底から叫びつつ、ちょっとだけお話にお付き合いくだされば幸いです。

このお話は、「小説家になろう」系列のサイト「ムーンライトノベルズ」にて連載した同名作品に、大幅な加筆修正を加えたものとなります。

いつかは書いてみたいと思っていた発情ネタに、歌と娼婦《しょうふ》と騎士と戦闘……気の強い女の子が可愛《かわい》い男に絆《ほだ》される、などなど自分の好きなものを詰めに詰めた作品として生まれました。

全年齢ではそれなりにお話を書いておりましたが、ティーンズラブを書くのは初めてです。このジャンルが読む専門だった私は、このジャンルの濃密《のうみつ》で繊細《せんさい》な描写が出来る気がせず怯《ひる》みました。

それでもＹｏｕ書いちゃいなよ、と仲間達に背中を押され、連載中の読者さんの感想と応援が力となり、くじけずに駆け抜けられました。

ＷＥＢ連載時には「タイトルを良い意味で裏切っている」「タイトルから想像がつかないほど純愛」「思い切ってページを開いてよかったです！」などのお声を頂き、あまたの読者さんを怯ませ動揺させたタイトルです。ご覧の通り、そのままの刊行となりました。

タイトル変更……あるいは副題をつけるべきか、とご相談した際に「このままが良いと思います！」と言い切ってくださった担当編集者さんの思い切りの良さには頭が下がりました。よしそうしましょうか！　と私もノリノリだった事は脇《わき》においておきます。

書籍では、ＷＥＢ版では書き上げることで精一杯だったために、取りこぼしてしまったエピソードを盛り込み、もっとよく出来るはず……と描写を見直して、今の自分が出来るすべてを詰め込みました。

イラストレーターのさばるどろ先生には、イーリャとシアンに鮮やかな姿を授《さず》けて頂きました。

拾って頂いた編集さんには、感謝してもしきれません。

何より、応援してくださった読者さんのおかげで、彼女達は形になりました。

おかげさまで、こうして満足のいく一冊としてお届けできます。

ＷＥＢとはまた少し違う、イーリャとシアンさんを楽しんで頂けたら嬉《うれ》しいです。

ここまで読んでくださり、本当にありがとうございました。

またどこかでお会いできる事を願いまして。

目に染みるような青空の中で　　道端家杜

本書は「ムーンライトノベルズ」(https://mnlt.syosetu.com/top/top/)に
掲載していたものを加筆・改稿したものです。

●ファンレターの宛先
〒102-8177　東京都千代田区富士見2-13-3　eロマンスロイヤル編集部

とりあえず、ヤりましょう

著／道《みち》端《ばた》家《や》杜《もり》

イラスト／さばるどろ

2021年9月30日　初刷発行
2023年9月15日　第2刷発行

発行者　山下直久
発行　株式会社KADOKAWA
〒102-8177　東京都千代田区富士見2-13-3
(ナビダイヤル) 0570-002-301
デザイン　AFTERGLOW
印刷・製本　凸版印刷株式会社

●お問い合わせ
https://www.kadokawa.co.jp/（「お問い合わせ」へお進みください）
※内容によっては、お答えできない場合があります。
※サポートは日本国内のみとさせていただきます。
※Japanese text only

ISBN978-4-04-736801-9　C0093　©Yamori Mitibata 2021　Printed in Japan
定価はカバーに表示してあります。